FLORIAN BECKERHOFF

Das Landei

FLORIAN BECKERHOFF

Das Landei

Roman

List

List ist ein Verlag
der Ullstein Buchverlage GmbH

ISBN 978-3-471-35044-7

Gesetzt aus der Slimbach
bei LVD GmbH, Berlin
Druck und Bindearbeiten: CPI – Clausen & Bosse, Leck
Printed in Germany

»Home is just another word for you.«

Billy Joel

1.

»JA«, LÄCHELTE MARIETTA. »Du warst großartig.«

Arm in Arm standen sie auf dem Vorplatz des Kongresszentrums und warteten auf ihr Taxi. Neben ihnen klappte eine letzte Hostess den Aufsteller zusammen, der den Weg zu seinem Vortrag gewiesen hatte. Das Foto zeigte Robert glattrasiert mit offenem Hemd und glänzend angelegtem Haar. Darunter standen Datum und Uhrzeit, Buchstaben und Ziffern des Raumes, in dem er wieder einmal in viele erstaunte Gesichter geblickt hatte. Man musste die einfachen Wahrheiten aussprechen, um zu überraschen, und das war wieder einmal bestens gelaufen. Robert war zufrieden mit sich, auch wenn es ihn immer anstrengte, nach einem Tag in der Agentur noch vor Publikum erklären zu müssen, wie einfach das alles wirklich funktionierte, der Mensch und seine Bedürfnisse, wenn man nur wusste, wie.

Marietta hatte sicher recht. Sie musste recht haben. Sie war so schön, diese Frau an seiner Seite, die er sich nicht perfekter hätte ausdenken können. Er spürte ihre Schulter durch die Wolle seines Mantels, roch das teure Parfum. Den Kopf im Nacken zwinkerte sie ihm zu, ließ den Blick frei auf die zarte goldene Kette, das kleine Herz am Ansatz ihres makellosen Busens. Früher hätte er nicht zu träumen gewagt, von einer solchen Frau überhaupt wahrgenommen zu werden, und doch hatte er genau das gewollt. Und geschafft.

»Sollen wir nicht gleich nach Hause?«, fragte er.

»Wie bitte?«

»Ich bin müde.«

»Ist das dein Ernst?«

»Natürlich. Warum denn nicht?«

»Warum nicht, Rob? Es ist Freitagabend.«

»Und?«

Ungläubig sah sie ihn an.

»Wer geht denn bitte Freitagabend um diese Uhrzeit nach Hause?«

»Wir, wir beide. Komm Marietta, ich hab einfach keine Lust mehr. Was soll das Ganze?«

»Das meinst du ja nicht wirklich. Du bist nur ein bisschen erschöpft und denkst jetzt, tiefsinnig zu sein. Glaub mir, ein guter Drink, und du bist wieder du.«

Vermutlich hatte sie schon wieder recht. Ganz sicher sogar. Zu oft verwechselte er in letzter Zeit Erschöpfung mit Nachdenklichkeit, dachte, dass etwas nicht ganz stimmte. Ja, da war es wieder, dieses unsinnige Gefühl, dass er seine Sache leider in einem falschen Leben sehr gut machte. Dass er sich selbst betrog mit seinem nach außen hin so makellosen Auftritt. Der naivdumme Junge vom Lande, der sehnsüchtig Suchende in ihm war noch immer nicht ganz besiegt, meldete sich zu Wort, wenn er nicht aufpasste. Robert wusste, es wäre Unsinn, seinen sentimentalen Grübeleien nachzugeben, anstatt die Belohnung für all die Arbeit zu genießen. Es wäre gefährlich. Man musste sich zusammenreißen. Man hatte schließlich nur ein Leben.

»Entschuldigen Sie bitte«, hörte er da eine ältere Frauenstimme.

Gleich neben sich entdeckte er eine kaum anderthalb Meter große Alte mit ein paar Zetteln in der Hand. Marietta wandte sich ab.

»Würden Sie bitte unterschreiben, gegen die Zerstörung unserer Gärten?«

Er hatte den Moment verpasst, sie einfach zu ignorieren. Man musste hellwach sein, um unangreifbar zu bleiben. Selbst hier draußen vor den Toren der Stadt. Jetzt hatte die Alte ihn gestellt, sah ihn mit glänzenden Augen an.

»Gärten?«, fragte er.

»Unsere ganze Kolonie. Sie wollen dort schicke Büros bauen, wo doch die Vögel sich so wohlfühlen. Wir haben unseren Garten seit zweiundsechzig Jahren.«

Langsam begriff Robert, worum es ging. Anwohner versuchten ein Immobilienprojekt zu verhindern. Das Ganze war keine ganz saubere Geschichte, doch er unterstützte die Pressearbeit als Berater. Er konnte unmöglich gegen sich selbst unterschreiben. Schnell fingerte er einen Schein aus der Hosentasche.

»Hier, nehmen Sie.«

»Junger Mann, bitte, ich brauche kein Geld, nur eine Unterschrift für meinen Garten. Nur Ihren Namen.«

Da stand sie vor ihm, mitten in der Nacht in dieser gottverlassenen Gegend, in der zitternden Hand diese Zettel, die ohnehin nichts verhindern würden. Und plötzlich griff Robert nach dem Füller in der Innentasche seines Mantels, füllte die ganze Zeile wahrheitsgemäß aus, zögerte dann kurz und schloss mit einer falschen Unterschrift. So würde er sich notfalls herausreden können. Hoffentlich.

»Gott segne Sie, junger Mann«, sagte die Alte und lächelte. »Genießen Sie Ihr Leben und lassen Sie Ihre Frau nicht warten!«

Erst jetzt bemerkte Robert das Taxi am Straßenrand. Marietta saß längst im Fond und winkte hektisch. Als er sich noch einmal umblickte, war die Alte verschwunden. Gott segne Sie!

Im Taxi unterwegs ins Zentrum der Stadt schwiegen sie. Doch schon die Lichter am Boulevard vertrieben die Erinnerung an diese seltsame Begegnung, die ganze Tristesse des Kongresszentrums und so auch Roberts überflüssige Gedanken. Natürlich war es das richtige Leben! Mit dieser Frau! Hier in der Stadt! Seiner Stadt! Selbst jetzt noch tummelten sich die Menschen auf den breiten Bürgersteigen, genossen teils in Decken gehüllt ihre Getränke im Freien, sahen und wurden gesehen, jeder auf seine Art, allesamt glückliche Teile des großartigen Treibens. Natürlich ging man da nicht nach Hause!

»Was wollte denn die Hutzlige vorhin?«, fragte Marietta schließlich.

»Nichts. Den Weg zurück ins Heim.«

»Scheint ja nicht gleich um die Ecke gewesen zu sein.«

»Was meinst du?«

»Das Heim. So lange, wie du gebraucht hast.«

»Sie war schließlich alt.«

»Ich wusste gar nicht, dass du so ein Typ bist.«

»Was bin ich denn für ein Typ?«

»Einer, der alten Frauen über die Straße hilft.«

»Marietta, sie hat mich nach dem Weg gefragt, verdammt!«

Als sie vor dem Olymp aus dem Taxi stiegen, zog sich die Schlange der vergeblich Wartenden schon bis zur nächsten Straßenecke. Noch schützte eine strenge Tür die Bar vor der von Woche zu Woche stärker andrängenden Masse, und bei aller Müdigkeit und trotz Mariettas schlechter Laune genoss es Robert, seine Frau auf direktem Weg zum Fahrstuhl zu führen. Sie brauchten jetzt dringend einen Drink. Beide. Schnell.

Am Ende der Schlange grüßte der Empfangschef höflich.

Dann schlossen sich auch schon die Türen hinter ihnen und der gläserne Kubus nahm Fahrt auf. Kurz darauf lag die Stadt als glitzerndes Meer zu ihren Füßen. Ein Glücksversprechen, fast bis zum Horizont. Wie konnte er nur denken, dass dieses Leben nicht das richtige war?

Der Tresen der Bar im siebzehnten Stock zog sich als Kasten aus poliertem Mahagoni von Glasfront zu Glasfront durch den ganzen Raum, hob sich dunkel ab vom sanften Cremeweiß des leicht unter den Schuhen nachgebenden Schaumstoffbodens. Silbern glänzten die Metallgestänge der mit indigofarbenem Fell bezogenen Sessel. An den Wänden aus Gussbeton hingen abstrakte Gemälde in Übergröße. Robert entdeckte die Freunde am anderen Ende des Tresens, hinter ihnen das Panoramafenster, dahinter die Lichter der Stadt. Noch weiter in Richtung Horizont, wo in Dunkelheit das Land lag, reflektierte die Scheibe das Innere der Bar. Da sah er sich selbst, größer als die meisten anderen Gäste, schlank und in perfekt sitzendem Anzug, sah sich, wie er dieser wunderschönen Frau aus dem Mantel half. Auch er legte ab und gab der Garderobiere großzügig Trinkgeld.

Marietta zog ihn in Richtung der Freunde. Laut und fröhlich grüßte sie, platzierte ihn auf einem Barhocker, von dem aus er lächelnd in die Runde nickte. Schon nach dem ersten Schluck von seinem Manhattan fühlte er endlich die Zufriedenheit in sich, wieder etwas geschafft zu haben. Achtlos folgte er der Unterhaltung seiner Freunde, trank immer weiter und, ja, er hatte wirklich das Gefühl, dass es ihm gutging.

»Auf das verdiente Wochenende!«, sagte nach einigen Drinks ein etwas jüngerer Typ neben Robert und hob das Glas in seine Richtung.

»Und wer meinst du, melkt dann die Kühe?«, fragte Robert.

»Kühe?«

»Na, am Wochenende. Wer melkt die Kühe, wenn der Bauer saufen geht?«

»Keine Ahnung. Wie ein Bauer siehst du jedenfalls nicht gerade aus.«

»Nicht äußerlich, aber hier«, sagte Robert und zeigte auf sein Herz. »Hier bin ich Bauer geblieben. Eins mit mir und meiner Scholle, auch am Wochenende, immer.«

Sein Gegenüber musterte ihn, auf der Suche nach einem Einstieg in diese ernsthafte Unernsthaftigkeit, die ihn aus dem Konzept brachte, zumal die anderen in der Runde ihnen amüsiert zuhörten.

»Du meinst von wegen keine Entfremdung der Arbeit? Weil du deinen eigenen Laden hast?«

»Ach, vergiss es«, winkte Robert ab, der sich schon jetzt über seine Bemerkung ärgerte.

»Du hast ja recht. Natürlich ist das irgendwie krank, das ganze Spiel mitzuspielen, aber was ist denn die Alternative? Ich meine, das ist doch alles Mist heute, und dann ist es wirklich ehrenwert, den Mist ganz gut zu machen.«

»Weißt du was?«, fragte Robert da wie von selbst und ignorierte Mariettas Hand auf seinem Bein. »Wegen Typen wie dir, nur wegen so falscher Typen wie dir ist das alles Mist. Verlogene, zynische Abstauber, die an nichts glauben als an sich selbst, Menschen, die die Oberfläche verachten, weil sie meinen, etwas Besseres zu sein.«

Plötzlich schwiegen sie alle. Verwirrt sahen sie ihn an, taten aber so, als lauschten sie der Musik, dem Geplapper der anderen Gäste, dem Klackern und Schmatzen des Cocktailshakers. Das waren seine Freunde, allesamt erfolgreiche Spieler auf den besseren Plätzen der Stadt, in den höheren Etagen oder auf dem Weg dorthin, und er war aus der Rolle gefallen. Einfach so, und unangenehm war ihm das nicht, sie dumm gucken zu sehen, regelrecht schockiert wegen seines kleinen Scherzes. Er war gespannt, was jetzt passieren würde, doch leider zerstörte Marietta mit ihrem spitzen Kichern das schöne Schweigen viel zu schnell. Erleichtert stimmten sie einer nach dem anderen ein in das etwas zu laute Lachen. Man klopfte ihm kumpelhaft etwas zu fest auf die Schulter und bestellte etwas zu souverän weitere Runden. Ja, er war wirklich gut in Form heute.

»Du bist schon einer!«, lachte dieser Typ. »Ganz oben dabei und trotzdem drüber Späßchen machen. Und das mit dem Bauer ist ja mal hammermäßig. Das klau ich dir irgendwann noch für irgendeine Kampagne von wegen verkaufsoffener Sonntag.«

Einige Stunden und viele Manhattans später, zurück in seinem Penthouse im Zentrum der Stadt, liebte Robert Marietta mit einer Perfektion, die ihn selbst beeindruckte. Der große Spiegelschrank reflektierte sie auf dem schwarz glänzenden Seidenlaken, er selbst aufrecht, Marietta vor ihm, entrückt und makellos. Sie zeigte ihm, was er wirklich wollte. Mit ihr lebte er seinen Traum, doch während sie anschließend zufrieden einschlief, blieb er wach liegen, fragte sich, was ihn da vorhin in der Bar getrieben hatte. Glaubte er denn wirklich an das, was er tat? Was hieß überhaupt glauben? Was sollte er denn sonst tun? Natürlich glaubte er an sich. Allein der Gedanke an sein altes Leben, seine spießigen Eltern auf dem Land, seine peinlichen Auftritte als Kleinkünstler, die einsamen Nächte, allein das sollte doch reichen, ihn jetzt zufrieden einschlafen zu lassen. Er hatte allen Grund, stolz auf sich zu sein. Und doch war da plötzlich eine Art Sehnsucht nach damals, nach diesem erfolglosen Leben als zielloser Tagedieb, das er so glücklich überwunden hatte, eine Sehnsucht, die ihn schließlich aufstehen, seinen weißen Seidenbademantel anziehen und ins Wohnzimmer gehen ließ.

Die Kiste mit den alten Kassetten fand er ganz hinten im Schrank. Ohne jedes System waren die klobigen schwarzen Klötze in den unterschiedlichsten Farben beschriftet, teils mehrere Filme auf einem Band, die Etiketten schmutzig, nachlässig wie sein vergangenes Leben. Ein für alle Mal musste geklärt werden, was ihn daran noch reizen konnte. Schließlich fand er die Kassette, die er gesucht hatte.

Nach einigen Sekunden schwarzweißen Schneegestöbers erschien grobkörnig eine Bühne auf dem Flachbildschirm, spärlich beleuchtet mit wenigen Kerzen. Im Rücken der Kamera wurde geredet, ungeduldige Rufe, gespielt hysterisches Kreischen einzelner Mädchen. Dann trat ein hagerer Kerl ganz in Schwarz ins Bild, die dunklen Haare halblang bis über die traurigen Augen, eine akustische Gitarre in der einen, eine Zigarette in der anderen Hand, und setzte sich auf den bereitstehenden Barhocker. Das Publikum verstummte, und ohne jede Begrüßung legte er los, hieb plötzlich auf die Saiten ein und schrie pathetisches wie sinnloses Zeug in den Raum hinein.

When one and one is three
One minus one leads to eternity
The world is what we try
And what we want to beeeee …

Die schlaksigen Gliedmaßen des Sängers zuckten um den Barhocker herum wie die Tentakel eines betrunkenen Kraken, er schaukelte bedenklich hin und her, brüllte sich die Seele aus dem Leib. Ja, das war er, so hatte er wirklich ausgesehen, so hatte er sich aufgeführt, und er war ganz eindeutig überzeugt von dem, was er von sich gab. Damals hatte er wirklich geglaubt.

Ohne den Blick vom Bildschirm abzuwenden, griff Robert neben sich in die Hausbar, nahm irgendeine der vielen Flaschen, fummelte den Korken aus dem Hals und gönnte sich einen tiefen Schluck. Doch auch der Cognac versöhnte ihn nicht mit dem, was er sah. Nicht ein Hauch von Stil lag in der verrauchten Luft des Studentenkellers. Immer wieder meinte er sogar, im Publikum leises Kichern zu hören, auch wenn das gar nicht passte. Und dann, plötzlich, lachte jemand klar und deutlich, laut und spitz, direkt hier, in seinem Wohnzimmer. Erschrocken drehte er sich um, erblickte im Türrahmen Marietta, nackt bis auf das Goldkettchen.

»Bist du das?«

»Was?«, fragte er und drückte hektisch die Fernbedienung.

»Lass doch! Der komische Junge, bist du das?«

»Quatsch.«

»Ach komm, Rob. Wer soll das denn sonst sein?«

»Ein Idiot. Irgendein lächerlicher Idiot.«

»Doch, doch, das bist du, Darling«, lachte sie. »Zeig bitte noch einmal.«

»Hör auf, Marietta!«

»Ich wusste gar nicht, dass du ein Künstler bist.«

»Vergiss es einfach.«

»Ach, Darling«, seufzte sie und massierte seinen Nacken, fuhr ihm mit der Rechten in den Bademantel. »Vor mir musst du nicht den starken Mann spielen. Ich mag es doch auch, wenn du alten Frauen hilfst. Wirklich. Du musst dich nicht schämen!«

»Warum sollte ich mich schämen?«, fragte er und machte den Fernseher aus. »Das bin ja nicht ich.«

»Ja, ich ist manchmal ein anderer«, lächelte sie. »Aber das musst du selber wissen.«

Dann zog sie ihn hoch und hinter sich her zurück ins Schlafzimmer. Sie hatte recht, und trotzdem wäre er lieber sitzen geblieben, alleine vor dem Fernseher mit seiner Vergangenheit.

2.

EINE WOCHE SPÄTER STAND Marietta mit gepackter Reisetasche vor ihm an der Wohnungstür.

»Weißt du, was du bist?«, rief sie aufgeregt. »Du bist peinlich, Rob!«

»Peinlich?«, fragte er ruhig, da er sicher war, dass sie auch diesmal ihre Tasche wieder auspacken würde.

»Unglaublich peinlich, wie ein pickliger Junge. Immer dieses Getue! Nur Getue!«

»Bis jetzt warst du doch ganz glücklich über mein Getue, oder fährst du doch lieber unparfümiert mit dem Fahrrad zur nächsten Frittenbude?«

»Mein Gott, bist du peinlich. Das ist so unreif! Du bist ja gar kein Mann!«

Und dann war sie plötzlich einfach weg, hörte er immer leiser das Klappern ihrer Absätze im Treppenhaus. Noch nicht einmal auf den Aufzug hatte sie warten wollen. Ungläubig wandte Robert sich ab von der Wohnungstür, die er trotz allem angelehnt ließ. So weit war sie bis jetzt nie gegangen. Vielleicht war das ja das Problem.

Er hatte ihr lediglich zu verstehen gegeben, dass es sie nichts anging, was für ein Depp er früher gewesen war. Doch sie hatte mehr wissen wollen über seine Vergangenheit, um sich weiter über ihn lustig zu machen. Warum konnte sie ihn nicht einfach lassen, wie er war? Ausgerechnet sie, die ihr ganzes Leben zwischen Spiegel und Laufsteg verbrachte und der er alles geboten hatte, wollte echte Emotionen! Nach dieser unnötigen nächtlichen Begegnung vor dem Fernseher hatte sie plötzlich wissen wollen, woher er kam, wie er als Kind ausgesehen hatte und wovon er träumte. Als hätte das irgendeine Bedeutung. Als ginge sie das irgendetwas an.

Später lag Robert zum ersten Mal seit über einem Jahr sonntags alleine in seinem Bett, ohne jede Lust, aufzustehen, laufen zu gehen, irgendetwas zu tun. Er schaffte es nicht, sich aufzuraffen, bis plötzlich anstelle von Mariettas Traumfigur er selbst neben sich lag. Ja, sein vergangenes Selbst kuschelte sich an ihn heran, legte ihm die Arme um die Schultern, bedrängte ihn. Natürlich waren das unsinnige Gedanken, aber Robert fehlte jede Kraft, sich zu befreien, einfach aufzustehen, die Vergangenheit mit kaltem Wasser von sich zu spülen, in die Kanalisation der Stadt, in den Fluss und ins Meer, so weit weg wie nur möglich. Da lag er neben ihm, der schwarzgekleidete, nach Patchouli stinkende Schlaks, der er gewesen war, und sah ihn an mit traurigen Augen, als wolle er ihm etwas vorwerfen.

»Und?«, hörte er sein altes Ich fragen. »Macht das jetzt mehr Sinn?«

»Was?«

»Dein neues Leben. Der große Erfolg.«

»Es sind immer die Erfolglosen, die sich über die lustig machen, die es geschafft haben.«

»Oho! Der Schaffer greift an. Du Held unserer Zeit!«

»Du kannst mich mal. Du bist tot«, sagte Robert und versuchte, sich endlich zusammenzureißen.

Doch es sollte noch schlimmer kommen. Denn plötzlich gingen seine Gedanken noch weiter zurück, verwandelte sein Bettnachbar sich in den leicht übergewichtigen Jungen mit unregelmäßigem Bartwuchs, der er zu Hause auf dem Land gewesen war. Robert ekelte sich und verdrängte schnell die Gedanken an all das pubertäre Unglück, erinnerte sich lieber an den Tag der ersehnten Erlösung, sah Golo, den besten Jugendfreund, am Steuer des alten Wagens, mit dem sie auf die Autobahn auffuhren. Golo damals schon mit langen roten Locken und Batiktuch um die Stirn, Robert selbst noch in Jeans und weißem T-Shirt.

»Wir sind frei!«, schrie Golo immer wieder, hielt jauchzend den Kopf in den Fahrtwind und trommelte zur Musik ihres Lieblingssenders auf dem Lenkrad herum, dass Robert um sein Leben fürchtete. »Robbie! Wir sind jetzt endlich frei! Zur Hölle mit den Landeiern!«

Langsam war das Signal des Senders immer schwächer geworden. Erst in Tunneln und zwischen Hügeln, dann auch auf flachem Land, hatten sich andere Signale durchgesetzt gegen die Stimmen, die ihnen jahrelang von der Welt erzählt hatten. Endlich ließen sie die Ödnis hinter sich. Ja, Golo zog ihn mit sich, weg von den Eltern, der Schule, dem Kaff und in die große Stadt, die Freiheit, in der er jetzt vor sich hingrübelte, anstatt sich glücklich mit Frauen wie Marietta zu vergnügen.

Am Abend dieses Sonntags hatte Robert sich schon mehrmals versichert, dass die beharrlich schweigende Türklingel auch funktionierte. Kein Lebenszeichen von Marietta. Nichts. Mittlerweile war er so weit zermürbt von seinen Grübeleien, dass er zum ersten Mal seit Jahren mit dem Gedanken spielte, auf ein Bier in ihre alte Stammkneipe, die Grotte, zu gehen. Alleine im Bett würde er jedenfalls nicht mehr glücklich.

In Hemd, Jeans und Lederjacke machte er sich schließlich auf den Weg. Die Grotte lag noch immer abseits der beliebten Gegenden im Zentrum, auch wenn man langsam mit dem Gedanken spielen konnte, hier zu investieren. Nicht mehr lange und mit der gammeligen Stille, in der er sich so wohl gefühlt hatte, wäre es vorbei. Da wurde er plötzlich panisch, fürchtete, die Grotte geschlossen zu finden, zu spät zu kommen, an ihrer Stelle einen Sandwich- oder Kaffeeladen sein Neonlicht auf das Pflaster des Platzes werfen zu sehen. Robert ging schneller, hastete fast durch die letzte Gasse, die auf den kleinen Platz führte, auf dem sie im Sommer die Abende verbracht hatten, und sah endlich erleichtert die Blumenkästen aus Waschbeton, in denen schon damals nichts mehr geblüht hatte. Golos Liebeserklärung an eine seiner vielen unerreichbaren Verehrten zierte in roter Farbe noch immer den grauen Stromkasten: *Jenny, es ist doch nur Liebe!*

Schon damals hatte er nicht verstanden, was Golo genau damit sagen wollte. Seinem Ziel, der Eroberung der Pillen-Jenny, war er jedenfalls auch auf diesem Weg kein Stück näher gekommen. In dieser Hinsicht waren sie lange Zeit ähnlich erfolglos gewesen. Damals. Robert wandte sich ab und erblickte endlich auch den Namen ihrer Kneipe in Schwarz auf dem an der bröckeligen Fassade flackernden Leuchtkasten aus vergilbtem Plastik. Ja, die Grotte existierte noch.

Robert war der einzige Gast, grüßte dennoch lautlos ins Halbdunkel hinein und setzte sich an den Tresen, ganz rechts an der Wand. Damals, zu Anfang ihrer Zeit in der Stadt, hatten die niedrigen Bierpreise Golo und ihn hierhergelockt, in dieses ausgediente griechische Lokal, an dessen Tischen schon lange nur noch getrunken wurde. Die Vorpächter hatten den ganzen Raum höhlengleich mit einer gipsartigen grauen Masse verspachtelt. Anstelle glatter Wände mit klaren Ecken und Kanten wölbten sich raue Rundungen, Hohlräume öffneten sich, aus denen Petroleumlampen flackerten, Simse boten Platz für Nippes, Kerzen und Postkarten von Stammgästen, die es für ein paar Wochen in die weite Welt geschafft hatten.

»Sonntagabend ohne Glotze kannste vergessen«, hörte er da eine Stimme krächzen und entdeckte an einem der Tische im dunklen Teil des Lokals einen Mann mit langen grauen Haaren und eingefallenen Wangen, der jetzt aufstand und hinter den Tresen trat.

»Ja?«

»Das ist wie früher, nur umgekehrt. Als nur irgendeine Tante ein Gerät hatte, bei der sich dann die ganze Familie traf. Heute hat jeder ein Gerät, aber keiner mehr eine Tante. Deshalb glotzen sie in der Kneipe.«

Jetzt erst begriff Robert, dass er mit Willi redete, dem Wirt, der ihn anscheinend auch noch nicht erkannt hatte.

»Bei Ihnen aber nicht?«

»Nee du, so weit kommt's noch. Vorm Fernseher saufen, das ist was für Alkoholiker. Und bitte, Robbie, nur weil ich scheiße aussehe, musst du mich nicht siezen.«

»Klar, ich dachte nur.«

»Trink lieber, Junge. Denken hilft selten. Ich habe noch jeden wiedererkannt. Und guck nicht so, als wär jemand gestorben. Wer gerne raucht, muss auch gern sterben, oder? Aber jetzt sag schon, was los ist. Du siehst nicht so aus, als wärst du zum Vergnügen hier.«

Und dann redete Robert einfach drauflos, wusste selbst nicht, wie er dazu kam, diesem halbtoten Kneipier zu erzählen, was ihn plötzlich für Gedanken heimsuchten. Aber Willi kannte das, Willi tat so, als seien die letzten Jahre nie gewesen, Willi rauchte und hustete und zapfte Bier und spendierte hin und wieder einen Kurzen.

»Ich meine, guck mal, Robbie«, sagte er schließlich, nachdem

Robert ihm erklärt hatte, worum es im Wesentlichen ging, und sie schweigend ein weiteres Bier getrunken hatten. »Frauen sind doch schon so kompliziert genug.«

»Ja und?«, fragte Robert, der nicht dahinterkam, was Willi ihm sagen wollte. »Außerdem heiße ich Rob.«

»Mir hast du dich damals als Robbie vorgestellt. So was vergesse ich nicht, sonst könnt ich gleich dichtmachen. Ist mir einmal passiert, so ein Typ Ende fünfzig, immer braunes Wildlederblouson, weißer Borsalino und halbgetönte Brille, immer Mentholzichten, zwei Fernet und ein Pils mit nem Schuss Waldmeister. Der grüne Heinrich war das, und ich hab ihn auf nen Freitag mal aus Versehen Heinz genannt. Der ist nie wieder gekommen. Da verstehn die Leute keinen Spaß. Weil so ein Name, das ist am Ende alles, was man hat. Aber gut, von mir aus Rob, jedenfalls muss man, wenn man sich so wie du anscheinend mal eben ganz neu erfindet, doch nicht auch noch eine Perle nehmen, die komplett anders ist. Exotik, das ist eher was zum Gucken. Such dir jemand, der so ist wie du, der weiß, wie du funktionierst, wie dein Fundament aussieht.«

»Wie jetzt?«

»Na, so halt. Du weißt doch am besten, wo du her bist.«

»Du meinst, eine von hier?«

»Unsinn, Robbie! Nicht von hier. Nimm dir ganz einfach ein Mädchen von zu Hause, aus der Heimat.«

»Die Stadt hier ist verdammt noch mal meine Heimat.«

»Nee du«, schüttelte Willi seine graue Mähne und zapfte eine seiner schönen Kronen auf Roberts nächstes Bier. »Heimat, das ist nicht da, wo du sein willst, das ist da, wo du her bist.«

»Meinst du jetzt das Kaff, oder was?«

»Zurück zu den Wurzeln, Robbie, genau das. Ich hab das erst nach zwanzig Jahren Höhlenleben auf den Kanaren kapiert.«

Robert griff nach dem Bier, ehe Willi es auf den Deckel stellen konnte, und gönnte sich die erste Hälfte in einem Schluck.

»Unmöglich«, sagte er. »Dann lieber ganz ohne Frau. Und bitte vergiss ein für alle Mal Robbie!«

Aber all die Sprüche und weiteren Biere waren stumpfe Schwerter im Kampf gegen diesen einen Gedanken. Robert schwieg und trank, und schließlich zahlte er und stand auf von seinem Barhocker.

»Man sieht sich«, verabschiedete ihn Willi.

»Klar«, sagte er und hob, schon unterwegs zur Tür, die Hand zum Gruß.

Als er Willi husten hörte, drehte er sich noch einmal um. Der Wirt stand gekrümmt hinter dem Tresen, die brennende Zigarette im Mundwinkel.

»Das wird schon wieder«, röchelte er.

»Du sagst es«, flüsterte Robert, winkte noch einmal, ließ dann endlich die Tür zufallen und machte sich auf den Heimweg. Immerhin regnete es nicht.

Zurück in seiner Wohnung, ließ Robert die Glastür zur Dachterrasse aufgleiten und trat unter den Himmel, der bei Stromausfall oder auf dem Land sternenklar gewesen wäre, wie zu Hause über ihrer Lichtung im Wäldchen, wo sie besoffen und bekifft ganze Nächte lang auf dem Rücken gelegen und Pläne geschmiedet hatten, bevor sie dann wirklich aufgebrochen waren. Er und Golo. Golo und er. Hier jedenfalls lag der Himmel dicht über den Häusern, hier schafften es nur die stärksten Sterne, sich gegen das milchige Licht der Stadt durchzusetzen.

Eigentlich hatte er es geschafft. An seinem Großstadthimmel strahlte Robert heller, als die meisten anderen von sich behaupten konnten. Es gab nichts, was seine Aussicht verstellte. Kein Nachbar, der ihm in die Wohnung guckte, kein Vermieter, kein

Vorgesetzter. Ja, er war ein freier Mann. Und dennoch, ausgerechnet jetzt, als er nach all den Jahren endlich am Ziel war, gerade jetzt verlor er seine gute Laune. Und das wegen der Frauen. Wegen einer Frau. Marietta. Es war lächerlich, und er versuchte zu grinsen. Erfolglos. Robert ging zurück in die Wohnung, schenkte sich widerwillig noch einen Wodka ein und nahm das Glas mit ins Schlafzimmer. Kurz versuchte er, sich über die üblichen Erotik-Clips zu amüsieren. Er musste an Marietta denken und schaltete um. Schließlich schlief er ein zu den Tönen eines Heimatfilms.

3.

DER TENNISCLUB LAG SCHON fast im Grünen, wo die Stadt langsam ins Land überging. Die Häuser verloren an Höhe, überall sah man freie Parkplätze, einmal sogar eine alte Scheune, eine Dorfkirche. Endlich wirkten die Kopfschmerztabletten, und Robert schaffte es, sich kurz über die frische Luft zu freuen, darüber, dass sie zu dieser Jahreszeit draußen spielen konnten und Golo natürlich Zeit für ihn hatte. Im Bett liegend hatte er ihn angerufen, anschließend einen Platz für den späten Nachmittag reserviert. Noch war es warm genug.

Schon vom Parkplatz aus sah er Golo mit seinem weißen Stirnband. Auch Schuhe, Hose und Hemd waren weiß, nach Vorschrift im Verein in der Kreisstadt, wo Golo als ordentliches Mitglied gespielt hatte. Robert hatte erst später, nach persönlicher Fürsprache von Golos Vater, als Gast mitspielen dürfen. Seine Eltern hätten sich die Mitgliedsbeiträge nicht leisten können. Die teure Ausrüstung sowieso nicht. Golos nicht mehr ganz sauberes Hemd spannte auffällig über seinem nicht mehr ganz kleinen Bauch, und auch wenn das nichts Neues war, wunderte Robert sich doch immer wieder darüber, dass seinem Freund gar nichts peinlich war, er überhaupt so ganz und gar nicht auf sich achtete. Er war einfach, wie er war, und war ja auch zufrieden. Solange er im Tennis gewann und abends sein Bier bekam.

»Wollen wir dann?«, fragte Golo, während Robert noch sein Dehnprogramm absolvierte, um sich nicht auch noch körperlich zu verletzen.

»Willst du dich nicht aufwärmen?«

»Ich denke, lieber nicht. Ganz ohne Risiko ist Sport doch nur halb so interessant.«

Als Robert dazu nichts weiter sagte, trottete Golo an seine Grundlinie und unterhielt sich mit einer Katze auf der anderen Seite des Zaunes.

Dann legten sie los. Golo mit seiner nach wie vor lehrbuchmäßigen Technik, vor- wie rückhändig elegant, Robert, der Kämpfer, der keine Mühen scheute, die Rückhand zu umlaufen, die Vorhand mit aller Wucht kurz vor die Grundlinie zu setzen und ans Netz zu stürmen, wo Golo ihn passierte oder eben nicht. Das hielt sich meist die Waage. Nur spürte Robert heute das Bier und den Schnaps des Vorabends im Blut, verpasste ein ums andere Mal den richtigen Moment, um loszustürmen, drosch eine Vorhand nach der anderen in den Himmel. Die Hälfte ihrer Bälle lag schnell im angrenzenden Wald.

»Ist dir nicht gut?«, fragte Golo, entspannt auf der vergilbt weißen Plastikbank sitzend, nachdem er den ersten Satz für sich entschieden hatte.

»Marietta ist weg.«

»So fand sich das Ende deiner spanischen Phase?«

Golo grinste unter seinen langen roten Locken. Seine Augen strahlten hinter der silbernen Nickelbrille aus Fensterglas, die er mit einem Einmachgummi um den Hinterkopf fixiert hatte. Dazu diese seltsam hochgestochene Sprache.

»Ich hab's vor die Wand gefahren.«

»Du bist nun mal ein seltenes Exemplar der Spezies Phasentier, aber bislang hast du noch immer recht schnell ein neues Betätigungsfeld erschließen können«, sagte Golo und drehte sich eine seiner tiefschwarzen Zigaretten.

»Weißt du, was sie wollte?«

»Ich wage nicht zu raten.«

»Sie wollte wissen, wie ich als Kind ausgesehen habe.«

Golos etwas unbeholfener Gesichtsausdruck signalisierte ihm auch durch den stinkenden Tabakqualm hindurch deutlich, dass selbst sein alter Freund damit nicht gerechnet hatte.

»Na und? Taugten die alten Bilder ihr zum Schrecken?«

»Was denn für alte Bilder?«

»Na, die aus deiner Kindheit.«

»Warum sollte ich ihr Bilder aus meiner Kindheit zeigen?«

»Ich dachte, sie fragte danach.«

»Hat sie auch.«

»Und was geschah?«

»Ich hab sie ihr natürlich nicht gezeigt! Es gibt gar keine Bilder aus meiner Kindheit, und wenn, dann gehen die sie einen Dreck an.«

»Und da wollte sie dir keinen Glauben schenken?«

»Was weiß ich denn, was sie glauben wollte? Sie wollte jedenfalls wissen, wie ich früher war, woher ich komme. Vielleicht ist das in unserem Alter ja normal. Ist das normal?«

»Was nennt das Volk schon normal? Die absolute Entblößung in Liebesdingen? Möglich, aber ist das Normale erstrebenswert? Wir sind doch jedenfalls nicht ausgezogen, andauernd zurückzublicken.«

»Sie meinte, ich sei gar kein Mann.«

»Was?«

»Ja, das war sozusagen ihr Schlusswort. Entweder hat sie einen Knall, oder ich mache etwas falsch. Vielleicht mache ich ja wirklich etwas falsch.«

Golo setzte die Wasserflasche an und ließ sich besonders viel Zeit, als bräuchte er die, um nachzudenken. Robert fragte sich, was er da gerade alles erzählt hatte und ob das sein Ernst sein konnte.

»Unglaublich«, sagte Golo schließlich. »Ich hätte nicht gedacht, dass es so schnell passieren würde, aber ich war doch sicher, der Tag würde kommen.«

»Was für ein Tag?«

»Der Tag, an dem du zweifelst. Ich kenne dich einfach schon zu lange. Mir war klar, dass dir die Portion Zynismus fehlt, um diesen hübschen Hochglanz-Lebenskuchen in Gänze aufgehen zu lassen.«

»Was denn für ein Lebenskuchen?«

»Dieses ganze Konstrukt, das du dir da gebaut hast. Deine pseudo-postadoleszent abgeklärte Lebensphase. Die tollen Frauen, die schicke Agentur, deine Wohnung, deine Uhren.«

»Was hat das denn mit meinen Uhren zu tun?«, fragte Robert ehrlich verwirrt.

»Du nimmst sie ernst. Du bist einfach kein Spieler, noch nie gewesen. Du möchtest wirklich glauben, aber Glauben, das ist in deinem neuen Leben nur eine Facette der Außendarstellung. Das bist nicht du, der da erfolgreich ist. Ganz im Ernst, Robert, wir wissen doch beide, dass du nicht der zynische Meister des schönen Scheins bist, der zu sein du seit ein paar Jahren vorgibst, sondern ein echter Mensch mit echten Träumen.«

»Na dann«, sagte Robert und fand endlich die Kraft, wieder aufzustehen. »Dann lass uns lieber weiter Tennis spielen.«

Aber er entkam nur Golos Worten, nicht seinen eigenen Gedanken. Er spielte so unkonzentriert, dass er nicht einen einzigen seiner ersten Aufschläge platzierte und Golo kein Problem hatte, ihm ein Spiel nach dem anderen abzunehmen und seine eigenen souverän, ja hin und wieder sogar mit der Arroganz des Übermutes durchzubringen.

Robert verlor zunehmend die Lust. Zwischen zwei Ballwechseln trottete er den Bällen hinterher und wunderte sich, wie selbstverständlich er Golo erzählt hatte, dass es ihm schlechtging. Wie nah sie sich immer wieder kamen, obwohl sie vollkommen verschieden waren, sich eigentlich gar nicht verstanden, niemals zusammengefunden hätten, wenn sie nicht gemeinsam aufgewachsen wären. Das war doch genau das, was mit Marietta nicht funktioniert hatte. Sie kannte ihn einfach nicht. Sie war ihm vollkommen fremd geblieben. Warum sollte er sich auch mit einer Frau vom anderen Ende der Welt so gut verstehen wie mit einem Freund aus der Heimat? Aber wie sollte er sich in seinen Freund verlieben? Da spürte Robert ein glückliches Kribbeln im Nacken. Er erinnerte sich an Willis weise Worte, und die Gedanken kamen ihm wie von selbst.

»Robert?«, hörte er Golo rufen und merkte, dass er beim Aufheben der Bälle am Zaun stehen geblieben war. »Du bist jetzt nicht etwa beleidigt, oder?«

»Ich hab die Lösung«, rief er über den Platz.

»Die Lösung?«

»Die Lösung«, sagte er und winkte seinen Freund zurück zur Plastikbank, unter der die Katze es sich mittlerweile gemütlich gemacht hatte.

»Wir beide«, setzte er fast hektisch an, um nicht zu vergessen, was er plötzlich verstanden hatte. »Also du und ich, wir sind damals doch einfach so abgehauen, ohne jeden Grund, sagen wir, fürs Abenteuer, und tun seitdem so, als wären wir eigentlich von hier, als wären wir Männer ohne Vergangenheit. Dabei muss man sich doch nur die ganzen anderen Auswanderer angucken, um zu kapieren, dass das Unsinn ist, radikal von vorne anfangen zu wollen.«

»Die anderen Auswanderer?«

»Die bleiben doch auch unter sich und holen ihre Frauen aus der Heimat oder zumindest aus der Verwandtschaft oder was auch immer. Jedenfalls nehmen sie eine, die mehr oder weniger den gleichen Horizont hat.«

»Nimm es mir bitte nicht übel, Rob, aber ich meine beobachten zu müssen, dass du dich da auf einen äußerst wurmstichigen Holzweg begibst. Nur weil sich gerade ein kleines sinnliches Vakuum in deinem Leben auftut, musst du ja nicht gleich den Sinn in der alten Heimat suchen. Die letzten sechzehn Jahre erging es dir doch ganz gut hier, wenn ich das recht erinnere.«

»Sechzehn Jahre sind wir hier?«

»Und drei Monate«, grinste Golo.

»Das weißt du so genau?«

»Ich feiere jedes Jahr.«

»Was feierst du?«

»Die Freiheit.«

»Und warum klappt es mit den Frauen nicht, in deiner Freiheit?«

»Vermutlich weil Frauen und Freiheit nur als Alliteration zusammenpassen. Oder weil die richtige sich noch nicht vorgestellt hat.«

»Und warum?«

»Was weiß denn ich? Vielleicht weil du ein bisschen stark auf, sagen wir, das Äußerliche achtest.«

»Ich?«

»Ja, du.«

»Na siehst du.«

»Entschuldige?«

»Eben genau das ist es doch. Ich achte auf den Schein und vergesse die inneren Werte, also die Ähnlichkeiten, die Seelenverwandtschaften, die ganzen Gründe dafür, dass man sich für eine Frau aus der Heimat entscheidet. Das hier sind alles Eingeborene, Indianerinnen, die man mit billigen Glasperlen gewinnt. Auch wenn sie noch so attraktiv sind, sie sind einfach anders. Die Siedler haben sich doch auch Frauen aus der Heimat kommen lassen, oder nicht?«

»Du hast wirklich einen Knall, Rob. Seit wann denkst du dir denn solche Geschichten aus?«

Dann betrachteten sie jeder für sich eine andere Ecke des Platzes.

»Rob«, setzte Robert nach einer Weile an. »Das ist doch auch so ein Beispiel. Mein ganzes Leben heiße ich Robbie, und dann will ich plötzlich, dass sie mich Rob nennen.«

»Jetzt mach aber mal halblang! Du warst vielleicht fünfzehn Jahre der unglückliche kleine Robbie und bist jetzt seit mindestens genauso vielen Jahren der ziemlich zufriedene Rob.«

»Entscheidend ist doch, was zuerst war. So ist man dann halt.«

»So ist man dann halt?«

»Ja.«

»Das klingt mir doch ein wenig zu fatalistisch. Das ist deprimierend. Schlimm.«

»Ansichtssache.«

»Und was hast du jetzt vor, wo du halt so bist? Soll deine Mutter dir eine gemäß Ansichtssache gute Partie im Dorf suchen?«

»Was hat denn meine Mutter damit zu tun?«

»Anscheinend treibt es dich doch zurück zu ihr, in den trockenen Schoß von Mutter Heimat, die dir schon deine ganze ach so unbeschwerte Kindheit beschert hat.«

»Was hat denn das mit meiner beschissenen Kindheit zu tun? Ich will doch nur überlegen, ob da etwas dran sein könnte. Mal gucken, wer von damals sich hier noch so herumtreibt.«

Jetzt war Golo nicht mehr überrascht, sondern schockiert. Nervös fingerte er an seinem Tabaksbeutel und drehte sich die nächste Zigarette.

»Du willst was?«, fragte er dann, als die ersten Krümel glühend auf den Platz fielen, die Tabakasche schwarz auf dem roten Sand des Platzes zum Liegen kam, bis ein Windstoß sie fortblies.

»Mann, Golo, du weißt genau, dass ich nicht eine Nacht bei meinen Eltern verbringen könnte. Aber wir waren doch nicht die Einzigen, die weg sind damals. Das war eine regelrechte Massenflucht, ein Exodus, und warum sollten wir uns mit denen nicht verstehen? Überleg doch mal, wie andere Volksgruppen in der Ferne zusammenhalten, diese ganzen Auswanderergeschichten. Wir wären ja dumm, wenn wir uns das nicht zumindest mal ansehen.«

»Wir als Volksgruppe in der Diaspora?«

»Ja, du und ich und die anderen.«

»Das ist Humbug.«

»Das ist die Lösung.«

»Das ist wirklich die wahrlich unsinnigste Idee, die du in deinem ganzen Leben hattest, Robert. Du entscheidest dich aus freien Stücken für die Unfreiheit. Ich kann ja nur befürworten, dass du dich ein bisschen um dein Seelenheil kümmerst und den Verlockungen des Glitzerkapitalismus entsagen möchtest, aber das hier ist Rassismus. Du willst dich selbst auf deine ethnische Herkunft reduzieren, weil dir die Freiheit zu anstrengend ist. Du erliegst der Verlockung der Ghetto-Romantik. Wenn du die Freiheit aufgibst, die du dir selbst geschaffen hast, die wir uns geschaffen haben, dann war alles umsonst, dann bist du einfach wieder der kleine Robbie zu Besuch in der Stadt. Dann kannst du auch gleich zurück aufs Land. Natürlich ist dir jetzt diese Spanierin abhandengekommen, aber deshalb gleich alles aufgeben und in die schäbige Welt zurückkehren, aus der du geflohen bist?«

Robert hatte Golos Monologen schon häufiger nicht ganz folgen können und sie dann einfach ignoriert. Plötzlich nervte ihn aber das altkluge Getue seines Freundes. Schließlich waren das seine ganz neu gewonnenen Erkenntnisse, die er so einfach abtat.

»Man könnte meinen, du bist verknallt in den Moloch«, sagte Robert schließlich.

»Den Moloch?«

»Ja, dieses ganze Ding hier. Die entwurzelten Leute, die nicht wissen, wo sie hingehören. Die sternenlosen Nächte. Die Kanalisation.«

»Ja, Rob, ich liebe diese Stadt bis hin zum Gestank ihrer Gullys, der wie edelstes Parfum anmutet verglichen mit der Gülle von damals. Ich vermisse weder den ungetrübten Sternenhimmel, noch kann ich etwas anfangen mit den Menschen, die ihre Füße hierherbewegen und im Kopf das Dorf mitnehmen. Das ist mein Leben hier. Das ist alles, was ich gesucht habe. Die Stadt hat alles, was wir brauchten, und du wirst das genauso sehen, wenn du erst einmal wieder bei dir bist. Diese Nostalgie steht dir wirklich überhaupt nicht. Das ist ja lächerlich.«

»Ist ja gut«, lenkte Robert ein, weil er langsam begriff, dass er die Heimatfährte alleine weiterverfolgen musste. »Komm, weiter geht's.«

»Schaden wird dir das sicher nicht«, seufzte Golo und klopfte ihm auf die Schulter. »Und jetzt lass mal den Kopf nicht hängen. Das wird schon wieder.«

»Ja, klar«, murmelte Robert und trottete an die Grundlinie, wo er auf den Ball eindrosch, als sei der verantwortlich für diese Gedanken, die er einfach nicht mehr loswurde.

Der erste Aufschlag ging weit über die Grundlinie. Der zweite knapp ins Aus. Golo gewährte ihm einen dritten, der es knapp über das Netz schaffte und das Hartplastik der Linie an einer kleinen Stelle weiß aufscheinen ließ im Licht der tiefstehenden Sonne. Noch gab es Hoffnung.

Als Golo ihn anschließend zum Essen in ihre alte gemeinsame Wohnung einlud, zögerte Robert nur kurz. Er war er seit Jahren nicht dort gewesen, hatte sich bei jeder Geburtstags-, Weihnachts- oder Silvesterfeier mit irgendwelchen Terminen entschuldigt, um dieser Begegnung mit sich selbst aus dem Weg zu gehen. Vielleicht würde ihm genau das aber jetzt weiterhelfen, eine Rückkehr in die nicht ganz so ferne Vergangenheit.

Keine halbe Stunde später saß Robert an ihrem alten Küchentisch, auf genau dem klapperigen Holzstuhl, den er damals am Straßenrand gefunden hatte. Gar nichts hatte sich hier verändert, seit er ausgezogen war. Auf dem schwarzweiß vergilbten Plakat saß immer noch Steve McQueen auf seinem Motorrad am Stacheldraht der Schweizer Grenze, das Theaterprogramm einer noch im letzten Jahrtausend vergangenen Spielzeit lud zur Vorstellung der *Drei Schwestern* und des *Kirschgartens*, der Gasherd versteckte sich unter einer dicken Kruste getrockneter Essensreste, die Zwiebeln im eisernen Netzgehänge hatten Blüten getrieben, um gleich darauf zu verdorren. Wochen- und monatelang hatte Robert hier gesessen und überlegt, was er in dieser Stadt verloren hatte. Hin und wieder hatte er Golo in eines seiner Seminare begleitet, war mit ihm Tennis spielen gegangen oder hatte sich in der Grotte zu vielen Bieren einladen lassen. Nein, er hatte es nie bereut, von zu Hause weggegangen zu sein, aber schon damals rätselte er, was genau ihm fehlte. Viel zu lange suchte er die Lösung in sich selbst. Jetzt aber hatte er sich endlich ein neues Leben aufgebaut! Es gab keinen Grund mehr zu zweifeln. Er würde diesen Heimatgespenstern einfach ins Auge blicken, um sie so zu vertreiben.

»Und bei dir?«, fragte er schließlich. »Läuft alles gut?«

»Absolut«, sagte Golo, ohne sich umzudrehen. »Absolut. Ich bin jetzt fast durch mit der Poesie.«

»Und was kommt dann?«

»Na, der Roman natürlich«, sagte er und sah ihn breit grinsend an. »Dann kommt endlich der Roman.«

»Manche Dinge brauchen wohl einfach Zeit.«

»Absolut.«

»Du wolltest doch schon immer einen schreiben, schon als wir in der Hütte gesoffen haben.«

»Absolut. Man muss sich selbst nur die Treue halten.«

»Klar.«

»Du solltest auch mal wieder die Gitarre in die Hand nehmen, sonst verlierst du eines Tages gänzlich den Kontakt zu dir selbst und wirst zu einem der vielen sinnsuchenden Erfolgreichen, die ihr hart verdientes Geld für teure Selbstfindungsseminare ausgeben.«

»Bitte, Golo, ich hatte für heute genug Analyse.«

»Wie du meinst. Dann könntest du uns unten noch schnell ein paar Bier holen, oder?«

Und Robert sah, wie Golo in seine Tasche greifen wollte, um ihm Geld zu geben, so wie er ihm damals immer Geld zugesteckt hatte, damit er runtergehen konnte zur Bude an der Ecke. Ohne Golo und sein Geld hätte er es in der Stadt nicht geschafft. Und plötzlich sehnte Robert sich schon wieder zurück in diese gar nicht glamouröse Zeit, die doch voller Magie gewesen war, weil noch gar nichts feststand und er sich immer auf diesen Freund hatte verlassen können. Selbst dann noch, als er ihn hatte sitzenlassen, um sein Glück mit der Gitarre auf der Bühne und in Ophelias Bett zu suchen. Ja, zum ersten Mal wurde Robert bewusst, dass sein Freund immer da gewesen war, ganz egal, womit er selbst gerade versuchte glücklich zu werden.

»Lass mal stecken«, sagte Robert und merkte, dass ihm die Stimme versagte. »Geld hab ich genug.«

4.

DER HERBST GAB SICH dem Winter nicht geschlagen, so dass Robert am nächsten Morgen von der Sonne aus dem Bett und in seine Routine getrieben wurde. Den Gedanken daran, dass es wirklich nicht nötig gewesen war, ausgerechnet seinen Freund Golo zu Rate zu ziehen, wenn es darum ging, eine praktische Lösung für ein Problem zu finden, verdrängte er mit einigen Dutzend Liegestützen. Was für ein Unsinn, nach hinten zu schauen, wenn man nach vorne wollte! Anschließend inspizierte er sich zufrieden im Spiegel, der die komplette Stirnseite seines Badezimmers ausfüllte. Die Muskeln waren immer noch gut konturiert wie bei einem Dreißigjährigen, Brust und Bauch würde er bald wieder enthaaren lassen, auf dem Kopf fand er gerade einmal zwei graue Haare, die er mit der Pinzette entfernte. Er musste noch lange nicht färben! Falten waren nicht in Sicht. Es gab also überhaupt keinen Grund, verrücktzuspielen, und schon gar nicht wegen einer Frau. In der Schublade neben dem Waschbecken lag der Stapel mit seinen Tageszielen. Auf gelben Zetteln standen sie, jedes für sich. Robert entschied sich für *Erfolg* und *Souveränität* und pappte sie an den feuchten Spiegel.

»Du musst nur an dich glauben«, sagte er und zwinkerte sich zu. »So einfach ist das.«

Später ging er zu Fuß zur Arbeit, um die wiedergewonnene

Klarheit noch ein bisschen zu genießen, noch einmal alles zu bedenken. So wie an diesem Wochenende hatte er sich seit Jahren nicht mehr erlebt, so schwach und gar nicht Herr der Situation. Das hatte er doch alles lange hinter sich gelassen, diese ganzen Emotionen. Es reichte vollkommen aus, auf die Straße zu gehen, sich die anderen anzusehen, um zu wissen, dass man selbst auf der sicheren Seite stand, dass es gar keinen Grund gab, an sich zu zweifeln. Und wenn es doch dazu kam, durfte man nicht so dumm sein, den Zweifel zu zeigen. Niemals.

Als Robert schließlich in die Toreinfahrt zu seiner Agentur einbog, war er regelrecht glücklich. Das hier war sein neues Zuhause, seine wirkliche Heimat, dieser einstöckige Pavillon im Hinterhof, über dessen Tür er die Leuchtschrift in blauem Neon hatte anbringen lassen: *City Lights*.

Seit fast fünf Jahren war er jetzt Geschäftsführer und Besitzer seines eigenen Ladens, einer kleinen Kommunikationsagentur, die für einen Chef und knapp zehn Angestellte mehr abwarf, als man ausgeben konnte. Seit ziemlich genau fünf Jahren, und deshalb musste er sich etwas einfallen lassen für die Jubiläumsfeier im Dezember.

Als Robert durch die große Glastür auf den schwarzen Kunststoffboden trat, war er restlos überzeugt, dass alles wieder gut war. Da saßen seine Angestellten, grüßten herzlich, gaben ihm das Gefühl, dass er wirklich etwas geschafft hatte. Ja, es war nur ein kurzer Moment der Schwäche gewesen. Der Herbst war da und die Frau weg und so weiter. Nichts, was sich nicht bewältigen ließe.

Robert schritt grüßend durch den Raum und die Treppe hoch zu seinem Büro auf halber Höhe. Er freute sich. An guten Tagen wie diesem konnte Robert stundenlang an seinem Schreibtisch sitzen, ohne anderes zu tun als Tee zu trinken und sich die Projekte der letzten Jahre anzusehen. Er umgab sich mit einer Aura der Geschäftigkeit, die ihn vor jeder Störung schützte, und genoss die Ruhe inmitten des geschäftigen Treibens der Menschen, denen er Arbeit gab.

Nachmittags rief er dann Tina, eine seiner Grafikerinnen, zu sich, um sie für den Abend zum Essen einzuladen. Er ging regelmäßig mit einzelnen Mitarbeitern aus, um den Kontakt zu den Menschen nicht zu verlieren. Außerdem würde er so den Abend nicht alleine verbringen müssen, ja, vielleicht sogar Spaß haben und die ganze Heimatepisode endgültig abschließen und vergessen.

»Klar, heute passt«, lächelte Tina, nachdem er sie zu sich gerufen hatte.

»Wir können gleich von hier los, wenn's dir nichts ausmacht«, schlug er vor.

»Sicher«, sagte sie. »Ist ja nichts Konspiratives, oder?«

Am Abend saßen sie dann bei seinem Italiener und unterhielten sich unverfänglich. Tina redete von ihrem Schaffen, er von seinem Machen, sie von Kunst, er vom Geschäft. Robert gefiel es, sich mit Menschen zu umgeben, die sich etwas vorgenommen hatten, denen das, was sie taten, auch Spaß machte. Tina konnte sich für jede Broschüre, für jede Farbnuance eines Logos ehrlich begeistern, auch wenn der Kunde ein Zulieferer von Ersatzteilen für die chemische Industrie war. Was sollte all das Geschwätz darüber, wer man war, wenn man über Dinge reden konnte, die passierten, die wirklich wurden, weil man selbst dafür sorgte? Das war seine Welt. Das hatte Willi gemeint. Er brauchte einfach eine Frau, mit der er reden konnte. Und hübsch war sie auch, wie sie ihn ganz begeistert mit ihren Rehaugen anschaute.

»Schon klasse, so ein Stammitaliener«, lächelte sie, nachdem Robert im Anschluss an den zweiten Hauptgang den üblichen kleinen Smalltalk mit Emilio hinter sich gebracht hatte. »Da fühlt man sich dann richtig wie zu Hause.«

»Klar«, grinste er. »Den Besitzer hier kenn ich seit Jahren.«

»Toll!«, sagte sie. »Das muss klasse sein, wenn man dazugehört. Deshalb freu ich mich immer noch jedes Mal darauf, zu Hause zum Italiener zu gehen. Bei Antonio habe ich schon als Baby Ravioli gegessen. Der Geschmack ist für immer abgespeichert. Wahnsinn, wie man dann doch an seiner Heimat hängt, oder?«

Robert führte das Weinglas nicht ganz bis zum Mund. Er verharrte, um sie anzusehen, zu ergründen, was sie da gerade gesagt hatte.

»Alles okay, Rob?«, fragte sie. »Stimmt irgendetwas nicht?«

»Doch sicher, alles klar«, sagte er schnell.

»Ich hab doch nichts Falsches gesagt, oder?«

»Vielleicht die Muscheln.«

Er versuchte zu grinsen, aber ihre Reaktion zeigte ihm deutlich, dass er schon wieder dabei war, aus der Rolle zu fallen.

»Willst du lieber nach Hause?«

»Nein, warte, es geht schon. Ich verschwinde nur kurz.«

Sie sah ihn ehrlich besorgt an, und er versuchte, weiter zu lächeln, gleichzeitig so zu tun, als sei ihm tatsächlich schlecht von den Muscheln.

Am Waschbecken war er zum Glück alleine, sah im Spiegel diese verunsichert traurigen Augen und konnte nicht fassen, was ihm da gerade wieder für ein Streich gespielt wurde. Eine einzige blöde Bemerkung von ihr, und seine ganze Souveränität war dahin. Er, Robert Gernold, selbstgemachter Mann im besten Alter, verlor die gute Laune, weil eine Angestellte aus der Provinz ihm von ihrem Kindheitsitaliener erzählte. Weil sie sagte, dass sein Lieblingsitaliener mit seiner großartigen Stimmung, den entspannten Kellnern, die ihn bevorzugt bedienten, dem perfekten Essen, dass all das sei wie bei ihr zu Hause. Verdammt, das war doch viel besser als alles, was zu Hause je gewesen war! Das war garantiert auch so viel besser als dieses Scheißzuhause von dieser Tina! Und die bekam feuchte Augen beim Gedanken an ihren Antonio, während er nur an diesen staubigen Hof seiner Eltern dachte, die wässrige Erbsensuppe, die ganze Taubenscheiße. Das hier war nicht wie zu Hause, das war zu Hause! Nur würde er sich nicht so aufregen, nicht blass und stammelnd vor diesem Spiegel stehen, wenn er sich selbst glauben würde. Nein, die Geister waren da, er musste den Kampf annehmen.

»Du schaffst das!«, sagte er leise und bestimmt. »Du wirst das schaffen, Robert Gernold.«

Da er keinen Zettel zur Hand hatte, befeuchtete er seinen rechten Zeigefinger und schrieb das Ziel dieses Abends an den Spiegel.

»Du schaffst das!«, sagte er noch einmal lauter.

Da hörte er die Spülung aus einer der Kabinen, wischte schnell seine Worte vom Spiegel und setzte an, aus der Toilette zu stürzen, um nicht erkannt zu werden, als die Tür hinter ihm aufging.

»Ich dachte schon, du willst die Kleine nicht«, hörte er da die Stimme von Emilio, dem Besitzer des Restaurants.

»Was?«, fragte er, spürte, wie seine Wangen glühten.

Jetzt trat Emilio neben ihm ans Waschbecken, wusch sich die behaarten Pranken und grinste.

»Die Kleine an deinem Tisch, natürlich schaffst du das, Kollege. Und sag nicht, dass sie dich nicht interessiert!«

»Und wenn doch? Also, wenn nicht?«

»Dann solltest du zum Arzt gehen, mein Lieber, und keine Schweinereien auf unseren Spiegel malen.«

Robert ertrug die kräftigen Schulterklopfer, versuchte, sich nichts anmerken zu lassen, und ließ dem freundlich grinsenden Koloss schließlich den Vortritt. Dann atmete er noch einmal tief durch und schritt möglichst selbstbewusst zurück ins Restaurant und zwischen den vollbesetzten Tischen hindurch.

»Alles in Ordnung?«, fragte Tina.

»Klar. Sicher. Nur ein kleiner Aussetzer.«

»Super.«

»Na, dann mal ran an die Muscheln.«

Sie schaute skeptisch, aber er legte einfach los, fummelte eine Muschel nach der anderen aus ihrem mittlerweile kalten schwarzen Gehäuse und tat so, als würde er genießen.

Beim Nachtisch fragte er mit neuem Mut noch einmal nach, wo genau sie denn herkam. Tina nannte einen Ort, von dem Robert noch nie gehört hatte, erzählte von einer Gegend, die ihm gar nichts sagte, schwärmte von einem Menschenschlag, der ihm auf Anhieb unsympathisch war. Und Robert merkte, wie ihm schon wieder die Gesichtszüge entglitten.

»Wollen wir gleich noch was trinken?«, fragte er deshalb schnell. »Kleiner Absacker? Bei mir?«

»Ich glaube nicht, dass du noch was trinken solltest, Chef. Ganz ehrlich, so richtig gesund siehst du nicht aus.«

»Wirklich?«, fragte er. »Mir geht's aber bestens.«

»Du bist ganz blass.«

»Muss am Licht liegen.«

»Du zitterst.«

Er sah das Weinglas in seiner Hand wackeln, als wäre er krank, ein alter Mann, für den all das zu viel war.

»Ja, vielleicht«, sagte er schließlich. »Vielleicht waren das wirklich die Muscheln, und ich sollte besser nach Hause.«

»Ja, klar.«

»Und das ausgerechnet hier.«

»Tut mir echt leid.«

»Kannst du ja nichts für«, log er, denn natürlich konnte sie alles dafür. Weil sie wieder die falsche Frau war. Weil sie ganz einfach aus der falschen Ecke des Landes kam. Kurz spielte er mit dem Gedanken, Emilio zur Ablenkung eine Szene zu machen wegen der Muscheln, nur würde das Tina jetzt kaum noch beeindrucken. Also blieb ihm nichts anderes zu tun, als die Rechnung kommen zu lassen und ihr in ihren Parka zu helfen.

»Also dann, bis morgen, Chef, und gute Besserung«, lächelte sie, als sie kurz darauf ins Taxi stieg.

»Ja, bis morgen«, sagte er. »Und das mit dem Absacker können wir ja nachholen.«

»Jedenfalls danke fürs Essen, trotzdem.«

Als das Taxi im Nieselregen verschwunden war, schlug Robert den Kragen seines Trenchcoats hoch, zündete sich eine Zigarette an und trottete, die Hände tief in den Manteltaschen, den Boulevard entlang. Der feuchte Asphalt reflektierte die Lichter der Autos, die ganzen alten Neonreklamen. Im Schein der Straßenlaternen wirkte der Regen zunächst stärker, als er war. Dann aber regnete es wirklich so stark, dass Robert unter einem Balkon stehen blieb, um abzuwarten.

Er hörte Musik. In der Erdgeschosswohnung brannte Licht. Ein Fernseher lief. Durch die Gazevorhänge flackerte schwarzweiß das Bild. Roberts Haare waren nass, Wasser lief ihm über die Stirn und übers Gesicht. Er wischte sich über die Augen, versuchte zu erkennen, was in dem Film passierte. Ein junger Mann mit Hut raste im Auto über Land eine Allee entlang, rauchend, anscheinend von der Polizei verfolgt, in der Hand einen alten Revolver.

»Haste kein eigenes Zuhause, oder was?«, brüllte da plötzlich jemand aus der Wohnung.

Robert sah, wie ein fetter Mann mit langen Haaren ansetzte, vom Sofa aufzustehen. Schnell ging er weiter. Die aufgeregte Filmmusik wurde leiser, bald übertönt vom satten Zischen der Autoreifen. Früher hätte er das Klischee genossen, jetzt aber war er einfach fassungslos, dass er, in seinem Alter, mitten auf der Straße weinte. Weil er sich verloren vorkam. Weil auch er sich gerne erinnert hätte an einen Antonio oder Alberto, bei dem er mit seinen Eltern glücklich Pizza gegessen hatte. Weil alles um ihn herum plötzlich vollkommen fremd war und er dem nichts entgegenzusetzen hatte. Weil er sich blamiert hatte. So unwahrscheinlich ihm das auch erscheinen mochte, er war in eine Sackgasse geraten, hatte alles dafür gegeben, sich ein neues Leben aufzubauen, mit dem er am Ende doch nichts anfangen konnte.

In den Seitenstraßen war kein Mensch mehr unterwegs. Doch selbst bei diesem Dauerregen hatte Robert keine Lust, nach Hause zu gehen. Also machte er einen kleinen Umweg zu seiner Bank. Vielleicht sollte er anschließend noch einmal zu Willi in die Grotte? Der Sache auf den Grund gehen, wie der Wirt mit seiner blöden Bemerkung so viel Unheil hatte anrichten können? Nur wusste Robert natürlich schon jetzt, dass Willi sich nicht verantwortlich machen ließe. Zu Recht.

Bei der Bank angekommen, steckte er seine Karte in den Automaten und wählte einen viel zu hohen Betrag. Das Geräusch der Geldzählmaschine beruhigte ihn. Zumindest darauf konnte er sich noch verlassen.

Etwas weniger verzweifelt machte Robert sich dann auf den Weg zur Grotte. Irgendwie würde Willi ihm schon helfen können, schlimmstenfalls mit einigen Schnäpsen. Fast ein bisschen vorfreudig bog er um die nächste Ecke, als er plötzlich zwei Gestalten vor sich stehen sah.

»Darf ich?«, fragte er.

»So spät noch unterwegs, Meister?«

Robert hätte in eine große Pfütze am Fahrbahnrand ausweichen müssen, um nicht stehen zu bleiben. Er wohnte schon zu lange hier, um sich das bieten zu lassen.

»Kennen wir uns?«

»Er fragt, ob wir uns kennen.«

»Wir kennen ihn, oder?«

»Du sagst es. Wir sind deine Schatten, Mann.«

»Du kannst uns nicht entkommen.«

Die beiden Spinner waren das Letzte, was Robert gebrauchen konnte. Er wollte an den Tresen, sich in aller Ruhe vollaufen lassen. Zur Not ein paar Worte wechseln. Er musste weiter.

»Ich würde dann trotzdem gerne.«

»Deine Würde ist unsere Bürde, Mann.«

»Das schreit nach Entschädigung.«

»Der Mantel der Tanten ist teuer.«

»Und Spekulanten Ungeheuer.«

»Tut mir leid, aber ich glaub nicht, dass ich da der richtige Ansprechpartner bin, Jungs.«

»Ansprechpartner deine Mutter, Meister. So schick und so blöd, wie macht ihr das nur?«

»Das hier sind die verrohten Sitten der Big City!«

»Und ihr seid die Gangster?«

»Scheiß auf die Gangster. Wir sind die Opfer und verlangen nach Entschädigung!«

»Genugtuung.«

»Rache.«

Robert fragte sich, ob die beiden ihr Theater womöglich ernst meinten, ihn hier, mitten in der Stadt, auf einer Straße, die er Hunderte Male zu jeder Uhrzeit gegangen war, überfallen wollten. So unglücklich dieser Abend und die ganzen letzten Tage verlaufen waren, das hatte selbst er nicht verdient. Da sah er etwas Dunkles auf sich zurasen, fühlte, wie sein Kopf weggerissen wurde und er das Gleichgewicht verlor. Der Schmerz war kurz, wich fast sofort einer panischen Angst davor, dass die beiden es dabei nicht bewenden lassen würden. Jetzt war sein Leben wirklich vorbei. Das war die Strafe für sein Zweifeln, sein verpfuschtes Dasein. Er war schlecht und hatte es nicht anders verdient, und trotzdem wollte er weiterleben. Das konnte gar nicht wahr sein! Auch er wollte doch nur ein bisschen Glück!

Er landete mitten in der Pfütze, riss die Arme über den Kopf, versuchte sich zu schützen, zusammengekrümmt, zitternd. Es folgten keine weiteren Schläge oder Tritte.

»Keine Angst, Meister, das ist kein Film. Das ist die Wirklichkeit.«

Robert machte die Augen auf und sah die beiden über sich stehen. Sie grinsten. Vorsichtig griff er nach seinem Portemonnaie und warf es ihnen hin. Sie hoben es auf, betrachteten anerkennend den Inhalt und warfen ihm schließlich einen einzelnen Schein hin.

»Für die Reinigung, Meister.«

Dann drehten sie ab und verschwanden lachend um die Ecke.

Robert blieb einfach liegen, bis ihm klar wurde, dass er komplett durchnässt war. So schnell wie möglich raffte er sich auf, starrte ungläubig die Straßenecke an, hinter der die beiden verschwunden waren. Davon hatte er noch nicht einmal gehört, seit er hier lebte, dass so etwas möglich war. Kein Mensch war zu sehen, kein Fenster erleuchtet. Er fror und hatte ganz sicher keine Lust, sich von irgendeinem Bullen belehren zu lassen, dass man in der Gegend um die Uhrzeit mit so viel Geld nicht alleine unterwegs zu sein hatte. Er hatte auch kein Bedürfnis nach den witzigen Kommentaren irgendeines Krankenpflegers. Er hatte überhaupt kein Verlangen nach irgendetwas, aber er war ganz klar, ja, plötzlich sah er die Situation so deutlich wie noch nie. Wenn er sich in seinem eigenen Viertel anpöbeln und ausrauben lassen musste, dann hatte er gar nichts geschafft. Dann konnte er es genauso gut mit einer Frau aus der Heimat versuchen.

5.

WIEDER VERBRACHTE ROBERT DEN Großteil des Tages alleine an seinem Schreibtisch. So blieb er verschont von all den wohlmeinenden Erkundigungen nach seiner mittlerweile dunkelblau verfärbten Wange. Letztlich hatte er wohl Glück gehabt, an zwei Gangster mit Humor geraten zu sein. Aber das ging keinen etwas an, und er hatte zu tun. Er musste weiter mit voller Energie darüber nachdenken, wie er Kontakt zur Heimat aufnehmen konnte, wie sich diese Geschichte vorantreiben ließe, welchen alten Bekannten er in den vergangenen Jahren mehr oder weniger zufällig begegnet war. Und plötzlich hörte er sich Namen sagen, die er doch längst vergessen hatte.

»Valentin«, sagte er. »Valentin Jablonski.«

Das war einer der kompromisslosen Abende mit Golo gewesen, die sie immer wieder hinbekamen, auch wenn sie sich sonst wenig zu sagen hatten. Im Wesentlichen ging es darum, so viel wie möglich auf ihre Freundschaft zu trinken und keine allzu ernsten Themen anzusprechen. Jedenfalls stand da plötzlich dieser Valentin Jablonski hinter ihnen am Tresen und rief *Golo! Robbie! Ich fass es nicht, ihr hier?* So begeistert, wie sie sich entgeistert zu ihm umdrehten. Und dann ging es los von wegen *Ist doch echt klasse, wie klein die Welt ist, Mannomann, dass ich euch hier treffe, was macht denn so die Kunst? Mann, schade, dass ihr keine*

Zeit hattet, zum Treffen zu kommen, aber ihr seid ja auch Nummern, so einfach weg in die Ferne und keiner weiß, was ihr da macht. Schon bei der Erinnerung empfand Robert Scham und Ekel. Damals aber gab es kein Entkommen. Schockiert und überrumpelt tranken sie mit Valentin Jablonski und hauten am Ende einfach ab, als dieser abstoßende Wiedergänger aus der für immer vergangen geglaubten Heimat aufs Klo musste, und überließen ihm die Rechnung. Das Schmerzensgeld hatten sie sich verdient, nachdem er ihnen bis ins Detail sogar vom letzten Jahrgangstreffen erzählt hatte. So einig wie in ihrer Abneigung gegen alles, was sie ans Kaff erinnerte, waren sie sich nur in wenigen Dingen. Und jetzt wollte Robert diesen ungeschriebenen Pakt brechen. Er würde Golo verraten, um aus einer Laune heraus Kontakt zum Feind aufzunehmen. Er musste sich nicht mehr abgrenzen von Heimat und Kindheit. Er war wirklich frei. Er konnte das entspannter sehen. Er hatte keine andere Wahl.

Robert stand auf, sah Tina durch sein Bürofenster unten an ihrem Rechner sitzen. Kurz verwirrte ihn der Gedanke daran, dass er die Geschichte nicht nur vermasselt hatte, sondern jetzt noch nicht einmal Reue empfand. Warum konnte er die Zeit nicht ein paar Tage zurückdrehen und Marietta wieder in sein Bett holen und alles vergessen, anstatt sich Gedanken darüber zu machen, ob er vor was auch immer auf der Flucht war? Nachts schweißnass aufzuwachen, weil er meinte, sein Leben verpfuscht zu haben? Ja, vergangene Nacht hatte er sogar den vorwurfsvollen Blick seiner Mutter gesehen, der ihm seine ganze Jugend über den Spaß am Leben verdorben hatte. Dieser panisch-ängstliche Blick, vor dem er geflohen war. Diese dörfliche Engstirnigkeit! Doch anstatt all das einfach von sich zu weisen, weil es Unsinn war, rauchte er bei der Arbeit, trank einen Kaffee nach dem anderen, als wollte er den Marathon gar nicht mehr laufen, als wäre ihm plötzlich alles egal, bis er beim zweiten Gedanken an den Marathon plötzlich grinsen musste. Er war doch ein Idiot! Natürlich! Der Läufer! Bernd Bachmann! Der Weiße Neger, der sich damals bei den Schulwettkämpfen noch vor dem Ziel kurz gemütlich auf die Laufbahn gelegt hatte, so groß war sein Vorsprung gewesen. Der verrückte Kerl, der war doch auch in der Stadt, hatte ihn vor Monaten angerufen auf der Suche nach Aufträgen als Computer-Bastler, die Robert ihm nicht hatte zuschanzen können oder auch wollen. Bernd Bachmann, das war vielleicht eine Möglichkeit. Mit dem war er zwar nie auch nur annähernd befreundet gewesen, aber soweit er sich erinnern konnte, war zwischen ihnen auch kein böses Blut. Zum Glück fand er die schäbige Visitenkarte und tat, was er noch vor wenigen Tagen für absolut ausgeschlossen gehalten hätte. Nachdem er in der Technik nachgefragt hatte, ob es nicht doch vielleicht etwas zu tun gebe für einen von draußen, rief er Bernd Bachmann an, der noch am selben Abend Zeit hatte.

Zum Glück trug Robert Hose, Hemd und Turnschuhe in Schwarz, so dass er nicht mehr nach Hause musste und pünktlich um acht im Whitman's war, der einzigen Bar in der Nähe, die Bernd Bachmann kannte. Ein retro-amerikanischer Laden mit ledernen Sitzgruppen, verchromtem Tresen und einem Motorrad auf Kopfhöhe über der Bar. Aber das war jetzt wirklich nebensächlich. Denn bei seiner ganzen Zielstrebigkeit auf der Suche nach der verlorenen Heimat hatte Robert vergessen, dass zwei Jahrzehnte auch an Menschen ihre Spuren hinterließen. Als er den gigantischen Fleischberg erblickte, der ihn mit einem Gesicht anlächelte, das ihn nach einer Weile ganz leicht an den Weißen Neger erinnerte, musste er sich zusammenreißen, um nicht mit offenem Mund stehen zu bleiben. Dieser fast kahlköpfige Typ in ausgebeulter Jeans und ausgetretenen Turnschuhen war zweifellos sein alter Klassenkamerad Bernd Bachmann.

»Mensch, Robbie, toll!«, lachte Bernd. »Einfach klasse. Hast dich ja kaum verändert!«

»Hallo, Bernd.«

»Ich auch nicht, wie!«, fiel er ihm ins Wort und schlug sich auf die riesige Wampe, die notdürftig unter einem extragroßen Jeanshemd versteckt war.

Da musste auch Robert grinsen, setzte sich neben Bernd an den Tresen und bestellte ein Bier.

»Tja, so is das ohne Bewegung, wie!«

»Keine Leichtathletik mehr?«

»Kurz nach dem Abi war Schluss. Die Achillessehne, aber was soll's? Schicksal, wie! Prost Robbie!«

»Prost!«, sagte er und versuchte immer noch, seine Erinnerung mit der Wirklichkeit zu versöhnen.

Den alten Spitznamen musste er so stehen lassen.

»Mensch, Robbie«, strahlte Bernd. »Ich freu mich so total. Bisschen Heimattöne in der Fremde!«

»Heimattöne?«

»Na klar, hört man doch immer, wo einer her ist. Mann, hab ich einen Durst!«

»Du meinst wirklich, man könne hören, woher ich komme?«, fragte Robert.

»Na, selbst auf nem Gülleacker hundert Meter gegen den Wind!«, lachte Bernd. »Das wirste nicht mehr los, aber warum auch, oder? Und der Laden läuft weiter klasse?«

»Ja, klar, vielleicht hätte ich sogar was für dich.«

»Immer Geschäftsmann, was? Das wär natürlich spitze, so schwer, wie das ist, hier in der City ganz von vorne anzufangen. Aber wie heißt es noch: Wer's hier schafft, der schafft's überall, wie! Ich musste einfach weg. Hab's ja doch ne Weile länger ausgehalten als du und der Golo. Wie geht's dem überhaupt?«

»Ich denke, bestens.«

»Was denn, ich denke? Nicht mehr Busenkumpel, beste Freunde, Pat und Patterchen?«

»Du weißt doch, wie das ist. Viel zu tun, wenig Zeit und so weiter. Aber doch, Golo geht's bestens. Er schreibt weiter Gedichte.«

»Ja, die Künstler. Das hätte ich damals schon sagen können, dass aus dem kein Unternehmer wird. Aber der Vater hat ja genug für alle in der Gießkanne, denk ich mal. Und du? Frauen? Kinder? Eigenheim?«

»Ich hab ein Dachgeschoss gleich um die Ecke.«

»Nur Nieten mieten, wie! Na ja, hätte ich auch gern. Und Kinder? Oder erst mal Nest bauen und auf die Vögelchen warten? Sei bloß froh! Was ich der Marita zahlen muss, ist kein Zuckerschlecken.«

»Die Marita?«

»Hör bloß auf! Vom Schulhof in die Ehe, als hätte ich keine Lust aufs Leben gehabt, hab ich dir am Telefon gar nicht erzählt, wie! Ist ja auch keine Erfolgsgeschichte. Na ja, aber die Kleine ist bald sechzehn.«

»Sechzehn?«

»Ich sag's dir, Robbie, die Zeit vergeht, und so ne Tussi frisst Kohle wie ne Dampflok.«

So redete Bernd Bachmann in einem fort, bestellte ein Bier nach dem anderen, und Robert schaffte es einfach nicht, sich loszureißen von diesem Berg an guter Laune, mit dem er nicht ein Wort gewechselt, geschweige denn irgendetwas Persönliches besprochen hätte, wenn sie nicht vor zwanzig Jahren in einem Hunderte von Kilometern entfernten Kaff zusammen zur Schule gegangen wären. Es war vollkommen absurd, aber Robert fühlte sich wohl.

Womöglich suchte er ja gar keine Frau aus der Heimat, sondern ganz einfach Kontakt zu damals, zu diesem Teil seines Lebens, den er hinter sich gelassen hatte und von dem Golo nichts mehr wissen wollte. War Golo mit dieser totalen Verweigerung nicht viel verbohrter als er selbst? Was war man denn schon ganz ohne Vergangenheit? So weit sie es auch geschafft hatten, so bunt sie sich auch anmalten, ursprünglich waren sie nun einmal Landeier.

»Erinnerst du dich noch an Jessica?«, unterbrach Bernd seine Gedanken, schwitzend und mit leicht säuerlichem Duft zurück vom Klo.

»Die Jessica?«

»Na siehste, die großen Dinge bleiben einfach hängen, was! Die ist auch hier, bei irgendeiner Versicherung. Jessi macht hier nen Stammtisch, du weißt ja, Ausländer unter sich. Ich sag mal, da sind gelegentlich auch ein paar Deppen, aber ich schau trotzdem hin und wieder vorbei. Man kennt sich halt schon ne Weile, wie!«

Ein Heimatstammtisch hier in seiner Stadt! War jetzt nicht der Zeitpunkt gekommen, so schnell wie möglich wegzurennen? Aber Robert hielt sich weiter ans Bier und lauschte den Geschichten über diesen und jenen, der jetzt hier oder da dies und das machte. Ja, er ertappte sich bald sogar bei der ersten Nachfrage, die nicht die letzte bleiben sollte. Und Bernd schien alles zu wissen, hatte sogar spärliche Informationen darüber, was Robert und Golo in den letzten sechzehn Jahren in der Stadt getrieben hatten. Dass auch Robert den Versuchungen des Künstlerdaseins kurzzeitig erlegen war, bevor er ganz groß rauskam mit seiner Agentur. Es nahm kein Ende, und aus irgendeinem Grund fühlte es sich gut an.

6.

DREI TAGE SPÄTER WAR die Schwellung seiner Wange kaum noch zu ertasten. Die Verfärbung hielt sich irgendwo zwischen Blau und Gelb, und Robert überlegte vor seinem Badezimmerspiegel, ob er für seinen Besuch am heimatlichen Stammtisch Make-up auftragen sollte. Nach zwei Versuchen entschied er sich jedoch dagegen. Er war zu ungeübt, das Risiko, dass jemand es bemerkte, viel zu groß. Zur Not würde er erzählen, dass er einer alten Frau zu Hilfe geeilt war. Zum Abschluss seiner Vorbereitungen klebte er als Ziel des Abends den gelben *Spaß*-Zettel an den Spiegel, zog die Lederjacke an und machte sich auf den Weg.

»Mensch, Robbie!«, rief Bernd, kaum war Robert eine gute halbe Stunde Autofahrt später ins Neonlicht der Kneipe getreten.

Robert grüßte zurück, trat an den Tisch und versuchte, die beiden Unbekannten neben Bernd Bachmann nicht allzu orientierungslos anzustarren.

»Hallo, Robbie«, sagte der eine, genauso hager wie grau im Gesicht und mit eher spärlichem Haar. »Erkennst mich nicht, wie!«

Robert nutzte die Zeit des Ablegens und Hinsetzens, um sich zu erinnern, wie der Typ, den sie immer nur den Aktenkoffer genannt hatten, mit wirklichem Namen hieß.

»Mann, Holger, jetzt lass ihn doch erst mal ankommen«, kam Bernd ihm da zu Hilfe.

Tatsächlich saß da Holger Schmalmann, liberaler Jungpolitiker und stolzer Träger eines mit doppeltem Zahlenschloss gesicherten Aktenkoffers. Was hatte der hier in der Stadt verloren? Dieser Prototyp eines Anlageberaters in der Kreissparkasse. Wenn überhaupt. Mit diesem Menschen in schlechtsitzendem Anzug und kariertem Hemd sollte er irgendetwas gemeinsam haben?

»Hallo, Holger«, sagte er und schüttelte die kalte, schlaffe Hand.

Holger Schmalmann rauchte immer noch Kette, und das war anscheinend nicht ohne Wirkung geblieben. Wie viele Zigaretten mochten das gewesen sein seit ihrer letzten Begegnung? Sechzehn Jahre lang bestimmt zwei Schachteln täglich. Auch so verging die Zeit. Vielleicht schien Holger deshalb erschöpft. Ja, das war eine Beobachtung, die man nur an wirklich alten Bekannten machen konnte.

Robert musste sich zusammenreißen. Er war nicht hergekommen, um gleich beim ersten Rückschlag aufzugeben. Glücklich erkannte er den Dritten in der Runde von alleine. Der Südländer mit ungebändigter Körperbehaarung und wirklich teurer Uhr am Handgelenk musste Enrico sein. Seine Eltern führten das Eiscafé am Marktplatz, das mittlerweile auch den Winter über geöffnet blieb. Weihnachten vor ein paar Jahren hatte seine Mutter ihm da ein Spaghettieis aufgenötigt, weil er es früher doch so gern gemocht hatte. Spaghettieis zu Weihnachten.

»Hallo, Rico«, sagte er und griff nach der kräftigen Hand.

»Mann, Robbie, alter Rocker, wie stehen die Aktien?«

»Alles bestens«, sagte er.

»Bist du jetzt unter die Boxer gegangen?«

»Kleines Missgeschick.«

»Und wo hast du den Golo gelassen?«

»Der wird sich auch noch an uns erinnern«, sagte Bernd. »Jetzt trinken wir erst mal einen auf den Robbie, wie!«

Und dann bestellte Bernd Bachmann Bier für alle, ehe Robert überhaupt einen Blick auf die Karte hatte werfen können. Sie stießen an wie damals, das Glas immer noch einmal absetzend und den Blick fest auf die Augen des Gegenübers gerichtet, weil sonst der Sex sieben Jahre zu wünschen übriglassen würde, aber immerhin doch besser als gar keiner und so weiter. Den dann folgenden Fragen der beiden neuen alten Bekannten entnahm Robert, dass Bernd ihnen schon alles erzählt hatte, was man über sein Leben in den letzten beiden Jahrzehnten wissen musste.

»Meine Herren«, sagte Enrico. »Das ist schon ein Ding, dass sich drei Checker wie wir noch als Junggesellen herumtreiben.«

»Freiheit hat ihren Preis«, sagte Holger. »Aber das Angebot hier ist ja reichhaltig.«

Er hustete trocken.

»Wie man's nimmt«, grinste Bernd.

»Ich zahl doch lieber, als mir den Krieg nach Hause zu holen.«

»Na, da gibt's ja wohl noch die eine oder andere Alternative, wie!«

»Wo bleibt denn überhaupt Jessica?«, fragte Enrico, und auch Robert fragte sich langsam, ob das hier am Ende eine Junggesellenrunde bleiben würde.

»Die kommt heute ein bisschen später«, sagte Bernd.

Und dann taten sie weiter so, als hätten sie sich etwas zu erzählen, nur weil sie sich irgendwann einmal gekannt hatten. Robert schwieg zu ihren unqualifizierten Kommentaren über dieses und jenes in seiner Stadt, die sie niemals verstehen würden, weil sie das Dorf im Herzen trugen. Golo hatte recht gehabt, doch Robert trank weiter, anstatt sich schnell wieder zu verabschieden, weil er sich verpflichtet fühlte, weil er die Hoffnung nicht aufgeben wollte, dass Jessica Werner ihn erlösen würde, so unwahrscheinlich das auch war. Er begriff, dass er zu schwach war. Er wollte noch nicht glauben, dass auch dieser Abend ihn nicht weiterbringen würde. Ja, seine ganze Heimateuphorie war nur der nächste Schritt in Richtung Abgrund gewesen. Er war bereit, diesen Schrecken zu ertragen, um der Einsamkeit seiner Wohnung für ein paar weitere Stunden zu entkommen. Nur deshalb hörte er zu und fragte sich, wie das überhaupt ging, dass man so wenig aus seinem Leben machte. Gut, Enrico hatte sein eigenes Restaurant und schien zufrieden, aber der war schon immer zufrieden gewesen. Und Bernd Bachmann, der jetzt noch einmal von vorne anfangen wollte? Und dieser Holger, der sich kein bisschen weiterentwickelt hatte, der alles schlechtmachte und behauptete, als Vertreter für einen Pharmakonzern richtig Geld zu verdienen? Und er selbst? War er wirklich so viel besser?

Robert ließ sie weiterreden und spürte, wie sie ihn mit sich hinunterzogen in ihre trübe Belanglosigkeit. Immer wieder fragte er sich tatsächlich, ob er hier unter seinesgleichen war, so tief war er gesunken. Er musste aufwachen! Es war höchste Zeit, dass er sich verabschiedete, noch kurz in die Grotte fuhr, um Willi seine Meinung zum Thema Heimat zu sagen. Nur stand da immer wieder ein frisches Bier vor ihm. Das eine noch, dann wäre er weg. Schon legte er sich die passenden Worte zum Abschied zurecht, baute allen nur möglichen Umstimmungsversuchen vor, als er sie in die Bar kommen sah. Jessica winkte ihnen, eilte im perfekt sitzenden Hosenanzug auf sie zu, breit lächelnd, die blonden Haare streng nach hinten gebunden, die blauen Augen strahlend. Robert schluckte. War das denn möglich, dass diese Geschichte ein so einfaches und schönes Ende finden sollte?

»Hallo, Jungs«, sagte sie. »Tut mir leid, dass es gedauert hat.«

»Auf dich warten wir auch bis zum Morgengrauen«, lachte Bernd.

»Hallo, Robbie!«, strahlte sie ihn an. »Mann, ist das eine Weile her. Du siehst ja großartig aus!«

»Nichts gegen dich«, grinste er.

Bernd bestellte die nächste Runde. Robert hörte weiter zu, wie sie über diese und jene alte Bekannte lästerten, nur dass plötzlich alles anders war, seit Jessica Werner ihn immer wieder anlächelte und er noch eine Runde mittrank und noch eine, bis er leicht angetrunken beschloss, Champagner zu bestellen. Vergessen war die ganze unglückliche Überheblichkeit, und plötzlich fing auch er an zu erzählen, von seiner Flucht in die Stadt, von den ersten Monaten und Jahren, den ganzen Abenteuern und davon, wie er es geschafft hatte. Wer, wenn nicht die alten Bekannten, konnte denn wirklich schätzen, wie weit er es gebracht hatte? Bernd und Rico stießen ein ums andere Mal auf ihn an, und selbst der eklige Holger war freundlich, dieses Original, wie man es sonst nicht traf, wenn man sich seine Freunde aus der Masse der Stadt herauspickte, immer genau darauf achtete, dass alles stimmte und zusammenpasste. Die Krönung war aber natürlich Jessica. Jessica Werner, die Tochter des Rübenbauern Werner, die schon damals keine schlechte Partie gewesen wäre, sich jedoch niemals für ihn interessiert hätte. Sie war eines der Mädchen gewesen, die er noch nicht einmal volltrunken angesprochen hätte, vor denen er sich versteckt hatte hinter seiner unreifen Maske aus Verschrobenheit und Alkohol.

Während er mit Golo im Wald gesoffen hatte, gingen die Mädchen längst in die Kreisstadt, in die Disco. Einmal waren sie mitgefahren, hatten Jessica und die anderen gesehen mit richtigen Typen. Und dann hatten sie das, was sie nicht haben konnten, einfach für schlecht erklärt, diese banalen Kleinstadtfreuden. Sie hatten sich zurückgezogen in ihre Hütte und von der weiten Welt geträumt. Ja, es hatte richtig weh getan, Jessica Werner am Baggersee liegen zu sehen, diese perfekte Frau, die in Gedanken jahrelang an seiner Seite gelegen hatte, wenn er, voller Angst vor seiner Mutter, selber Hand anlegte.

Die Zeiten hatten sich geändert. Noch immer konnte Robert kaum weggucken, so anziehend war sie, so faszinierend, so fremd und eben doch bekannt, der Traum seiner Jugend. Nur wusste er mittlerweile, dass Träume wahr wurden.

Sie tranken immer weiter, wollten auch dann nicht gehen, als die anderen aufbrachen, und saßen schließlich nur noch zu zweit am Tisch, als der Wirt verkündete, dass es keinen weiteren Champagner geben würde. Robert und Jessica. Und dann traute er sich und griff nach ihrer Hand, schüchtern, als wäre er doch wieder der kleine Robbie, und sie erwiderte den Druck, lächelte und ließ sich küssen.

Keine Viertelstunde später waren sie in ihrer Wohnung. Robert saß auf ihrem Bett und sah ihr dabei zu, wie sie sich im Schein einer Duftkerze auszog. Weil sie das so wollte. Und trotz all des Alkohols war er aufgeregt wie ein Junge, konnte einfach nicht fassen, was für ein Glück er hatte. Natürlich sah er nicht mehr genau das Mädchen vom Baggersee, aber es war doch Jessica. Und Robert saß staunend da, mit feuchten Augen.

Er war sich der Unwahrscheinlichkeit dieses plötzlichen Glückes vollkommen bewusst und lag trotzdem auch später noch zufrieden neben ihr. Ja, er war zufrieden. Sein Kopf war leer. Er hatte seine Sache wirklich gut gemacht.

»Wer melkt eigentlich die Kühe, wenn der Bauer säuft?«, hörte er sich in die Stille hinein fragen.

»Was erzählst du da?«, fragte sie schläfrig.

»Na ja, am Wochenende, wer kümmert sich da um die Kühe?«

»Mann, Robbie, und ich dachte schon, du hättest dich komplett verändert.«

»Wie jetzt?«

»Solche Fragen, da bist du wieder der Spinner von früher. Immer irgendwelche Sprüche, die man nicht kapiert.«

»So ganz wird man sich wohl nicht los.«

»Da sagst du was. Eigentlich gefällst du mir aber auch so ganz gut«, sagte sie und verschwand wieder unter der Decke. »Nicht so perfekt ist auch ganz schön.«

»Du sagst es«, seufzte er und betrachtete den aufblasbaren Plastiksessel, der den Schein der Kerze reflektierte.

7.

»SCHON GROSSARTIG, DASS MAN sich mit den Jungs von früher so gut versteht«, lachte Jessica, die im Morgenmantel am Herd stand und Spiegeleier mit Speck anbriet.

»Klar«, sagte Robert.

Er saß auf einer dunkelgrün gepolsterten Bank, an einem massiven Holztisch und blickte auf holzvertäfelte Wände. In dem Regal oberhalb der Dunstabzugshaube standen in bester Ordnung Bierkrüge unterschiedlichster Herkunft, einige sogar mit Zinndeckel. Am Kühlschrank hing ein Katzenkalender. Gleich ihm gegenüber, auf dem Sims, der an die Lehne der Bank anschloss, lehnte ein gerahmtes Bild. Der Bauer auf seinem Traktor, neben ihm die Tochter, lachend. Die ganze Küche schien im Dialekt der Heimat zu ihm zu sprechen, sagte ihm, dass hier jemand gar nicht weg sein wollte von zu Hause.

»Mein Vater meint immer, Rind deckt Rind und Schwein deckt Schwein, wenn du verstehst. Aber ganz im Ernst, so einen richtig Fremden mit nach Hause nehmen, das könnt ich nicht. Was hier in der Stadt so für ein Volk unterwegs ist! Die sind schon anders als wir, oder? Brauchst du noch Kaffee?«

»Gerne, ja, unbedingt.«

»Noch nicht ganz wach, wie! Jetzt gibt's erst mal schön Futter! Wir haben schließlich schon ordentlich was geleistet!«

Selbst wenn sie zur Wand sprach, war ihre Stimme so laut und durchdringend, dass sie in seinen Ohren übersteuerte.

»In einem gewissen Alter, da weiß man einfach, was man will.«

»Und was wäre das genau?«

Er war verkatert. Er wollte nicht glauben, was er sah und hörte. Er musste sich erinnern, wie großartig sie noch vor wenigen Stunden gewesen war. Er hatte eine ganze Nacht mit der Traumfrau seiner Jugend verbracht!

»Zumindest ein bisschen Spaß, wenn's schon mit Familie nicht klappt«, lachte sie.

»Und was klappt da nicht?«

»Das fragst du mich hier in deiner Unterhose an meinem Küchentisch? Oder warten da Frau und Kinder im Luxusdachgeschoss?«

»Mir geht's noch ganz gut ohne.«

»Eben. Das Warten vertreibt man sich im Garten, wie! So gut man eben kann.«

Und dann schaufelte sie ihm den Teller randvoll mit fettig glänzendem Ei und Speck, eine Portion, die ihm zusammen mit all dem Bier der vergangenen Tage noch lange zusetzen würde. Aber er hatte Hunger und wollte sich den Spaß nicht selbst verderben.

»Na los«, rief sie. »Langsam zählen doch eh die inneren Werte!«

Sie selbst aß, als hätte sie seit Wochen gehungert, um in den Hosenanzug vom Vorabend zu passen. Ja, diese Jessica hatte zwar nichts von den Frauen, die er sich sonst aussuchte, aber nach den ersten Bissen fühlte er sich schon nicht mehr ganz so unwohl in ihrer Gesellschaft, wie er es von sich erwartet hätte. Vielleicht hatte Willi davon gesprochen. Heimat war etwas, das

Menschen auf einer Ebene verband, die sonst gar nicht existierte, eine Ebene, die für Außenstehende unsichtbar war. So schrecklich das alles war, diese Küche, dieses Frühstück, dieser Dialekt, es war eben doch nicht ganz fremd, nur würde er das niemandem erklären können.

»Bist du denn noch oft unten?«, fragte er.

»Unten?«

»Ja, bei deinen Eltern.«

»Ach, zu Hause! Klar, fast jedes zweite Wochenende. Die meisten sind schließlich in der Heimat geblieben, außerdem die Nichten und Neffen und meine Geschwister, und ehrlich gesagt muss ich auch nicht permanent mit Bernd, Holger und Rico saufen gehen. Ist ja eh ziemlich schräg, dass wir alle noch solo sind. Liegt wohl an der Stadtluft. Du zeigst dich ja eher selten zu Hause, was! Angst vor der Vergangenheit?«

»Keine Ahnung«, sagte er. »Angst nicht gerade, aber vorbei ist vorbei. Ich bin damals weg und hab mir hier ein neues Zuhause aufgebaut.«

»Du und Golo, die beiden Freaks. Einfach weg, und die Eltern wussten gar nicht so richtig, was los war. Ihr wart schon zwei Helden! Wie geht's denn deinen Eltern überhaupt?«

»Alles bestens, glaube ich, bis auf das Übliche. Sind natürlich auch nicht mehr die Jüngsten.«

»Wenn du willst, nehme ich dich nächste Woche einfach mit.«

»Das wäre sicher nett, aber ich hab zu tun. Vielleicht ein andermal.«

»Heute hast du aber frei, oder?«, fragte sie, und er fühlte ihren Fuß an seiner nackten Wade, sah, wie ihr Morgenmantel gleichzeitig den Blick frei ließ auf ihre schon im Ansatz üppigen Brüste, und begriff, dass genau in diesem Augenblick auch diese Heimatfährte in einer Sackgasse endete.

»Tut mir leid«, sagte er schnell und stand auf. »Aber ich habe wirklich zu tun. Du weißt doch, freie Menschen kennen kein Wochenende. Aber jetzt wissen wir ja, dass wir beide in der Stadt sind.«

»Dann nimm aber wenigstens eine Dusche.«

»Danke, aber ich muss mich sowieso noch zu Hause umziehen. Und der Wagen steht gleich unten.«

»Mann, Robbie, man könnte meinen, du guckst permanent in den Spiegel. Entspann dich doch mal! Nach dem Spaß, den wir hatten!«

»Klar«, sagte er. »Wir sehen uns wieder, versprochen. Aber ich muss wirklich los. Und danke für die Eier!«

»Ein souveräner Abtritt ist das jetzt aber nicht, mein Lieber.«

»Ja, ich weiß. Tut mir wirklich leid.«

»Ein bisschen kindisch, oder?«

»Wie gesagt, ich habe zu tun.«

Und dann stolperte er an ihr vorbei, spürte noch einmal ihre Hand nach ihm greifen, hastete ins Schlafzimmer, wo er neben dem Bett zum Glück gleich seine Sachen fand. Vielleicht war das doch nicht so gut, wenn bestimmte Hemmungen einfach fielen, weil man irgendwann auf die gleiche Schule gegangen war und in den gleichen Scheunen gesoffen hatte. Auf jeden Fall war es höchste Zeit, dass er sich davonmachte aus seiner eigenen Vergangenheit.

8.

ENDLICH HATTE ER SEINE Agentur ganz für sich. Freitagabends versuchten auch die strebsamsten Angestellten nicht, ihm durch überlanges Bleiben ihr Engagement zu beweisen. Der ganze Pavillon lag still da nach der Aufregung einer ganz normalen Woche. Robert hatte noch nie darauf geachtet, seinen Schreibtisch pünktlich zu verlassen, aber er war auch nie jemand gewesen, der nach Vorwänden hätte suchen müssen, um länger zu bleiben. Weil zu Hause das große Nichts oder die kleinen Kinder warteten. Heute aber brauchte er die Ruhe, weil er wirklich noch zu tun hatte. Er musste sich etwas einfallen lassen für die Jubiläumsfeier, die sämtliche Kapazitäten seines Hirns binden sollte, die sonst auf die Idee hätten kommen können, an Jessica Werner zu denken, an diese unglaubliche Nacht. Später würde er Golo treffen, um zu trinken.

Der Plan schien aufzugehen. Längst hatte Robert entschieden, vor Ort zu feiern, hier in der Agentur, in seinem Pavillon, wo damals alles angefangen hatte, sein eigentliches Leben nach all den Fehlversuchen. Anders als Golo, der immer zumindest die finanzielle Unterstützung seines Vaters gehabt hatte, war Robert nach ein paar Jahren studienfreien Großstadtlebens mittellos gewesen. Bei ihm war der große Aufbruch erst einmal im Nichts geendet. Er wusste nicht, was er mit der Freiheit anfangen sollte. Natürlich hätte sein Freund ihn nie vor die Tür gesetzt, aber ohne Geld wollte selbst Robert in seinem damaligen Zustand nicht sein. Und diese Armut war sein großes Glück gewesen. Erst der Geldmangel hatte ihn dazu gebracht, wirklich mitzuspielen.

Der Abschiedsbrief der von seinen ausbleibenden Leistungen enttäuschten Studienförderung hatte ihn direkt zu Vassillis Imbissbude geführt. Monatelang lernte er zwischen Fritteuse und Kundentoilette seine ersten Lektionen in Sachen Leben. Hier fand er die Portion Wirklichkeit, die ihm unter den Augen seiner paranoiden Mutter genauso vorenthalten worden war wie während seines Dahinvegetierens an Golos Seite. Mit dem neu gewonnenen Selbstbewusstsein des Mannes mit dem Gyrosmesser traute er sich, seine ersten Lieder zu komponieren und später sogar mit der Gitarre auf der Bühne zum Besten zu geben. Da hatte er zum allerersten Mal in seinem Leben das Gefühl, genau das Richtige zu tun. Mit dieser kindischen Begeisterung hatte er Ophelia gewonnen, durch die er in den Kreis der besseren Städter gelangt war. Seitdem wusste er, wie die Leute tickten. Ob Fritten- oder Champagnerschale, so groß waren die Unterschiede nicht. Das hatte er schnell begriffen. Und auch Ophelias Welt war er schließlich entkommen, um es ganz allein zu schaffen, unabhängig vom Applaus der anderen, mit richtiger Arbeit.

Es war kurz vor Mitternacht, als Robert sich voll und ganz zufrieden mit seinen Plänen für die große Feier auf den Weg machte. Noch einmal blickte er zurück in seine Agentur, dann löschte er das Licht und aktivierte zuletzt die Alarmanlage. Er wollte Golo nicht warten lassen und ging zügig durch die kühle und helle Nacht. Wo vor ein paar Jahren nur vereinzelte Kneipen Orientierung in der Dunkelheit gegeben hatten, leuchteten jetzt die angestrahlten Fassaden in sanften Pastelltönen, die kühl gehaltenen Bars hinter riesigen Fenstern, die gigantischen Poster an den

Brandmauern, und dazu überall Menschen, als gebe es hier in der Stadt weder Tag noch Nacht. Wann hatte sie diese Geschwindigkeit aufgenommen, die Stadt, die sie damals bei aller Aufregung so ruhig empfangen hatte? Wann war das schummrige Schwarzweiß all dem bunten Hochglanz gewichen? Keine Mauer war mehr unverputzt, kein Pflasterstein saß locker, die Oberflächen glänzten hermetisch verschlossen. Und so sollte es sein, denn nur so ging es schließlich aufwärts, so würde man irgendwann auch sicher sein können, nicht einfach so ausgeraubt zu werden. Und doch ergriff ihn wieder diese Sehnsucht, rührte ihn die Erinnerung an die kaputte Stadt, in die sie damals gekommen waren, an sein vergangenes Leben.

»Entschuldigen Sie bitte«, sprach ihn ein Mädchen mit tiefschwarz geschminkten Augen und wirrem silbernem Haar höflich an. »Könnten Sie mir sagen, wo es zur U-Bahn geht?«

»Da runter«, sagte er.

Sie lächelte und ging, und er blickte ihr hinterher, ihrer weiß glänzenden Strumpfhose unter einem knallroten Minirock.

Endlich stieß er auf den Boulevard, wo sich die Menschen verliefen, auf den Terrassen nur noch vereinzelt Touristen der Kälte trotzten. Unglaublich, dass er Marietta so gut wie vergessen hatte, mit der er hier vor kurzem noch im Taxi entlanggefahren war. Robert erschrak, als irgendein Halbstarker den Motor seines Sportwagens hochjagte, um wen auch immer zu beeindrucken oder um sich selber Mut zu machen. So war das in der Stadt. Ab und zu musste man einfach brüllen. Sonst ging man verloren.

Die Bar lag im ersten Stock eines der schmutzigen alten Prachtbauten. Golo ignorierte einfach, dass Robert nichts mit seiner nostalgischen Lebensform anfangen konnte. Immer wieder lotste er ihn an einen dieser unmöglichen Orte. Der blassrote

Läufer im Treppenhaus war löchrig, die Fotos in den vergilbt golden gerahmten Vitrinen verblichen. Es roch nach Moder. Das war Golos Gegenentwurf zur neuen Stadt draußen, die Illusion einer andauernden Vergangenheit, in der er lebte, weil er es sich erlauben konnte und weil er immer weiter trank.

Ein älterer Herr in Livree hielt Robert eine gläserne Schwingtür auf, die in einen schlauchförmigen Raum führte. Die komplette linke Seite war verglast, ließ den Blick frei auf das im Schein der Straßenlaternen gelb-rötlich leuchtende Laub der Bäume. Knisternd tönte Zigeunerjazz aus einer anderen Zeit. Ein Greisenpaar tanzte. Er in weißem Anzug, sie im Paillettenkleid. Am Tresen saß Golo in seinem viel zu großen Sakko und ausgebeulter Cordhose.

»Das nächste Mal treffen wir uns gleich auf dem Friedhof.«

»Faszinierend, oder?«, strahlte Golo. »Da flaniere ich jahrelang an diesem alten Palast vorbei und ahne nicht, was sich hinter der Fassade verbirgt.«

»Komische Uhrzeit, um seine Großeltern zu besuchen.«

»Hat die schlechte Laune dich immer noch fest im Griff?«

Golo hatte recht, er war nicht hier, um sich zu beschweren. Robert bestellte einen Manhattan.

»Und das Verlangen nach der alten Heimat?«, fragte Golo, nachdem er sich eine seiner stinkenden Kippen gedreht hatte.

»Mittlerweile denke ich andauernd an die ersten Jahre hier in der Stadt. Letztens habe ich das Video vom Auftritt im Exodus zufällig wiedergefunden.«

Golo rieb sich die Augen und starrte ihn durch den Rauch seines Stumpens hindurch an.

»Ach Exodus«, seufzte er dann. »Dort geht es heute hoch auf die neue Brücke. Das Gebäude haben sie einfach abgerissen. Wo ist er nur hin, der ganze schöne Schnee vom letzten Jahr? Einfach hinfort, das ganze Etablissement. Da hast du mutig deine ersten Songs gesungen.«

»Und der Erfolg hat mir recht gegeben.«

»Es glückte dir, Ophelia zu becircen. Ein imposantes Gesellenstück.«

»Ja, das war nicht schlecht.«

»Nach solcherlei Damen wirst du dich auf dem Dorf vergeblich umsehen.«

»Das habe ich mir auch gesagt, als es mir wieder einfiel. Aber ich komme immer noch nicht ganz dahinter. Irgendwas stimmt nicht mit diesen Erinnerungen. Das ging doch bis jetzt auch gut ohne. Ich begreife das einfach nicht.«

»Wie gesagt, die Frau geht, der Herbst kommt, das reicht bei weitem, um ein bisschen nachdenklich zu werden. Für dich ist es lediglich ungewohnt, die retrospektive Lebensform zu führen. Ein Macher macht sich nun einmal nicht allzu viele Gedanken, aber du bist auf dem Wege der Besserung. Du erinnerst dich an die Zeit, als du zu dir selbst gefunden hast, das heißt, du hast eingesehen, dass deine Suche immer weitergeht. Deswegen waren deine Lieder überzeugend. Sie waren echt, auch wenn du dich heute darüber lustig machst.«

Robert hatte keine Lust, seinem Freund zu widersprechen, zumal er ihm schon zu oft erklärt hatte, warum dieses Künstlergetue nicht das Richtige für ihn gewesen war. Also erzählte er von seinen Partyplänen, und Golo schaute immer glücklicher, je länger Robert erzählte, was er sich vorgenommen hatte und wen er alles einladen würde, diese ganzen alten Gestalten aus ihren Jahren in der Stadt.

»Mein Freund, du glaubst gar nicht, wie erfreut ich bin, das zu hören.«

Robert selbst wäre noch glücklicher gewesen, wenn er sich

das alles geglaubt hätte. Stattdessen empfand er das Bedürfnis, zu beichten, Golo von seiner nächtlichen Untat zu erzählen, der Heimsuchung durch und bei Jessica Werner, aber dafür war es zu spät, damit würde er alles zerstören. Er konnte jetzt nur noch handeln. Robert orderte den nächsten Martini und Zigaretten, während Golo aufs Klo verschwand.

Bis auf einen einzelnen neuen Gast am anderen Ende war der Tresen leer geblieben. Das nicht mehr tanzende Paar saß in einer Nische und schaute sich tief in die Augen. Die Ellbogen auf dem Tisch, die Hände ineinander verschränkt. Robert schaute weg, inspizierte den einsamen Kämpfer. Wie ein seekranker Matrose lehnte er an der Reling der Bar. Irgendwoher kannte er den Mann. Nur warum sollte er ausgerechnet hier einen Bekannten treffen? Vielleicht ein gescheiterter Schauspieler, den er mal im Fernsehen gesehen hatte, mit diesen hageren Beinen, dem schütteren Haar und dem spießigen Anzug.

»Robert, das wird ein Fest!«, hörte er Golo sagen, der plötzlich wieder auf seinem Hocker saß. »Da lassen wir's mal so richtig krachen. Auf die Freiheit, sich seine Vergangenheit selbst zu suchen!«

»Ja, sicher.«

»Stimmt irgendwas nicht?«

»Der Typ da hinten«, sagte Robert leise, nachdem er ihn von vorne gesehen und erkannt hatte. »Holger Schmalmann, erinnerst du dich?«

»Du sprichst in Rätseln.«

»Mann, der Aktenkoffer aus der Schule.«

»Du meinst den Holger-Honk? Du bist ja betrunken! Was sollte der denn hier in der Stadt in diesem Lokal verloren haben? Ich wähnte dich geheilt von deinem Vergangenheitsanfall. Das kann nun nicht wahr sein!«

Golo stand einfach auf, ließ sein Bier stehen und ging auf den Typen zu, der seinerseits sofort aufstand und in Richtung der Schwingtür eilte, ohne sich umzudrehen. Golo folgte ihm bis zum altersschwachen Türsteher, mit dem er ein paar Worte wechselte. Dann kam er grinsend zurück und berichtete, dass es sich beim vermeintlichen Holger Schmalmann um einen gescheiterten Impresario handele, der im Hinterraum der Bar ein Zaubertheater betrieben habe. Dem kreativen Treiben sei vom Ordnungsamt wegen mangelhafter Fluchtwege ein jähes Ende bereitet worden, der Mann seitdem etwas menschenscheu.

»Ich bezweifle, dass der Holger-Honk ähnlich Spannendes zu bieten hätte«, grinste Golo.

»Sieht aus, als wäre ich wirklich noch ein bisschen durcheinander«, sagte Robert und hob sein Glas. »Dann also, auf die Freiheit!«

»Auf die Freiheit und auf ein grandioses Fest!«

Sie tranken ein paar weitere Runden, bis Robert fürchtete, allen Vorsätzen zum Trotz doch von seinem Abenteuer zu erzählen. Mit ausreichend Alkohol im Blut erschien ihm dieser Ausrutscher fast komisch, hatte jedenfalls nichts von der Schwere, die er der Geschichte andichtete. Aber er war nicht sicher, wie Golo reagieren würde, hatte die Befürchtung, dass er das viel dramatischer sähe, weil wirklich etwas geschehen war. Nein, manche Dinge sollten unausgesprochen bleiben, weshalb er sich allen Protesten zum Trotz schließlich verabschiedete und Golo zurückließ, der den Türsteher ausführlicher zur Geschichte des Etablissements und seiner Hinterzimmer befragen wollte.

Draußen regnete es, und Robert sprang in irgendeinen Bus, der den Boulevard bediente. Erst als er anfuhr, der Geruch von abgestandenem Schweiß, feuchten Jacken und Hundekot ihn umfing, wurde ihm klar, dass er zum ersten Mal seit Jahren in einem öffentlichen Verkehrsmittel unterwegs war. Ließ man sich da nicht lieber ausrauben? Er ekelte sich vor den Menschen, stieg schon an der nächsten Haltestelle aus, um zu Fuß durch den Regen zu gehen, ein Stück den Boulevard hinunter, dann durch die Straße der Nutten, über den Platz und zu sich nach Hause. Hier würde ihm nichts passieren. Auf der gegenüberliegenden Straßenseite meinte er kurz, den Mann aus der Bar im Gespräch mit einer der Frauen zu sehen. Sie lächelte. Dann gingen die beiden Hand in Hand in eine noch kleinere Seitenstraße. Robert hatte wieder zu viel getrunken. Es war höchste Zeit, dass er ins Bett kam.

9.

ROBERT BEFAND SICH AUF Abwegen. Er war in Gewässer geraten, in denen man sich nicht einfach treiben ließ, ohne sein Leben zu riskieren. Diese ganze Heimatgeschichte war kein unschuldiges Spiel mehr, aus dem er so einfach wieder würde aussteigen können. Robert riskierte sein ganzes neues Leben, das er sich hier in der Stadt mit so viel Mühe aufgebaut hatte.

Schon wieder hatte er von früher geträumt, von der guten Stube seiner Eltern, den Bilderrahmen auf der Kommode, den Fotos der Verwandten, die vor Jahrzehnten ausgewandert waren. Nach Amerika. Und als wären solche Träume nicht schlimm genug, riss ihn die Wirklichkeit noch weiter nach unten. Er hatte zwei Kilo zugenommen! Zwei Kilo! Welcher Teufel auch immer ihn geritten hatte, mit schmerzendem Kopf und pelziger Zunge gleich aus dem Bett auf die Waage zu steigen, jetzt war es zu spät. Und auch der Spiegel ließ keinen Zweifel an der Dramatik seiner Lage. Die Stirn hatte ein zusätzliches Stück seines Kopfes erobert. Glatzen übersprangen Generationen, aber was wusste Robert schon von seinen Vorvätern? Es war schrecklich!

Stöhnend ging er in die Hocke, stieß mit dem Knie gegen die Tür des Badezimmerschränkchens, die er hastig aufgerissen hatte, verteilte den ganzen Inhalt, all die kleinen Hilfsmittel gegen die Unannehmlichkeiten des Lebens, hektisch auf den Fliesen und fand endlich die kleine rote Flasche mit der Tinktur, die er schon seit Jahren nicht mehr benutzt hatte, weil er sie einfach nicht brauchte. Als er sich wieder aufrichtete, schossen weiße Sternchen durch den Raum, als sei er unterwegs in eine andere Galaxie. Und dann erblickte er die Armada an Falten, die seine müden Augen umzingelte, und die beiden Axthiebe, die sich von seinen Nasenflügeln bis zu den hängenden Mundwinkeln zogen. Er war entstellt. Zitternd versuchte er, das Fläschchen aufzudrehen, nahm das Handtuch zu Hilfe, da sich der Verschluss nicht drehen lassen wollte, begriff, dass da ein Sicherungsmechanismus gedrückt werden wollte. Endlich befeuchtete er ein Stück Watte mit der rettenden Flüssigkeit und tupfte vorsichtig am Haaransatz entlang. Erst dann, als er sich langsam wieder beruhigte und sich immer wieder sagte, dass er einfach zu viel getrunken hatte und erst einmal duschen und frühstücken sollte, um anschließend die ganze Situation objektiver zu betrachten, erst dann las er, dass die Tinktur seit über einem Jahr abgelaufen war. Da riss er den Wasserhahn auf und scheuerte jetzt gleich mit dem Handtuch seine Stirn, um zu retten, was zu retten war, so dass es schließlich brannte, die verdorbene Tinktur sich immer tiefer in die gesunden Haarwurzeln fraß und alles nur noch schlimmer machte. Er musste sich losreißen vom Spiegel, von der Waage, diesen beiden Propheten einer Wahrheit, die nicht wahr sein durfte! Er musste nachdenken! Nackt stürzte er aus dem Bad und in die Küche, wo er den frischen Kaffee in den Ausguss goss, um seinen Blutdruck nicht noch weiter in die Höhe zu treiben und auch noch Adern platzen und sich in fein ekligem Geflecht über die zarten Wangen ziehen zu sehen. Mit einer Flasche Wasser, die er im Kühlschrank fand, setzte er sich auf einen der Hocker, presste die Handflächen an seine Schläfen und versuchte, zu sich zu kommen.

»Alles wird gut«, murmelte er. »Alles wird gut. Es ist nichts passiert. In zwei Wochen kann man nicht alles zerstören. Alles wird gut.«

Vorsichtig öffnete er die Augen, sah durch die große verglaste Terrassentür den verhangenen Himmel, die farblosen Häuser, die mittlerweile kahlen Bäume. Ganz vorsichtig stand er auf. Er würde jetzt einen Tee trinken und ruhig bleiben und dann einen Plan machen. So konnte das nicht weitergehen.

Robert füllte das kleine Holzsieb mit grünen Teeblättern und ließ das nicht ganz kochende Wasser langsam darüberlaufen. Den ersten Aufguss schüttete er weg, um sich den gesünderen zweiten zuzubereiten, den er mit einer Löffelspitze Honig süßte und schließlich mit ins Wohnzimmer nahm. Auf dem Weg zum Sofa griff er zielsicher ins Regal, setzte sich und schlug sein Kapitel auf.

»Du bestimmst deinen Weg«, las er. »Du bestimmst deinen Weg.«

Dann legte er das Buch auf den gläsernen Couchtisch, schlürfte vorsichtig einen Schluck heißen Tee und starrte die dem Sofa gegenüberliegende weiße Wand an.

»Du bestimmst deinen Weg«, murmelte er, immer wieder, wie es das Buch von ihm verlangte, bis er nur noch Weiß sah und an nichts dachte und vergaß, dass er an nichts dachte, und plötzlich wusste, was er tun musste.

Gemächlich stand er auf, ging ruhig zurück in die Küche, nahm das Telefon und wählte.

»Gernold«, hörte er die Stimme seiner Mutter.

»Hallo, Mutter«, sagte er. »Wie geht's denn?«

»Wer ist denn da?«

»Hier ist Robert, hallo.«

»Robert, du?«

»Ja, klar, wie geht's euch?«

»Günther!«, hörte er sie schwächlich schreien und sah den beige marmoriert gekachelten Flur, die Tür aus gelbem Milchglas zum Wohnzimmer, in dem sein Vater saß und Kreuzworträtsel löste. »Günther, da ist einer am Telefon, der sagt, er wär Robert.«

Dann hörte er, wie der Hörer abgelegt wurde.

»Nein, das kann doch gar nicht sein, warum sollte der denn jetzt einfach so anrufen?«, redete sie vor sich hin.

»Gernold«, hörte er endlich seinen Vater.

»Hallo, Vater. Wie geht's euch?«

»Bei uns ist alles gut. Ich gebe dir jetzt deine Mutter. Hier, dein Sohn möchte mit dir sprechen.«

Wieder die durch den Fernseher im Hintergrund nur noch drückendere Stille des Elternhauses. Dann ihr hektisches Atmen.

»Bist du's also wirklich, mein Junge? Kommst du zum Heiligabend?«

»Ich weiß nicht, Mutter. Es gibt viel zu tun.«

»Du schaffst das schon, wenn du willst. Versuch einmal, ein guter Sohn zu sein. Ich habe dich so geliebt. Früher.«

»Mutter, warte«, sagte er, weil er wusste, dass sie so schnell wie möglich auflegen wollte.

»Wir können reden, wenn du zu Hause bist. Das kostet jetzt zu viel. Das Leben ist zu teuer.«

»Bitte, Mutter! Damals, die Bilder im guten Zimmer, von den Verwandten, weißt du noch? Ich habe geträumt von diesen Verwandten. Wer waren sie?«

»Die Bilder sind ja lange weg. Da sind jetzt doch die Bilder von dir und dem dunklen Mädchen, die du geschickt hast.«

»Ja, aber diese Verwandten, wohin sind die ausgewandert?«

»Du hast auch früher schlecht geträumt. Du darfst abends nicht so viel essen. Geht's dem dunklen Mädchen denn auch gut?«

»Mutter, das war nur eine Freundin. Wir haben uns getrennt.«

»Bring sie Weihnachten ruhig mit. Dann lernen wir sie noch vor der Hochzeit kennen. Du musst nicht denken, dass es ein Problem ist, dass sie dunkel ist, aber du weißt ja, wie die Nachbarn sind, wenn Fremde kommen.«

»Mutter! Sie ist weder dunkel noch fremd. Sie ist gar nichts mehr.«

»Ja, natürlich. Für uns ist das kein Problem. Dein Vater freut sich schon auf das Rasierwasser. Kauf aber nichts zu teures.«

»Ja, klar, Mutter.«

»Also dann bis Weihnachten.«

»Bis Weihnachten«, sagte er, aber sie hatte schon aufgelegt.

So war das also, wenn man den Weg selbst bestimmte und die anderen nicht mitziehen wollten. Entweder wurde seine Mutter senil, oder er hatte das alles überbewertet, diese Auswanderergeschichten, von denen in seiner Kindheit doch immer wieder die Rede gewesen war. Er durfte seine Träume nicht so ernst nehmen.

Schließlich raffte Robert sich auf und stellte das Buch zurück ins Regal. Auch das war also keine Lösung, weshalb er keine zehn Minuten später in Trikot und Thermohose aus der Wohnung und am Fahrstuhl vorbei ins Treppenhaus stürmte. Kaum auf der Straße angekommen, spürte er den Alkohol in den Waden, die Zigaretten in der Lunge, die Untätigkeit der letzten Wochen in allen Muskeln und Gelenken. Doch er wusste, dass er jetzt nur kurz durchhalten musste, und alles würde gut, und alles wurde gut, da hatte er noch nicht einmal den Fluss erreicht. Als er das Wasser endlich sah, war er schon fast wieder euphorisch.

»Und du hattest ja mit mir auch deinen ersten Orgasmus«, hörte er im Vorbeilaufen einen älteren Herrn zu seiner wenig jüngeren Begleiterin sagen und grinste.

Robert legte einen Gang zu, sog die kühl-feuchte Herbstluft in die Lunge, dass es am Gaumen schmerzte, achtete aber immer darauf, nicht auszurutschen auf dem glitschigen Laub. Er freute sich schon auf die nächsten Gesprächsbrocken, die er aufschnappen würde, gleich, da er an der älteren Dame in Begleitung eines jungen Mannes vorbeikäme.

»Ja, so war das damals, vor dem Krieg, als wir noch unseren Hof hatten«, hörte Robert sie sagen.

Er lief weiter, den Fluss entlang, der mächtig dalag in einem glanzlosen Grau, ganz anders als der Fluss seiner Kindheit, der Bach, der freundlich und glänzend war in seinen Erinnerungen, weil er natürlich nur an die Sommer dachte. Aber er mochte gerade die Gewalt des großen Stromes, die Kraft, die er der Stadt verlieh, die Eindeutigkeit, mit der er sie begrenzte. Drüben, auf der anderen Seite, begannen das Land, die Ruhe und der Tod.

10.

NUR ZWEI WOCHEN NACH seiner morgendlichen Läuterung war Robert wieder auf Idealgewicht, und auch Golo sah für seine ungeordneten Verhältnisse ganz ordentlich aus, als schaffte er es doch hin und wieder, sich abends nicht zu besaufen. Diesmal spielten sie auf Asche in einer der Zelthallen. Den Pullunder hatte Golo inzwischen in die Reinigung gegeben. Der grün und blau gestreifte Kragen schloss an ein sehr weiß scheinendes Polohemd an. Die rötliche Musterung auf Schuhen, Strümpfen und Hose konnte man nicht mehr als Schmutz bezeichnen. Das war die Patina, mit der er der Vergangenheit huldigte.

»Deinem Aussehen nach zu urteilen, scheint es dir wieder besser zu gehen«, sagte Golo, während sie ihre Taschen auspackten. »Gelang es dir, die Geister, die du riefst, doch zu vertreiben?«

»Ich bin zurück im Hier und Jetzt.«

»Blieben weitere Erscheinungen Holger Schmalmanns sowie sonstige Nebenwirkungen der Suche nach dem goldenen Landei also aus?«

»Wenn's weiter nichts gewesen wäre. Ich denke, ich bin doch eher über meine eigenen Eier gestolpert.«

»Ja, am Ende der Dekonstruktion ist die Welt ein einziger Intimbereich. Das ist ein Universum, das sich wahrhaftig ausdehnt.«

Nachdem sie auch das geklärt hatten, lieferten sie sich ihr klassisches Match, das jetzt wieder funktionierte, weil Robert bei der Sache war, nicht übertrieb mit seinem Willen gegen Golos Können.

»Und bei dir läuft auch alles bestens?«, fragte Robert, nachdem er den ersten Satz knapp gewonnen hatte.

Entspannt ließen sie sich auf die Plastikstühle fallen.

»Ehrlich gesagt, ja«, sagte Golo. »Dein Anfall von Heimweh und die Erinnerungen an die Anfangszeit hier in der Stadt brachten mich endlich auf eine richtige Idee.«

»Eine Idee?«

»Ja. Ich schreibe jetzt den Roman.«

»Einen Roman?«

»Den Roman.«

»Wirklich? Und worüber?«

»Man könnte sagen, über die Suche nach dem Glück, auch wenn das nicht das originellste aller Themen sein mag.«

»Über die Suche nach dem Glück also«, sagte Robert und trank einen Schluck Wasser in Erwartung weiterer Ausführungen.

»Und über die Zeit«, sagte Golo. »Mir fiel das erst soeben wieder auf: Ob man nun auf schnellem Teppich oder langsamerer Asche spielt, das zählbare Ergebnis des Spiels bleibt strukturell das gleiche, nur ist der Sieger vielleicht ein anderer. Während der eine in der Schnelligkeit brilliert, versteht es der andere, die Langsamkeit für sich zu nutzen. Alles ist eine Frage der Perspektive.«

»Kann schon sein, auch wenn das doch nicht ganz egal ist, wer gewinnt«, sagte Robert. »Und wie wirkt sich das auf so einen Roman aus?«

»Mir eröffnete sich, dass du seit einigen Jahren einfach schneller lebst als ich, wir aber letzten Endes das gleiche Leben führen.«

»Du schreibst über dich und mich?«

»Ja, man könnte sagen, der Ausgangspunkt sind wir beide. Unsere Suche nach einem neuen Leben in der Stadt, meine eher innerlichen und deine äußerlichen Unternehmungen. Während ich mich in den Wissenschaften, in Poesie und Literatur ertüchtigte, lebtest du deine Geschichten schnell unmittelbarer. Der Kern aber ist, dass wir beide durch unsere Herkunft bedingt identitätslos auf der Suche sind, weder Bauern noch Städter, gesichtslose Landeier, die sich danach sehnen, angemalt zu werden, dann aber merken, dass sie sich die Farben selbst aussuchen müssen. Das hast du mit deinen Liedern damals als schwarzgewandeter Barde intuitiv auszudrücken verstanden. Dein Schwarz war gleichsam dein neues Weiß. Bei mir wird es jetzt etwas ausführlicher, wenn ich die weißen Seiten schwarz beschreibe.«

»Und das soll jemanden interessieren?«

»Darauf hoffe ich natürlich.«

So versponnen das alles klang, Robert war froh zu sehen, dass sein Freund wieder ein Ziel hatte in seinem Leben. Womöglich waren sie ja wirklich gar nicht so verschieden, wie er dachte. Jedenfalls hatten sie mehr gemeinsam als ihre Herkunft. Wie kam er überhaupt auf die Idee, sich seinem Freund überlegen zu fühlen, nur weil er es mit einer Werbeagentur zu etwas gebracht hatte?

Sie waren gut eine Stunde bei der Sache, hatten noch einmal so viel Zeit, den Sieger zu ermitteln, als Golo sich zum Rauchen verabschiedete.

»Für die Konzentration«, sagte er. »Mein Spiel zehrt, wie du weißt, vorrangig vom Geiste.«

Robert zuckte mit den Schultern und setzte sich auf den Plastikstuhl, um den beiden Spielerinnen zuzusehen, die mittlerweile den Nebenplatz belegten. Zumindest die eine gefiel ihm.

Da war die Stadt voller Frauen, und er machte einer Jessica Werner schöne Augen! Ihm wurde noch immer schlecht, wenn er an seinen Fehltritt dachte. Er hatte sich geschworen, dass ein für alle Mal Schluss war mit diesen Spinnereien, mit denen er doch nur den Frust über Mariettas unerwarteten Abgang verdrängt hatte. Kein Mann steckte es einfach weg, so eine Frau zu verlieren. Damit musste er umgehen.

Es ging um sein Leben, das eine, das er hatte, und das sollte so sein, wie er es wollte, ohne Heimatmelodien. Nur Bernd Bachmann, der mittlerweile tatsächlich einige kleinere Arbeiten in der Agentur übernommen hatte, würde er noch eine Weile ertragen. Einladungen zu weiteren Stammtischen ignorierte er beharrlich. Am kommenden Wochenende würden sie das Jubiläum feiern, für Weihnachten und Silvester hatte er einen Flug in den Süden gebucht.

Die beiden Frauen auf dem Nebenplatz waren vielleicht Mitte zwanzig, spielten in Tennisrock und ärmellosem Hemdchen. Die hübschere trug über ihren blonden Haaren ein Schirmband, schlug elegant auf und scheuchte die andere auch sonst souverän über den Platz. Die ließ sich aber nicht den Spaß am Spiel verderben, lachte über jeden Ball, den sie nicht erreichte oder in Netz und Aus platzierte. Die Blonde lächelte, und auch Robert spürte ein leichtes Zucken in seiner Wange. Das war die Gelegenheit, ein erstes Zeichen zu setzen. Ehe Golo vom Rauchen zurückkommen konnte, schlug Robert den beiden ein Doppel vor.

»Klar«, rief die Dicke. »Nur ran an meine Seite und auf in den Kampf!«

Als Golo dann endlich zurück in die Halle kam, bereute Robert es längst, dieses Doppel vorgeschlagen zu haben. Da stand er im Dunst der süßlich schwitzenden Gundula, die hübsche Nasja unerreichbar, und Golo sah ihn fragend an. Seinem Freund blieb keine andere Wahl, als seinerseits den Platz zu wechseln, sich vorzustellen und an der Seite der Schönen in Stellung zu gehen. Jeder andere hätte sich gefreut, aber Robert wusste genau, was Golo jetzt dachte, dass er innerlich tobte, weil er ihn zum Doppelspieler degradierte. Ausgerechnet ihn, der Doppel hasste.

Umso überraschter war Robert, als er sah, wie Golo und die Blonde mit jedem Ballwechsel besser harmonierten mit ihrer Technik und in ihren klassischen Kostümen. Es wirkte fast schon inszeniert, wie sie sich die Bälle überließen, ihre Angriffe koordinierten, mit ernster Konzentration fast jeden Ball für sich entschieden.

»Na, so richtig viel besser bin ich mit dir auch nicht!«, lachte Gundula nach einem weiteren missglückten Ballwechsel.

»Wie wär's mit Partnertausch?«, fragte er.

Aber das überhörten sie, und Robert legte seinen ganzen Ärger in den nächsten Aufschlag und schoss die Schöne einfach ab. Überrascht sah sie ihn an, ja, mit entzückendem Erstaunen nahm sie ihn wahr, dann ging sie geräuschlos zu Boden.

»Mann, Robert, spinnst du?«, rief Golo, der sofort neben der Schönen niederkniete.

»Tut mir leid!«, rief er über den Platz und wollte seinerseits zu Hilfe eilen.

»Schon in Ordnung«, rief die Getroffene und kam mit Golos Hilfe auf die Beine. »War nur der Schreck.«

»Kommt nicht wieder vor.«

»Na, das will ich hoffen, Partner.«

Robert versuchte, seine Mitspielerin freundlich anzusehen. Er riss sich zusammen und spielte schließlich auch ganz passabel an ihrer Seite. Auch sie erwischte jetzt den einen oder anderen Ball. Am Ende ihrer Stunde amüsierten sie sich regelrecht und beschlossen, sich noch kurz die Bar des Clubhauses anzusehen.

Robert war erleichtert. Man musste nur etwas Geduld haben. Noch auf dem Platz wechselte er sein Hemd, zeigte seinen Oberkörper gerade so lange, dass es wie unbeabsichtigt wirkte.

Anstelle einer Bar fanden sie einen quadratischen Plastiktisch und ein paar blass gepolsterter Stühle, die sich ordentlich aufgereiht an die Holzvertäfelung der Wand schmiegten. Aus dem Nebenraum grüßte der Platzwart, der sich rauchend mit seiner Zeitung beschäftigte.

»Limo klemmt!«, rief er rüber. »Aber ist ja auch schon nach vier.«

»Was meint er?«, fragte Nasja.

»Ich denke, er schlug uns vor, ein Bier zu trinken«, sagte Golo und wies auf den antiken Getränkeautomaten.

»Auf den Schreck und die Niederlage aber mindestens«, sagte Gundula.

Also kramten sie all ihr Kleingeld zusammen und schauten Golo dabei zu, wie er fluchend an den klemmenden Fächern des Automaten rüttelte, bis er ihnen schließlich drei Flaschen servierte, dann für sich selbst noch einmal an die Maschine musste.

»Seid ihr öfters hier?«, fragte Robert, selbst überrascht von seiner Unsicherheit.

»Das ist ja mal ne originelle Anmache!«, lachte Gundula laut, und auch Golo grinste am Automaten.

»Wir sind das erste Mal hier«, sagte Nasja.

Golo drehte sich unterdessen eine seiner stinkenden Kippen, woraufhin Gundula ihre schmalen Weißen aus der Handtasche holte und sich und ihrer Freundin eine ansteckte.

»Du nicht?«, fragte sie und hielt ihm die Packung hin, und er griff zu.

»Und was macht ihr sonst so, wenn ihr nicht Tennis spielt oder Bier trinkt?«, fragte Robert.

»Ach, studieren halt«, sagte Gundula. »Und ihr?«

Robert zog erleichtert an der schlanken Zigarette. Endlich kam das Gespräch in Bahnen, die er beherrschte. Er erzählte ihnen von seiner Agentur, und sie waren interessiert, fragten, wie man das schaffte, ganz auf eigenen Beinen zu stehen, was genau er denn mache.

»Und du?«, wandte sich Gundula dann aber plötzlich an Golo. »Auch so ein Macher?«

»Die freie Marktwirtschaft blieb mir bis heute fremd.«

»Lehrer?«

»O nein, der Staatsdienst schreckte mich ebenfalls.«

»Maler?«

»Ich zeichnete, doch mir fehlte das Talent.«

»Und warum redest du wie ein Ritter aus einem schlechten Mittelalterfilm?«

»Tat ich dies?«, fragte Golo.

»Er schreibt«, sagte Robert. »Und seit er schreibt, redet er auch so, um den Leuten auf die Nerven zu gehen.«

»Ich finde das witzig«, sagte Nasja. »Es war mir ein überaus großes Vergnügen, mit Ihm gemeinsam zu kämpfen.«

»Wirklich?«, fragte Golo. »Auch mir ward es eine wahre Freude.«

Mit jedem Schluck Bier und jeder Zigarette fühlte Robert sich schlechter. Was hatte er hier schon wieder verloren? In dieser Absteige und in dieser Gesellschaft?

»Ich muss dann mal wieder ran«, sagte Robert schließlich und drückte die letzte Zigarette im Aschenbecher aus. »Irgendwer muss ja auch arbeiten.«

»Dann bis Samstag«, sagte Golo, der keinen Anlass zu sehen schien, ihn zum Bleiben zu bewegen. »Und melde dich bei mir, so du bei den Partyvorbereitungen noch Hilfe brauchst.«

»Tut mir leid, das mit dem Abschuss«, sagte Robert und küsste Nasja zum Abschied auf die Wange.

»Längst vergessen«, sagte sie und zog ihren schneeweißen Wollpullover ein Stück weit nach oben, um ihm die leicht gerötete Stelle gleich neben dem Bauchnabel zu zeigen.

Robert wollte sich abwenden, sich auch von Gundula verabschieden, doch da fühlte er plötzlich seine Knie nachgeben, schwankte und sank zu Boden, ehrfürchtig, ohne etwas dagegen tun zu wollen. Diesen Bauch musste er anbeten! Er wollte ihn mitsamt seiner Trägerin gleich mit nach Hause nehmen, diese Frau, von der er so gut wie gar nichts wusste, er wollte sie verehren bis an sein Lebensende. Ja, so einfach war das, so einfach war er. So sehr sehnte er sich nach einer Frau.

»Alles in Ordnung, Robert?«, hörte er Golo fragen.

»Da macht der Macher doch glatt schlapp«, lachte Gundula.

Noch nie hatte Robert einen so betörenden Duft gerochen, noch nie dieses Glück empfunden, diese warme Geborgenheit. Viel zu schnell spürte er, wie jemand ihn fest an den Armen fasste, nach hinten zog, aus seinem Glück riss und auf den Rücken legte.

»Nein«, sagte er. »Bitte!«

»Jetzt komm schon, Robert. Man kann's auch übertreiben.«

»Das nenn ich mal zielstrebig. Zack und ab in die Höhle der Löwin!«

»Lass ihn halt«, hörte er endlich auch Nasjas Stimme. »Du siehst doch, dass ihm nicht gut ist.«

Jetzt erst öffnete Robert die Augen, dem es so gut ging wie schon lange nicht mehr. Doch anstelle des heiligen Bauches sah er drei Augenpaare halb besorgt, halb amüsiert auf sich herabblicken.

»Da bin ich zigarettenmäßig wohl ein bisschen aus dem Training«, sagte er und versuchte, nicht allzu blöd zu grinsen.

»Vielleicht solltest du lieber zum Arzt gehen«, sorgte sich die Schöne um ihn.

»Ja«, sagte er. »Vielleicht sollte ich wirklich mal zum Arzt gehen.«

11.

ALS ROBERT DIE ERSTEN Gäste aus der mit Fackeln beleuchteten Toreinfahrt auftauchten sah, begann es zu schneien. Vor den wenigen beleuchteten Fenstern des Vorderhauses segelten die großen feuchten Flocken mehr oder weniger zielstrebig in Richtung Boden. Dazu spielte in seinem Rücken das Trio Bossa Supernova einen Latin-Standard. Die Männer vom Catering standen am Büfett, je drei Meter Vor- und Nachspeise rahmten die großen silbernen Behältnisse im Zentrum, unter dehnen bläulich die Flammen züngelten. Bis zur Tür hin duftete das Essen. An Bar und Garderobe warteten hochwertige Hostessen. Alles war bereit für das große Jubiläum von City Lights.

Das hier war sein Fest, für das er in den letzten Tagen alles gegeben hatte, und es ließ sich genau so an, wie Robert es sich vorgestellt hatte. Schon der erste Gast, den er an der Tür begrüßte, der Verleger Marschlewitz, zog die Augenbrauen anerkennend hoch in Richtung seiner spärlich behaarten Stirn. Robert ignorierte, dass sein Gegenüber dazu ansetzte, ihm kumpelhaft die Schulter zu klopfen, auch wenn sie sich früher sicher so begrüßt hatten.

»Schön, dich zu sehen!«, sagte Robert und lenkte ihn weiter in Richtung der Garderobe, da gleich eine ganze Gruppe an Gästen pünktlich erschienen war und darauf wartete, begrüßt zu werden.

»Frau Sänger!«, rief er. »Was für eine Freude!«

»Hallo, Herr Gernold«, grüßte die Vertriebschefin eines Gemüsegroßhändlers zurück. »Und herzlichen Glückwunsch zum Jubiläum!«

»Das Salz der Erde!«, zwinkerte er dann der ersten Gruppe von Mitarbeitern zu, die nicht weniger beeindruckt schienen von der Verwandlung ihres Arbeitsplatzes. »Immer hereinspaziert und bloß nicht von der Arbeit reden!«

»Das sieht ja mal ordentlich nach Wachstum aus!«, lachte ihm da auch schon Werner Ortlieb entgegen, der die Rolle eines Vorstandsvorsitzenden mit gut hundertfünfzig Kilo Eigengewicht und knapp vierzig Kilo hübscher Frau an seiner Seite bestens spielte. Das war sein erster richtig großer Kunde gewesen.

»Herr Dr. Ortlieb, herzlich willkommen! Ja, man tut, was man kann.«

»Und das Ziel ist die Weltherrschaft. Ich sehe, Sie haben meinen Worten aufmerksam gelauscht!«

»Genießen Sie das Fest!«

»Davon können Sie ausgehen.«

»Baby, ich fass es nicht!«, entfuhr es ihm, als er seine Sekretärin Susana vor sich stehen sah, in hautengem Abendkleid, das bis kurz über den Bauchnabel ausgeschnitten war. Das konnte und wollte auch der weiße Pelz nicht verdecken.

»Mein Chef!«, lachte sie und küsste ihn mit tiefrot geschminkten Lippen auf den Mund.

Robert sah, wie die Nachfolgenden anerkennend guckten, und zwar Herr von Rostow, der Vermieter, der einfach nicht verkaufen wollte, die fünfköpfige Belegschaft einer kleinen Partneragentur, der er gelegentlich Aufträge überließ, die sich für ihn nicht mehr lohnten, zwei ehemalige Mitarbeiter und einige Kunden, die er nur noch vom Namen her kannte, und auch das nur, weil Susana ihn gut vorbereitet hatte.

Robert war euphorisch. Jeden Gast begrüßte er mit aufrichtigem, ja vielleicht etwas zu breitem Grinsen, doch das wollte er genießen! Leicht verwirrt fühlte er in sich den Drang danach wachsen, einfach in die Luft zu springen und zu jauchzen, so zufrieden war er mit sich und dieser Welt, nur sollte es so weit dann aber doch nicht kommen. Das würde zu wenig souverän wirken. Also schüttelte er die nächste ihm gereichte Hand, fragte nach dem Befinden dieses und jenes Bekannten, nach dem Fortkommen des einen oder anderen Projekts, wünschte allen einen schönen Abend. Zufrieden sah er, wie die Ersten zwar nicht tanzten, aber doch entspannt im Raum standen.

»Wahrhaftig ein Fest, das seinen Namen verdient!«, hörte er plötzlich Golo rufen.

Robert wandte sich dem Eingang zu und sah seinen Freund beziehungsweise das, was der aus sich gemacht hatte. Da stand Golo in schwarzem Dreiteiler mit barockem weißem Hemd und grell orangefarbenem Einstecktuch, die langen Haare nach hinten gekämmt. Hinter ihm entdeckte Robert die Schöne vom Tennisplatz. Nasja. Er konnte es nicht fassen.

»Ich habe mir erlaubt, jemanden mitzubringen, wenn du dich erinnerst«, sagte Golo, als das Schulterklopfen ein Ende hatte. »Dein Opfer vom Tennisplatz.«

»Klar«, stammelte er und gab ihr die Hand. »Hallo, Nasja.«

Dann waren die beiden auch schon unterwegs zur Garderobe. Golo half ihr aus dem Pelz, entblößte einen durchtrainierten Sportlerinnenrücken, sanfte und doch klare Rundungen, die das glitzernde Kleid zierten. Sie gingen weiter, Hand in Hand. Es folgten einige Dutzend weiterer Gäste, die kaum bis in Roberts Bewusstsein vordrangen.

»Mein Prinz in seinem Schloss«, rief jemand lauter als die anderen.

Eine Stimme, die alle Verwunderung über Golo und seine Eroberung sofort vergessen machte, ihm die Kehle zusammenschnürte und zugleich das Herz höherschlagen ließ. Ganz flau wurde sein Magen, und er schwitzte, griff nach einem Glas, tat so, als hätte er noch nicht gehört. Er nahm einen großen Schluck, drehte sich wie zufällig um und sah sie in einem indischen Kleid, die schwarzen Locken auch im Halbdunkel deutlich mit grauen Strähnen durchzogen, doch die Augen leuchteten warm.

»Ophelia! Du bist es wirklich!«, rief er schließlich vielleicht etwas zu begeistert und nahm sie in den Arm.

Er roch den Duft, der jahrelang nicht nur Zuhause, sondern auch Versprechen einer neuen Welt für ihn gewesen war. Er ließ sie los, um sie anzusehen. Sie lächelte.

»Bist du alleine?«

»Ja, aber nicht einsam«, sagte sie. »Und du?«

»Na, heute Abend jedenfalls in bester Gesellschaft«, lachte er zu laut, erstaunt, wie direkt sie auch jetzt noch war, nachdem sie sich jahrelang nicht gesprochen hatten, als wäre das ihr gutes Recht, so wie sie ihm jetzt an die Fliege griff, um sie zu richten.

»Komm, ich nehme dir den Mantel ab«, sagte er schnell. »Wir sprechen uns später ausführlicher.«

»Darauf bin ich wirklich gespannt«, lächelte sie ironisch.

Zurück am Eingang, lenkten ihn Kunden, Nachbarn und Mitarbeiter zum Glück davon ab, weiter darüber nachzudenken, was ihm da gerade geschehen war. Er wollte sich nicht fragen, ob der Abend auch weiter so verlief, wie er sich das gewünscht hatte. Golo und Nasja. Er und Ophelia. Da war sie wieder, diese Unsicherheit, weil er die Frau nicht fand, mit der er leben konnte. Nein, so hatte er sich das nicht vorgestellt, aber darum sollte es an diesem Abend auch nicht gehen. Robert riss sich zusammen, griff nach einem Glas Champagner und fand schnell zurück in die Rolle eines stolzen Gastgebers, der ganz genau wusste, was er tat.

Als der Strom der Ankommenden versiegte, ließ Robert sich von Susana eine Zigarette geben und ging die paar Schritte in den Hof. Wo noch niemand gelaufen war, bedeckte der feuchte Schnee den schmutzigen Asphalt, knirschte unter seinen Ledersohlen. Der Pavillon war gut gefüllt. Zur Musik des Trios drangen Geplauder, Lachen, Fröhlichkeit nach draußen. So war also alles doch ganz gut. Golo stand mit Nasja an der Bar, daneben gleich Ophelia, die wirklich alt geworden war. Es gab keinen Grund zur Angst vor der Verflossenen, die er hatte verfließen lassen, und das vor Jahren. Gierig zog Robert an der Zigarette, griff eine Handvoll Schnee, mit dem er sich die Stirn kühlte. Es war Zeit für seine Rede. Zielsicher schnipste er die Kippe in die noch nicht zugefrorene Regentonne und machte sich auf den Weg.

Nachdem das Trio den Song zu Ende gebracht hatte, schritt Robert durch die Menge und zur Treppe, nahm die sieben Stufen hoch in Richtung seines Büros, blieb auf halber Höhe des Raums stehen und sah hinunter auf die Gäste. Einige bemerkten ihn, vermuteten wohl, dass er etwas sagen wollte, da die Gespräche langsam verstummten, bis es so ruhig war, dass der Moment gekommen war.

»Hallo«, sagte er und räusperte sich. »Hallo, liebe Gäste, liebe Kunden, Freunde, Partner, liebe Mitarbeiter, willkommen bei City Lights, willkommen zum fünften Geburtstag. Ich will Sie und euch gar nicht lange vom Essen und Trinken und allem anderen abhalten, was der Abend uns bietet, aber da man nun einmal nicht nicht kommunizieren kann, weil alles, was wir tun oder nicht tun, zwangsläufig auch wahrgenommen wird, will ich doch ein oder zwei Sätze loswerden.«

Einige aufmunternde Rufe. Das Rauschen der Lautsprecher. Husten und Räuspern.

»Früher hieß es, Reden ist Silber, Schweigen ist Gold. So war das früher. Heute ist Schweigen höchstens Blech, Schweigen ist Luft. Denn wer heute schweigt, den gibt es gar nicht. Nur wer den Mut hat, sich zu zeigen und von sich zu reden, hat überhaupt eine Chance, an Silber und Gold heranzukommen. Wir alle haben in den vergangenen Jahren auf die eine oder andere Weise miteinander zu tun gehabt, und immer haben wir miteinander geredet, haben die Zähne auseinanderbekommen, uns gezeigt, wer wir sind, wer wir sein wollen und was wir erreichen wollen. Nur so konnten wir gemeinsam erfolgreich sein.«

Die Gäste lauschten gespannt. Robert genoss es, fühlte diesen aufgeregten Stolz in sich, den er von seinen Vorträgen kannte. Seine Augen wurden feucht. Er schluckte schwer.

»Die Welt wird immer bunter und lauter. Vor fünf Jahren lag dieser Stadtteil noch fast verlassen ab vom Schuss. Heute leuchten die Reklamen, glitzern die neuen Geschäfte, schreien die Partygänger. Das ist unsere neue Welt, eine Welt, in der nur derjenige überlebt, der nicht nur irgendwie auf sich aufmerksam macht, sondern besonders erscheint. Das war der Anfang von City Lights, die Idee, sich so zu zeigen, wie man gesehen werden will, Schluss zu machen mit der Selbstfindung, dem Grübeln darüber, wer man wirklich ist, wen die anderen sehen wollen. Denn wer selbstbewusst von sich redet, macht von sich reden. Das ist der Weg nach oben. In diesem Sinne überlasse ich euch jetzt den Platz. Lernt euch kennen und vergesst nicht, dass es nur eine Gelegenheit gibt, einen guten ersten Eindruck zu machen!«

Robert atmete durch und wollte nur noch schnell das Büfett eröffnen, als es im Eingangsbereich plötzlich unruhig wurde.

»Ho! Ho! Ho!«, rief eine dunkle Stimme. »Ho! Ho! Ho!«

Es wurde gemurmelt, teils auch gelacht. Worüber, konnte Robert selbst von der Treppe aus nicht sehen. Da ließen die Gäste einen Korridor frei. Jemand trat ins Licht, in seiner ganzen Größe im roten Mantel mit brustlangem weißen Vollbart. Der Weihnachtsmann auf seinem Fest.

»Und ist unser Robbie auch immer brav gewesen?«, brüllte die Stimme durch den Raum.

Der Dialekt ließ kein Zweifel daran, wer das war, zumal Robert hinter dem Weihnachtsmann auch die anderen sah, den Schmalmann als Knecht Ruprecht und Jessica mit einer unbekannten Frau als Engelchen verkleidet.

»Tja«, setzte Robert wieder an. »Da sogar der Weihnachtsmann zu uns gefunden hat, bleibt mir also nichts weiter zu tun, als das Büfett zu eröffnen!«

Und zum Glück hielt sich niemand lange mit den ungebetenen und unpassenden Gästen auf. Man stürmte zum Essen, so dass Robert seinen alten Bekannten schließlich alleine gegenüberstand.

»Na, da staunst du, wie!«, rief Bernd Bachmann durch seinen falschen Bart. »Aber auf seine alten Freunde kann man sich verlassen.«

Er kramte in seinem Jutesack und hielt schließlich einen dieser länglichen Kuchen in der Hand, die man zu Hause auf dem Land zu Weihnachten verschenkte.

»Mit bestem Gruß vom Bäcker persönlich!«, lachte Bernd. »Du weißt doch, der Ernst hat den Laden von seinem alten Herrn übernommen.«

»Ja, klar, der Ernst«, stammelte Robert.

Etwas abseits stand Ophelia und lauschte amüsiert.

»Herzlichen Glückwunsch!«, rief jetzt auch Jessica und drückte ihn an ihren Busen, als wären sie einfach gute alte Bekannte. »Du siehst ja wieder aus wie die Versuchung persönlich!«

»Tipptopp Laden«, sagte Holger Schmalmann.

»Enrico konnte leider nicht«, sagte Bernd. »Dafür haben wir Gabi als zweiten Engel eingeflogen.«

»Hallo, Gabi«, sagte Robert und reichte der Blonden die Hand.

»Ich hab's doch gesagt, was!«, rief Bernd. »Der erkennt sie nicht wieder!«

Robert sah Ophelia spöttisch grinsen, versuchte zugleich, die Unbekannte einzuordnen, die kleine Gestalt mit schmalen Lippen und dünnem Haar, die Gabi hieß.

»Mann, Robbie! Die Gabi vom Doktor Klein, dem Mathelehrer.«

Ihre Hand war winzig wie die eines Kindes, doch die Handfläche fühlte sich alt an, ungesund, wie verschorft. Mit kühlen blauen Augen sah sie ihn skeptisch an. Er wusste nicht, warum, aber er hätte gerne ein bisschen Anerkennung in ihrem Blick entdeckt. Etwas an ihr verunsicherte ihn.

»Ist doch vollkommen unbedeutend«, brach sie ihr Schweigen. »Das ist ja auch schon ein paar Jahre her.«

»Du sagst es«, versuchte Robert zu grinsen. »Amüsiert euch mal gut. Wir sehen uns später!«

Er ließ die Landsleute einfach stehen und suchte Ophelia, die mittlerweile nicht mehr auf ihn wartete. Er griff nach einem Glas und trank darauf, dass irgendwie doch alles gutgehen würde. Und da kam ihm plötzlich die Erinnerung an Gabi Klein, die Tochter dieses Mathe-Kleins, die sie verpfiffen hatte, als das Gras fast reif zur Ernte war im Lehrgarten der Schule. Vor wie vielen Jahren? In einem anderen Leben. Das war so etwas wie der Höhepunkt ihrer Schullaufbahn gewesen, als er und Golo aus dem Unterricht herausgeholt wurden. Ein Kriminalbeamter aus der

Kreisstadt begleitet vom Dorfpolizisten, den jeder kannte. Das waren die kurzen Tage des Ruhmes. Jede einzelne Sozialstunde lohnte sich gleich vielfach, so groß war der Respekt, den sie zumindest kurzzeitig erfuhren, doch auch das ging wieder vorbei. Später war Gabi noch einmal zu ihm gekommen, wollte sich im Nachhinein entschuldigen, spätabends auf irgendeiner langweiligen Party. Er war längst besoffen und hatte ihr verziehen, ohne sich weiter für sie zu interessieren. Und jetzt war sie hier, auf seiner Jubiläumsfeier, Gabi Klein im Engelskostüm.

»Na, mein Prinz, wirst du jetzt schon nostalgisch und scharst die ganz alten Getreuen um dich?«, hörte er Ophelias dunkle Stimme.

»Da bist du ja!«, rief er. »Und, wie geht's?«

»Wie geht's, wie geht's? Ist das alles, was vom Sänger übrig geblieben ist? Gut geht's, siehst du doch, oder nicht?«

»Klar, du siehst toll aus. Tut mir leid, dass ich erst jetzt Zeit habe, aber du siehst ja, was hier los ist.«

»Mach dir um mich keine Sorgen, ich bin groß genug. Aber bist du wirklich schon so weit, dass du toll sagen musst?«

»Was soll ich sonst sagen? Dass eine subtil mondäne Grandezza aus jeder deiner Poren drängt?«

»Ach ja?«

»Dass der kristallen klirrende Glamour der Dekadenz sich in deinen laliquegleichen Augäpfeln bricht?«

»Wirklich?«

»Dass keine Ophelia je schöner war?«

»Ach könnt ich seinen Worten Glauben schenken«, lächelte sie. »Immerhin kannst du noch so tun, als wärst du der Träumer von früher. Dein Dichter-Freund meint, dir ist trotzdem wieder eine Stute durchgegangen?«

»Tja, nach dir hat's keine leicht«, sagte er vielleicht etwas zu schwülstig, aber er hatte keine Lust auf ihre spröde Aggressivität. »Was sagst du denn zu meinem Baby?«

»Dein Baby?«

»Na, mein Laden, die Agentur, das alles hier.«

»Dafür, dass du vor ein paar Jahren noch als Kleinkünstler aufgetreten bist, machst du dich als Werbeguru anscheinend ganz gut. Dafür, dass du ein echter Künstler warst, ist das natürlich eher traurig. Aber weißt du, Rob, verschon mich besser mit den Freuden der Arbeit. Ich hoffe, du hast mich nicht eingeladen, um mir damit zu imponieren.«

»Was heißt schon imponieren? Du hast schließlich auch deinen Teil dazu beigetragen.«

»Ich meinen Teil zu deiner Werbeklitsche beigetragen?«

»Du warst die Allererste, die an mich geglaubt hat, auch wenn ich da noch auf der falschen Baustelle unterwegs war. Aber du hast mich erst aus der ganzen Trägheit rausgeholt.«

»Das ist ja großartig, dass ich dir damit dienen konnte.«

»Ja, Ophelia. Ich bin dir wirklich dankbar.«

»Robert, ich will hier jetzt wirklich keine frustrierten Diskurse halten und die geifernde Exgeliebte mimen, aber du hast mich einfach sitzenlassen, nachdem du jahrelang wie die Made im Speck bei uns gehaust und mich durch meine besten Jahre gebumst hast. Du hast mich verlassen wie eine alte Frau, und jetzt bist du mir dankbar?«

»Du weißt genau, dass das so nicht stimmt, Ophelia. Ich musste auch mal etwas ganz Eigenes machen, und du warst doch eigentlich froh, diesen unreifen Jungen los zu sein.«

»Mal was Eigenes machen! Wach auf, Robert, du machst permanent nur Eigenes. Du hast gar keine Vorstellung davon, dass es auch andere Menschen gibt, die eigene Bedürfnisse haben. Als Künstler hat das seinen Charme, aber so? Für Mammon und Eitelkeit? Wo ist es denn hin, das Leuchten in deinen Augen? Aber wen frag ich das. Ich hätte gleich wissen sollen, dass es keine gute Idee war herzukommen.«

»Jetzt komm schon, Ophelia. Sag nicht, dass mein Fest dir nicht gefällt!«

»Jetzt komm schon, jetzt komm schon. Du bist einfach lächerlich. Du bist einfach zu feige, du selbst zu sein. Mach's gut und sei schön stolz auf das, was du geschafft hast. Ich wünsch dir, dass du eines Tages wieder aufwachst aus deinem Hochglanzalptraum.«

Und dann ließ sie ihn einfach stehen und ging in Richtung Garderobe. Damit hätte er nun nicht gerechnet, dass die stolze Ophelia so schnell vor ihm zusammenbrechen würde. Nach all den Jahren noch so viel Groll. Ihm wurde klar, dass er sich darauf gefreut hatte, sie wiederzusehen. Er war ihr wirklich dankbar für die gemeinsame Zeit, die er nicht einfach vergessen wollte. Aber sie war verbittert, hatte nicht die Größe, ihm seinen Erfolg zu gönnen. War es denn möglich, dass er sie so sehr verletzt hatte? Konnte sie ernsthaft der Meinung sein, dass er nur an sich selber dachte?

Zum Essen trank er weiter Champagner, ging von Tisch zu Tisch, wechselte mit den wichtigeren Gästen ein paar Worte, gab allen das Gefühl, dass gerade sie ihm ganz besonders am Herzen lagen, und achtete darauf, halbwegs nüchtern zu bleiben. Man gratulierte ihm zu seiner Rede, fand die Musik gelungen, auch das Essen hatte man so nicht erwarten können, und dann die lustige Idee, als Kontrapunkt, als Zitat des ganzen Weihnachtskitsches den Weihnachtsmann einzuladen, der fast schon surreal mit Knecht und Engeln durch den Raum tapste und Ruten verteilte.

»Das ist doch ganz toll *arty*«, meinte eine Galeristin aus der Nachbarschaft. »Einfach ganz real performesk.«

»Ja, du sagst es«, stimmte ihr ein ihm unbekannter hagerer Riese mit Stahlrandbrille zu. »Die Idiosynkrasien einer virtuellen Wirklichkeit. Paradox, aber nicht ohne Charme.«

»Ich sage immer, dass wir die Werber unterschätzen. Wo Geld ist, ist immer auch Können.«

»Ja, Judith, du liebst diese transdiskursiv zwischen Ästhetik und Kommerz oszillierende Medialität, und du hast so recht, meine Liebe.«

Robert ließ sich weitertreiben, und tatsächlich war es nicht ohne Komik, wie Bernd Bachmann da zwischen all den schönen Menschen umherirrte und Holger Schmalmann mit den Ruten wedelte. Hinter den beiden sah er nur noch den üppigeren der beiden Engel. Jessica Werner mit dem sehr barocken Dekolleté schien ihm nicht böse zu sein. Sie winkte ihm, und endlich konnte er sich entspannen, so gut lief alles. Sollten sie doch machen, diese Wiedergänger, schließlich wollten sie ihm ja nichts Böses. Er hatte es geschafft und keinen Grund zu verleugnen, wo er herkam. Der zweite Engel war nicht mehr zu sehen.

Sein Fest nahm weiter an Tempo auf, und nach einigen weiteren Getränken tanzte auch Robert, erst mit Tina, dann mit Susana. Ja, er fühlte wieder, wie sehr er eine Frau brauchte. Eine Frau wie Nasja, die er engumschlungen mit Golo tanzen sah. War sie nicht eigentlich für ihn bestimmt?

Die Band legte sich zunehmend ins Zeug, heizte die Atmosphäre weiter auf. Man kam sich näher. Golo rauschte mit seiner Partnerin ganz dicht an ihm vorbei. Robert roch sie und wusste plötzlich, die Lippen noch an Susanas Ohrläppchen, dass er mit Nasja tanzen musste, sobald der Freund ihn ließe. Er musste der Sache auf den Grund gehen. Was, wenn sie wirklich füreinander bestimmt waren? Golo sich aus Versehen zwischen sie gedrängt hatte? Robert drehte sich geschickt, führte Susana parallel zum anvisierten Ziel, nahm seine Hand von ihrer nackten Schulter, griff nach der anderen, die er von Golos Hüfte nahm.

»Wenn schon nicht beim Tennis, dann aber doch jetzt«, lächelte er ihr ins überraschte Gesicht, nachdem er sie zu sich gezogen hatte.

Schnell führte er sie weg in eine andere Ecke, so weit wie möglich. Sie duftete so herrlich, dass er nicht anders konnte, als sie ganz fest an sich zu pressen. Ja, er hatte sich nicht getäuscht. Sie war es.

»Wenn du so weitermachst, lieg ich gleich wieder auf dem Boden«, sagte sie.

»Was?«

»Du tust mir weh, Robert.«

»Oh, sorry«, hauchte er ihr ins Ohr und ließ etwas lockerer.

»Wird das jetzt eine feindliche Übernahme, oder machst du nur vom Gutsherrenrecht Gebrauch?«

»Was?«

»Du sabberst mir auf die Schulter.«

»Nasja, du bist ein Engel«, hörte er sich sagen. »Ich muss dich lieben. Gleich als ich dich gesehen habe, auf dem Tennisplatz.«

»Was?«

»Ich liebe dich!«

»Spinnst du?«

»Vom ersten Augenblick an.«

Sein Leben lag in ihren Händen. So viel hatte er noch nie riskiert. Jetzt würde alles endlich gut. Sie musste ihm glauben! Sein Engel! Nasja machte sich einfach von ihm los. Doch Golo tanzte wie besessen mit Susana, so entfesselt, dass Nasja wirklich keinen Grund hatte, sich nicht auch gehenzulassen. Sein Werben zu erhören. Was wollte sie mit einem Mann wie Golo? Was konnte er ihr schon bieten? Trotzdem ging sie zu den beiden, packte Golo an der Schulter, der aber noch nicht von Susana lassen wollte und in Richtung Robert wies. Ja, er hatte begriffen! Er schenkte sie ihm, seine Traumfrau, das war wahre Freundschaft!

»Jetzt komm schon«, sagte er hinter ihr hereilend. »Er hat mir dich versprochen.«

Und dennoch wehrte Nasja sich weiter, als Robert sie wieder an sich ziehen wollte. Heftig stieß sie ihn von sich, als er fester zugriff. Schlug ihm schließlich ins Gesicht, als er einfach nicht loslassen konnte, das Glück so nah vor Augen, das er nicht kampflos würde ziehen lassen. Man musste mutig sein, um die wahre Liebe zu finden! Erst als Robert den lange vergessenen Schmerz im Unterleib spürte, ihm kurz die Luft wegblieb, das Innerste zusammengezogen wurde, ließ er sie ungläubig los.

»Ihr seid ja vollkommen krank!«, schrie Nasja gegen die laute Musik an und ließ ihn stehen.

Als der Schmerz langsam nachließ und Robert sie wütend in Richtung der Garderobe davonstürmen sah, erinnerte er sich daran, dass so ähnlich schon Ophelia vor ein paar Stunden abgetreten war. Irgendetwas stimmte nicht mit den Frauen.

»Was ist denn mit Nasja los?«, hörte er Golo fragen.

»Sie wollte sich nicht verschenken lassen.«

»Verschenken?«

»Sie meint, sie braucht keinen Zuhälter«, grinste Robert.

»Sie meint was?«

»Na ja, so eine schafft das wahrscheinlich alleine, und das passt auch nicht zu dir, mein Lieber. Du ein Zuhälter, das passt nicht. War aber nett gemeint, dass du sie mir mitgebracht hast. Willst du Susana haben?«

»Bist du besoffen oder was? Ich wollte den einen Tanz zu Ende bringen.«

»Du ein Zuhälter! Wenn das dein Vater wüsste, dass du endlich was Vernünftiges machst.«

Dann brannte es schon wieder auf seiner rechten Wange, kurz darauf auch auf der anderen, und Robert musste weiter grinsen. Die Schmerzen konnten ihn nicht mehr beeindrucken. Was konnte Golo ihm schon anhaben? Der nette Golo von nebenan. Dessen Faust ihn mitten im Gesicht traf. Nicht noch einmal! Was sollte das? Das musste er sich nicht bieten lassen. Dass man ihm seine Traumfrau raubte und dann auch noch nachtrat. Bei aller Freundschaft. Nicht auf seinem Fest! Er hatte genug Schläge bezogen. Er musste handeln und griff nach einer Champagnerflasche, um das Spektakel mit einem Schlag zu beenden. Es war höchste Zeit, dass Robert Gernold wieder die Oberhand gewann in seinem Leben. Golo hatte sich unterdessen abgewandt, bot ihm den Hinterkopf. Vorfreudig holte er aus. Gleich wäre die Welt wieder in Ordnung. Golo war sein wirkliches Problem. Dieser Wiedergänger, der ihn nicht losließ. Gleich musste er zuschlagen. Es konnte nur einen geben, dachte er, als plötzlich der Weihnachtsmann vor ihm stand.

»Das ist jetzt nicht dein Ernst«, brummte er durch seinen nicht mehr ganz korrekt sitzenden Bart. »Das Leben ist hart genug in der Fremde, oder?«

Robert hielt inne, nahm einen tiefen Schluck aus der Flasche und zuckte mit den Schultern. Dann eben nicht. Golo sah sich ungläubig zu ihnen um und stürmte Nasja hinterher in Richtung Garderobe. Nach den Frauen flohen die Freunde. Der Erfolg machte einsam. Das hatte er oft genug gehört. Ganz oben war die Luft am dünnsten. Auf dem Gipfel. Wenn das so weiterging, musste er bald alleine feiern.

Robert trank immer weiter Champagner und war sicher, dass seine Stimmung halten und er sich von ein paar Abgängen nicht sein Fest verderben lassen würde. Wen brauchte er schon? Er, der das hier alles ganz allein geschaffen hatte? Letztlich konnte er froh sein, wenn die Neider gingen, ohne denen auf die Nerven zu gehen, die ihm das alles gönnten, die sich mit ihm freuten. Leider sah er aber sowohl Tina als auch Susana unerreichbar in anderen Armen. Langsam fürchtete er, den Abend ganz ungeliebt zu beenden. Er hatte wohl aufs falsche Pferd gesetzt und damit sich selbst und seinem alten Freund nicht unbedingt einen Gefallen getan. Aber was brachte es schon zurückzuschauen?

Zufrieden betrachtete er den Ausklang seines Festes. Warum sollte er sich das von den Frauen verderben lassen? Die hatten in den vergangenen Monaten genug Schaden angerichtet in seinem Leben. Er konnte auch alleine glücklich sein. Er würde sich nicht weiter zum Narren machen. Damit war Schluss. Er hatte schließlich seine Arbeit. Sein Werk! Und dann sah er sie.

Klein war sie, zierlich, ganz anders als alle anderen tanzte sie alleine. Diese aschblonde Erscheinung tanzte mit kreisenden Armen und geschlossenen Augen, zog ihn allein dadurch an, dass sie da war. Er hätte nicht sagen können, was ihm an ihr gefiel. Er wusste, dass ihm ein derart lächerlicher Ausdruckstanz gar nicht gefallen durfte. Doch plötzlich war ein Gefühl in ihm, war er ein anderer, den er nicht mehr verstehen konnte, der nicht mehr wollte, was er wollte, und das umso stärker.

12.

ZUM ZWEITEN MAL INNERHALB weniger Wochen frühstückte Robert mit einer Frau aus seinem Heimatdorf. Wieder hatte er einen ordentlichen Kater, doch diesmal saß die Frau an seinem Küchentisch und hatte in seiner Wohnung geschlafen. In seinem Bett, während er auf dem Sofa gelegen hatte. Glücklich. Diesmal spürte er überhaupt keinen Drang zur Flucht. Er genoss den Morgen trotz des steifen Nackens, des kratzenden Halses und des pochenden Schädels. So schnell änderten sich die Zeiten.

Zärtlich strich er über den Stoff des indianisch bestickten und mit Perlen verzierten Tabaksbeutels, nahm dann ein Blättchen und versuchte zum ersten Mal seit mehr als zehn Jahren, eine Zigarette zu drehen.

»Soll ich das nicht besser übernehmen?«, fragte Gabi, die einfach dasaß und ihn glücklich machte.

»Ich kann ja zur Maniküre, wenn's zu schmutzig wird.«

Er musste lachen, so entgeistert sah sie ihn an.

»Das ist jetzt nicht dein Ernst.«

»Warum denn nicht?«

Da lachte auch sie und tippte sich mit dem Zeigefinger an die Schläfe, knapp neben die kleine, blau durch die Haut schimmernde Ader. Ihr Nagel war ungepflegt. Am Ende des Nagelbetts löste sich die oberste Hautschicht in feinen Streifen, so verletzlich.

»Könnte auch dir nicht schaden«, sagte er.

»So weit kommt's noch. Und dann noch ein paar Meter anbauen, am besten cremeweiß glänzend wie die Tussis hier auf der Straße.«

Endlich hatte er seine nicht ganz symmetrische Zigarette vollendet und suchte nach dem Feuerzeug, das sie ihm gleich hinhielt, um ihm wie selbstverständlich Feuer zu geben. Schon mit dem ersten Zug zerlegte sich seine Konstruktion, fiel der glühende Tabak auf seinen weißseidenen Morgenmantel.

»Ach Gott, das gute Stöffchen!«

»Weißt du, was der gekostet hat?«, rief er und stürzte zum Waschbecken. »Dafür kannst du dir ein paar Kilometer neue Nägel kaufen!«

»Wie gesagt, lieber nicht«, sagte sie immer noch spöttisch, während er planlos mit der Schaumstoffseite des Schwamms an dem bräunlichen Fleck herumrubbelte. »Aber ich kann dir das flicken, wenn der Fleck nicht mehr rausgeht.«

»Flicken«, seufzte er. »Es gibt Dinge, die flickt man nicht. Die sind ganz oder gar nicht.«

»Na, das ist ja mal eine Weisheit.«

Er spürte zugleich Wohlwollen und Spott, weshalb er dem Drang widerstand, sich jetzt gleich umzuziehen, und sich so endgültig vor ihr lächerlich zu machen. Nein, er vergaß einfach den Morgenmantel, setzte sich zurück an den Tisch und griff nach der makellosen Zigarette, die sie ihm unterdessen gedreht hatte. Und da blieb ihm die Luft weg, so stark schlug sein Herz ganz plötzlich, als er ihre Hand berührte, als er wider alles bessere Wissen fühlte, wie all seine Energie sich in diesem einen Punkt konzentrierte. Natürlich war das kindisch, zumal sie sich schon am Abend geküsst, bis zum letzten Song der Band engumschlungen getanzt hatten. Er hatte sie doch längst erobert, auch wenn sie nicht mit ihm ins Bett gewollt hatte, noch nicht. Aber jetzt war Morgen, und alles war anders, aufregend, fast schmerzhaft dieses kaum zu fassende Gefühl der Liebe. Das hatte er noch nicht erlebt.

»Mann, Robbie, das tut doch weh«, hörte er sie sagen. »Du musst hier echt nichts beweisen.«

Er sah auf. Sie blickte skeptisch, fast ein wenig ängstlich aus diesen immer weniger blassen blauen Augen, als empfände auch sie diesen Schmerz, diese Unfassbarkeit des Gefühlten, der echten Emotionen. Danach also hatte er sich gesehnt, dachte er und begriff im gleichen Augenblick, dass seine Zigarette längst brannte, er nicht ihre Haut, sondern den glühenden Tabak gegen seine Handfläche drückte. Und da verstand er auch den Schmerz und zuckte zusammen, schlug mit der schmerzenden Hand sein Kaffeeglas vom Tisch, das dumpf auf dem Läufer aufschlug.

»Scheiße!«

»Was für ein Kerl!«

»Verdammt!«

Schon wieder sprang er ans Waschbecken, zum zweiten Mal an diesem Morgen, der trotz aller vermeintlichen Widrigkeiten des Schicksals der schönste Morgen seines Lebens war.

»Man würde das auf den ersten Blick nicht denken, von wegen knapp zwei Meter und durchtrainiert, aber du hast schon was von Charlie Chaplin«, sagte sie.

Vom Tisch aus betrachtete sie ihn über den Rand ihres Kaffeeglases hinweg.

»Findest du?«

Alles an ihr war zart und fein, die blasse Haut, die seidigen Haare, die so gar nicht aufdringlichen Augen, die ihn fröhlich musterten. Charlie Chaplin, das war am Abend, schon eher in der Nacht, ihr Thema gewesen, so waren sie überhaupt noch ins Gespräch gekommen. Sie hatte ihre Engelsflügel längst abgelegt, als er sie alleine tanzen sah. Weil Bernd Bachmann und die anderen gegangen waren, wähnte er sich unbeobachtet. Er hatte mit ihr getanzt, voller Spaß und ohne Angst, sich zu blamieren. Plötzlich war es ihm egal, was die anderen, die ganzen mehr oder weniger Bekannten, denken mochten. Er genoss es, all die mühsam in Wochenendkursen mit dieser oder jener Frau gelernten Schritte zu vergessen und mit ihnen sich selbst. Immer weiter hatten sie Champagner getrunken, waren zu Bier übergegangen, als es keinen mehr gab, was ihm auch egal war. Sie hatte ihn gefragt, ob er den Film überhaupt kenne, nach dem er seinen Laden benannt habe, und natürlich hatte er sich keine Blöße geben wollen, konnte er unmöglich zugeben, dass er ganz einfach an die Poster der beleuchteten Stadtwerbung gedacht hatte, die er in seinem letzten Job vor der Selbständigkeit an den Kunden gebracht hatte. Und so war er in die Falle gegangen, als sie ihn fragte, ob er denn die Dialoge auch so toll gefunden habe, und ja, die waren ganz besonders gut. Da hatte sie ihn ausgelacht und doch geküsst.

»Der stumme Charlie«, sagte er jetzt und zwinkerte ihr zu.

»Nicht stumm«, sagte sie. »Der Film ist ohne Ton, das heißt nur mit Musik. Schon schräg, ausgerechnet eine Werbeagentur danach zu benennen. Fast ein bisschen zynisch.«

»Wirklich? Warum?«

»In dem Film geht es gerade darum, dass der Schein trügt, dass das Wesen der Dinge nicht sichtbar ist. Erst als das Blumenmädchen ihm zufällig die Hand gibt, fühlt es das Wesentliche, dass er der Richtige ist, der Mann, der sie gerettet hat.«

»Klingt ein bisschen nach Kirchenfreizeit, finde ich.«

»Und du klingst wie ein Möchtegernmacher, der vor sich selbst Angst hat, finde ich«, lachte sie. »Du glaubst doch nicht im Ernst, dass diese ganzen glänzenden Oberflächen irgendein Wesen haben, oder meinst du wirklich, ich sitze hier wegen deines seidenen Morgenmantels mit ungeschickt verschmiertem Brandfleck?«

»Gestern hatte ich immerhin meinen besten Anzug an.«

»Du hast einen Knall.«

»Immerhin sitzt du in meiner Küche«, grinste er, wandte sich dann kurz ab, um die Musik lauter zu drehen, und griff schließlich nach ihrer Hand.

Mit einem ganz zarten Funkeln in den Augen ließ sie sich von ihm hochziehen und in den Arm nehmen. Wieder konnte Robert sein Glück nicht fassen, dass er das durfte, nach etwas greifen, nach dem er sich so sehr sehnte und das es wirklich gab.

»Nicht einschlafen, Charlie«, flüsterte sie.

Also griff er feste zu und wirbelte mit ihr durch die Küche und in den Flur, stieß gegen die plexigläserne Stehlampe, die auf das Parkett knallte, ohne zu zerbrechen, stampfte im Tangoschritt ins Wohnzimmer, in das durch die Terrassentür die Wintersonne schien. Er bog ihren Körper nach hinten, zur Seite, verdrehte sie in sich, um sie in eine Pirouette zu entlassen, küsste ihren Hals, ihre Stirn, ihren Mund und fand schließlich von selbst, ganz ohne Mut und ohne Plan den Weg ins Schlafzimmer.

Das zweite Aufwachen an diesem ersten Advent war noch schöner als das erste. Er lag nicht mehr verkatert auf dem Sofa, sondern verliebt in seinem Bett, Gabis Kopf mit all dem blonden Haar auf seiner stoppeligen Brust. Auch die war nicht vor ihrem Spott verschont geblieben. Doch genauso, wie er anscheinend ganz anders war als alles, was sie von Männern erwartete, passte auch sie nicht in die Reihe seiner Liebschaften. Verwaschen grau hing ihre ausgeleierte Unterhose am Schirm der Nachttischlampe. Ihr T-Shirt erinnerte blass an irgendein Festival. Unter den Armen trug sie Haare, wie er sie zuletzt an seiner Mutter im Freibad gesehen hatte. Sie hätte sich also gar nicht über ihn lustig machen müssen, um deutlich zu machen, dass sie beide weit außerhalb ihrer Zielgruppen wilderten. Und doch war es noch nie so schön gewesen. Die verspiegelte Schrankwand zeigte ihm ihren mageren Mädchenrücken. Er hatte kein einziges Mal zur Seite geblickt, während sie sich liebten.

Vorsichtig hob Robert ihren Kopf von seiner Brust, drehte sich zur Seite und stand so leise wie möglich auf. In der Küche machte er sich einen frischen Kaffee und versuchte noch einmal, eine Zigarette zu drehen, diesmal hochkonzentriert und mit mehr Erfolg. Derart ausgerüstet ließ er die Terrassentür aufgleiten, spürte die kalte Luft angenehm auf seiner nackten Haut und trat nach draußen, blickte über die Stadt, die ihm zu Füßen lag, und rauchte glücklich hustend.

So wild und bunt das ganze Theater war, auf das er blickte, es war doch nur eine weiße Leinwand. Die Stadt an sich war nichts. Das würde Golo nie verstehen. Die Stadt war nichts als eine Möglichkeit, die darin bestand, dass sie nicht das Land war und keine Grenzen setzte. Genau das war auch für alle anderen Entdecker und Eroberer entscheidend gewesen. Sie suchten nicht etwas Neues, sondern eine Leere, die sie mit sich selbst füllen konnten. Kein Siedler interessierte sich für die Indianer, die ihn nur dabei störten, eine Welt nach seinen eigenen Vorstellungen zu gestalten, so wie er es hier in der Stadt geschafft hatte. Und die Stadt war ein Spiegel, ein gnadenloser Spiegel, da man hier niemanden hatte, der sich dazustellte und ablenkte, wenn man einmal nicht so gut aussah. In der Neuen Welt konnte man nur gewinnen oder scheitern, und dafür strahlte man umso heller, wenn man es geschafft hatte. Das war Ophelias Problem, dass die Stadt ihre erste Heimat war. Sie war eine Eingeborene und konnte als solche hier nicht wirklich frei sein. Damals hatte ihr das Sicherheit gegeben, hatte sie stolz auf ihn herabblicken können, doch jetzt zeigte sich, dass diese Herkunft sie fesselte. Er hingegen war so weit gekommen, dass selbst ein Bernd Bachmann auf seinem Fest ihn nicht aus dem Konzept bringen konnte.

»Für einen Maniküre-Heini machst du in der Kälte aber ganz schön auf Überlebenstraining«, hörte er Gabis Stimme hinter sich.

»Das sind so die Widersprüche, die man aushalten muss«, sagte er, ohne sich umzudrehen.

»Würde es dir was ausmachen, trotzdem zurück ins Bett zu kommen?«

»Ich muss gleich rüber in die Agentur.«

»Sonntags?«

»Morgen muss da alles wieder aufgeräumt sein.«

»Hat man dazu nicht seine Angestellten?«

»Der Boss ist der oberste Diener, hat mal irgendein König gesagt. Aber wir könnten heute Abend essen gehen, vielleicht beim Italiener.«

»Ich bin um sechs bei Jessica«, sagte sie. »Zum Adventscocktail. Bist du nicht eingeladen?«

Er warf die Zigarette über die Brüstung in den Hof, um zurück in die Wärme zu gehen.

Da stand Gabi Klein in seinem Morgenmantel, der Brandfleck hässlich auf Höhe ihrer kaum konturierten Taille.

»Ich bin mit denen eigentlich nicht so dicke«, sagte er. »Das war eher ein Zufall, dass die gestern gekommen sind.«

»Verstehe«, sagte sie. »Na ja, ich sollte schon hin. Irgendwo muss man ja unterschlüpfen.«

»Wie lange bist du noch in der Stadt?«

»Der Kurs geht bis Weihnachten, dann fahre ich zurück. Besuchst du deine Eltern?«

»Gott bewahre! Ich fahre zwei Wochen ans Meer.«

»Alleine?«

»Außer du kommst mit.«

Sie zögerte, und kurz war er unsicher, was er sich wünschte, ob er wirklich ein Mädchen aus seinem Heimatdorf mit in den Urlaub nehmen wollte, ob er überhaupt wegmusste, ob er nicht einfach ganz schnell zurück zu ihr und ins Bett gehörte.

»Liegt das jetzt an der frischen Luft, dass du so cool tust?«

»Tut mir leid«, sagte er schnell und nahm sie in den Arm. »Das muss am Alkohol liegen. Komm, die Agentur kann warten.«

Sie lehnte sich ein wenig nach hinten, sah ihm regungslos in die Augen, musterte ihn, als überlegte sie, was sie von ihm halten sollte. Dann endlich lächelte sie.

»Vielleicht besser nicht«, sagte sie und entwand sich ihm geschmeidig.

Langsam ging sie in Richtung Bad, ließ kurz vor der Tür den Bademantel fallen und sah sich noch einmal um. »Lass uns lieber essen gehen. Vielleicht übermorgen?«

»Ach komm, Gabi.«

»Bis gleich«, sagte sie, und er hörte, dass sie den Schlüssel umdrehte.

Er machte die paar Schritte zur Badezimmertür, hob die Hand, um zu klopfen, sich zu entschuldigen für diese kurze Laune, ließ es dann aber sein, weil das wirklich nicht sein musste, ein Adventscocktail unter Landsleuten.

»Willst du noch einen Kaffee?«

»Danke, aber ich muss gleich los, beim Vorbereiten helfen.«

»Klar«, sagte er überrascht, wie schnell ihre Pläne für den Tag sich geändert hatten. »Handtücher sind im Schrank.«

»Schon entdeckt. Ich nehme ein kleines.«

»Nimm ruhig ein großes.«

»Ist schon in Ordnung. Ich bin ja kein Riese.«

»Wie du willst.«

»Ich dusch dann mal.«

»Also keinen Kaffee mehr. Ich mach mir noch einen.«

»Ja, Robert, mach du dir mal noch einen Kaffee.«

Erst als er an der Kaffeemaschine stand, fiel ihm auf, dass er immer noch nackt war. Jetzt doch etwas ver-katert tapste er ins Schlafzimmer. Er war wütend, enttäuscht, dass sie hinter dieser ganzen entspannten Fassade dann doch war wie alle anderen, gleich beleidigt, weil er nicht genauso wollte wie sie. So ein Schwachsinn, und das nach diesem Abend, diesem Morgen. Heulte sie jetzt tatsächlich in seinem Badezimmer, weil er nicht zum Adventscocktail wollte? Das war so typisch, dieses Geschwafel von wegen oberflächlicher Werbung und inneren Werten, und kaum zeigte er seine inneren Werte, waren die wertlos. Sie wollten doch alle einfach nur bestimmen, was Wert hatte und was nicht. Aber da täuschten sie sich, dafür war er nicht so weit gekommen, um sich dem unterzuordnen. Ja, da täuschten sie sich.

Ungeduscht zog er sich komplett an, entschied sich für den klassischen Chef, der sonntags nach legerem Empfang noch mal kurz in die Firma muss, fühlte sich dann aber doch unwohl in diesem viel zu erwachsenen Hemd und Cord, verfluchte seine Unschlüssigkeit, zog sich wieder aus und stand schließlich in Jeans und T-Shirt vor dem Spiegel. Er würde sich die gute Laune nicht verderben lassen!

»Trinkst du doch keinen Kaffee mehr?«, fragte sie in der Schlafzimmertür stehend.

Mit nassen Haaren sah sie noch jünger aus.

»Doch, gleich«, murmelte er und wandte sich zum Spiegel, in dem er sie hinter sich stehen sah.

Sie musterte ihn schon wieder spöttisch.

»Du bist jetzt nicht wirklich beleidigt, oder?«, fragte sie.

»Ich? Quatsch. Wieso beleidigt?«

»Dann ist ja gut. Wäre auch ein bisschen früh, oder? Hast du einen Föhn?«

Er spürte sein Herz bis in den Hals schlagen, als er an ihr vorbei in Richtung Badezimmer ging, sich plötzlich nicht mehr traute, sie auch nur leicht zu berühren, sie, die zur Seite guckte, deren Brüste sich abzeichneten unter dem leicht feuchten T-Shirt. Er sollte ihr ein frisches geben. Er ging weiter ins Bad und legte den Föhn aufs Waschbecken.

»Ich mach mir dann mal den Kaffee«, sagte er, als sie in der Badezimmertür noch einmal aneinander vorbeimussten und er fast die Beherrschung verlor.

»Ich föhne mich nur schnell«, sagte sie. »Bis gleich.«

»Ja, bis gleich.«

13.

ROBERT WAR FROH, ALS er am nächsten Morgen ausgeschlafen und unverkatert aufwachte und die Stadt strahlend weiß unter einem wolkenlosen Himmel liegen sah. Er beglückwünschte sich zu seiner Standfestigkeit. Er hatte sich nicht überwältigen lassen von seinen nachfestlichen Gefühlen für die Tochter seines Mathelehrers. So schön alles gewesen war, es gab schließlich Grenzen.

Kaum hatte Gabi ihn verlassen, war er durchs Schneegestöber zur Agentur gegangen, hatte sich davon überzeugt, dass ordentlich aufgeräumt wurde, was natürlich der Fall war. Es hatte überhaupt keinen Grund dafür gegeben, sich von Gabi zu trennen. Das war wieder der Fluchtgedanke gewesen, der ihm einen verschneiten Abend mit sich alleine eingebrockt hatte, an dem er durch den immer tieferen Schnee gestapft war, hin- und hergerissen, ob dieser Adventscocktail nicht doch eine Option gewesen wäre. Aber so weit durfte es nicht kommen. Also war er wie von selbst in Richtung Grotte gegangen, die dann *Aufgrund einer Familienfeier* geschlossen war. Ja, zum ersten Mal in seinem Leben in der Stadt hatte Robert den Rollladen vor der Eingangstür geschlossen gesehen. Selbst Willi hatte anscheinend Familie, die feierte. Robert war alleine nach Hause gegangen, um sich einen Film anzusehen.

Jetzt, nach einer langen Mittagspause im verschneiten Park, lag die Sonne hinter Wolken versteckt, die sich weiter ausschneiten. Als das Telefon klingelte, starrte Robert aus dem Fenster seines Büros und überlegte, ob er über die Feiertage nicht doch lieber Ski fahren sollte, anstatt am Strand herumzuliegen. Nur hatte er schon gebucht. Ski fahren konnte er auch später noch, wenn es in den Bergen wärmer würde. Das hatte er sich verdient. Dann hob er ab.

»Chef?«, hörte er Susanas Stimme. »Da ist eine Gabi, die dich sprechen möchte.«

»Gabi Klein«, hörte er sich sagen.

»Willst du? Klingt ein bisschen schnippisch, finde ich.«

»Schnippisch?«

»Ich würde sagen, eine Zicke.«

»Ach ja«, sagte er mit trockenem Mund.

»Ist das die vom Fest?«

»Bitte, stell einfach durch.«

Die wenigen Worte und das kurze Tuten in der Leitung reichten aus, um ihn vollkommen aus dem Konzept zu bringen.

»Hallo?«, hörte er ihre Stimme. »Robert?«

»Hallo.«

»Und, steht noch alles?«

»Entschuldige?«

»Na, bei dir, steht da noch alles, in deinem Büro?«

»Ach, in der Agentur. Ja, alles bestens. Waren ja nur Engel da, keine Teufel.«

»Da hast du wohl noch mal Glück gehabt.«

»Ja, ich denke auch. Und der Adventscocktail war gut?«

»Willst du mich verarschen?«

»Wieso?«

»Du lässt mich alleine unter diese Schwachköpfe, weil ich da nun mal übernachten muss, weil ich diesen Kurs mache, der schon teuer genug ist, und fragst jetzt, ob das gut war? Ich würde sagen, du lädst mich heute schön zu deinem Italiener ein, als Wiedergutmachung.«

»Heute?«

»Nein, gestern. Hallo, Robert, aufwachen! Weißt du noch, wer ich bin? Die Frau aus deinem Bett, der Engel deiner Träume, die Erfüllung deiner Wünsche, oder war das nur Gelaber?«

»Nein, Unsinn, nein, natürlich nicht. Ich dachte nur, du hättest übermorgen, also morgen gesagt, aber ist ja auch egal. Wo soll ich dich abholen?«

»Bei Jessica um acht? Du weißt ja, wo das ist.«

»Ja, klar. Ich klingele dann und warte unten.«

»Keine Angst, starker Mann. Sie ist nach Hause gefahren. Ich habe sozusagen sturmfreie Bude.«

»Na dann bis acht«, sagte er und legte auf.

Wann hatte er das letzte Mal das Wort *sturmfrei* gehört? War diese Gabi nicht vielleicht doch ein wenig viel zu anders? Wie sähe das denn aus, wenn man ihn mit einer Frau wie ihr beim Italiener sehen würde? Was fiel ihm ein, auch diese alkoholbedingte Heimateskapade fortzuführen und sich zur besten Zeit öffentlich mit Gabi Klein zu zeigen? Emilio jedenfalls würde ihn für wahnsinnig erklären, nachdem er ihn fast ein Jahr lang mit Marietta und zuletzt immerhin mit Tina gesehen hatte.

Kurz darauf brachte Susana ihm seinen Tee, den er sich um diese Zeit sonst selber holte. Natürlich wollte sie wissen, wer das gewesen war. Allein mit ihrer Anwesenheit demonstrierte sie ihm, wie eine Frau an seiner Seite auszusehen hatte. Und er würde dieses Öko-Mädchen aus dem Heimatdorf ausführen.

»Du weißt, dass ich jeden für dich abwimmele, oder?«, lächelte Susana mit ihren perfekt gebleichten Zähnen und stellte den Tee auf seinen Platz.

Sie blieb so dicht neben ihm stehen, dass er ihr teures Parfum riechen konnte, den Duft, den er von Marietta so gut kannte. Er stellte sich die edlen Spitzen ihrer Dessous vor, schob seine Rechte langsam unter ihren Rock, ließ seine Finger Masche für Masche ihre Strumpfhose hochklettern, dachte dann an Gabis grau verwaschene Sportwäsche und kniff in den durchtrainierten Oberschenkel.

»Und jetzt zurück in die Arbeit«, sagte er und versuchte zu grinsen.

Sie sah ihn an, als wollte sie zuschlagen, besann sich dann aber anscheinend eines Besseren und lächelte.

»Wie du willst, Chef.«

Genau das war der Unterschied zwischen Gabi und Frauen wie Susana. Mit den Fingern unter ihrem Rock hatte Robert alles begriffen. Wenn er der sein konnte, der er sein wollte, dann konnte er auch die ausführen, die er ausführen wollte. Er schaffte es mühelos, mit Sägespänen versetzten Joghurt aus dem Betrieb eines Rechtsradikalen als politisch korrektes Premium-Produkt an die linksliberale Frau zu bringen. Wieso sollte er da nicht vermitteln können, dass eine Frau wie Gabi an seiner Seite genau die Richtige war? Susana war eine Frau auf dem Niveau der einfachen Endverbraucher. Sie war der schöne Schein, ihre Kleidung das perfekte Verpackungsdesign, so würde er eine Frau als Massenprodukt verkaufen. Mit Frauen wie ihr oder Marietta konnte er zeigen, dass er es geschafft hatte. Aber er wusste doch, wie der Laden lief, er, der Meister des schönen Scheins und der schönen Worte. Eine Frau war schließlich kein Auto, wenn sie die Richtige war.

Nicht ganz sicher, wie weise die gerade gewonnene Erkenntnis war, erinnerte Robert sich an eine Anfrage, für die er noch keine Zeit gefunden hatte. Es handelte sich um einen landwirtschaftlichen Großbetrieb, der mit einem neuen Produkt sein komplettes Image korrigieren wollte, das seit einem kleinen, aber öffentlich aufgebauschten Futtermittelskandal so stark litt, dass selbst Billigstkäufer auf Distanz gingen. Am Produkt selbst ließ sich wenig machen. Es handelte sich um Landeier der Güteklasse 1 A.

Welchen emotionalen Mehrwert jenseits der längst besetzten Naturidyllen konnte man einem ganz gewöhnlichen Ei andichten? Konnte man es vielleicht schaffen, ihm ein großstädtisches Image zu verpassen? Kleine weiße Dinger aus der Provinz, die es faustdick hinter den Ohren hatten, voller ungeahnter Kräfte steckten? Kleine Rabauken, die jedem noch so faden Kuchen Pep verliehen, jedes Omelett zum Puls der Großstadt vibrieren ließen, jeden Sonntagmorgen dem kleinbürgerlichen Esszimmer den Duft der großen Metropolen einhauchten? Warum nicht? Wenn karamellisierte Zuckerklumpen die Tür zum Paradies der Kindheit öffnen konnten, würde ein Dutzend Eier den Menschen auch ein bisschen urbane Lebensfreude bringen. Schnell skizzierte Robert seine Strategie, machte einige zusätzliche Notizen und schickte alles runter in die Agentur. Das waren Momente, die er liebte, wenn er wieder ein Stück Wirklichkeit entworfen hatte, wie er es haben wollte.

14.

BIS ZUM LETZTEN MOMENT war Robert so gut wie sicher gewesen, doch noch in eine Falle zu tappen. Erst als die Tür sich öffnete und er nicht Jessica Werner sah, sondern seine Gabi, grinsend die Mundwinkel in ihre beiden Grübchen schiebend, in zerrissener Jeans und Kapuzenpulli, erst da verlor er zumindest den einen Teil seiner Angst, den Horror davor, noch einmal der Bauerstochter zu begegnen. Entspannt hatte er sich deshalb noch lange nicht. Nein, erst hier, bei seinem Italiener und nach einem ersten halben Liter Rotwein, fühlte er sich langsam etwas wohler, zumal er sicher sein konnte, dass Gabi, anders als seine letzte Begleiterin, nicht von irgendeinem Italiener erzählen würde, an den sie sich so gerne erinnerte. Bei ihnen im Dorf hatte es gar keinen Italiener gegeben, ausgenommen natürlich das Eiscafé von Enricos Eltern.

Während sie auf die Vorspeisen warteten, fiel Robert ein, dass es bei ihnen im Dorf abgesehen vom Gasthof am Bahndamm und den paar Kneipen nur den einen Griechen gegeben hatte, Odysseus. Die wenigen Male, die er mit seinen Eltern essen gegangen war, hatten sie die griechische Platte für drei genommen, sein Vater zwei Bier, er eine große Cola, die Mutter trank lieber zu Hause. Deshalb hatte er bis heute Skrupel, im Restaurant Wasser zu bestellen. Immer wieder war seine Mutter sich frisch machen gegangen, um ausgiebig am Hahn zu trinken. Ja, er fragte sich, ob er in all den Jahren nicht allein deshalb so viel Bier getrunken hatte, weil er es nicht gelernt hatte, Wasser zu bestellen.

»Gibt's mittlerweile eigentlich einen Italiener im Dorf?«, fragte er, um zurückzufinden aus seinen unerfreulichen Erinnerungen.

»Es gab mal einen, das Purgatorio. Das war aber, bevor ich nach Mexiko entkommen bin. Keine Ahnung, wie es jetzt aussieht. Ich bin so gut wie nie mehr im Dorf. Ich wohne ja draußen.«

»Draußen?«

»Du warst ja mal gut dabei bei deinem Fest, oder hörst du grundsätzlich nicht zu, wenn andere reden? Ich habe eine alte Jagdhütte im Forst, zehn Kilometer vom Dorf an der Landstraße.«

»Wirklich?«

»Schon seit zwei Jahren. Seit dem Frühling funktioniert auch der Ofen endlich.«

»Und da bastelst du so vor dich hin? Mitten im Wald?«

»So wie du in der großen Stadt Klopapier vermarktest.«

»Und warum ausgerechnet da?«

»Warum nicht? Irgendwo muss man ja leben.«

»Klar«, sagte er und sah erleichtert den Kellner kommen, der die Vorspeisen brachte. »Irgendwo muss man ja leben.«

»Ich bin genug rumgereist und habe die Zeit in Mittelamerika wirklich genossen. Tolle Leute, tolle Kunst, tolle Erfahrungen, aber dann war es genug. Alles war nur noch Kulisse, die Bühne eines Theaterstücks, das ich nicht mehr verstand. Ich war einfach nicht mehr Teil von etwas Echtem, verstehst du das?«

»Und jetzt? Bist du ein Teil der Welt deiner Kindheit?«

»Jetzt habe ich einfach meine eigene Welt, mit der ich eins bin. Tut mir leid, dass ich dir keine romantische Geschichte einer Rückkehr zu den Wurzeln bieten kann.«

»Umso besser«, versuchte er sie anzulächeln. »Ich dachte letztens auch, dass ich raus aufs Land muss.«

»Du Großstadtcowboy? Ohne Design-Tempel und Szene-Italiener?«

»Warum nicht? Aber ursprünglich dachte ich an etwas ganz anderes, eher an eine Art Rückkehr.«

»Also doch eine Rückkehr zu den Wurzeln?«

»Na ja, vielleicht nicht ganz.«

»Und da schläfst du erst einmal mit allen alten Bekannten, die du in der Fremde gerade auftreiben kannst?«

»Quatsch«, sagte er. »Das mit Jessica war überhaupt nicht geplant.«

»Wie das mit mir?«

»Ich glaube, manche Dinge lassen sich nicht planen.«

Jetzt lächelte sie leicht, ganz leicht, während ihre kleinen Schneidezähne in das weiche Fleisch eines Artischockenherzens glitten, als verstünde sie genau, was er meinte.

»Ist aber schon ein seltsamer Zufall«, sagte sie zart schmatzend. »Zwei aus dem gleichen Dorf in ein paar Wochen. Könnte schon eine Art Nekrophilie sein, oder wie nennt man das Bedürfnis nach Sex mit Vergangenem?«

»Nostalgie vielleicht?«

»Nostalgie, ja«, sagte sie ernst und doch mit leicht spöttischen Grübchen. »Die Sehnsucht nach dem, was früher so nie gewesen ist.«

»Ist doch auch egal«, sagte er. »Wie gesagt, das war alles reiner Zufall.«

»Und da steckte gar kein Plan dahinter?«

»Was denn für ein Plan?«

»Du wärst nicht der erste einsame Wolf, der auf komische Gedanken kommt. Also, schwöre!«

Er schwor so, wie sie es früher gemacht hatten, mit unter dem Tisch gekreuzten Fingern, und prostete ihr zu.

»Auf uns«, seufzte sie. »Und ich dachte schon, du hättest mich in die Wüste gejagt.«

»Du hast mich in die Wüste gejagt. In die Schneewüste.«

»So siehst du das?«, fragte sie. »Dann hoff ich mal, du hast dir da keinen Schnupfen geholt.«

Robert griff nach ihrem Kinn, lehnte sich über den Tisch und zog sie zu sich herüber. Und zum ersten Mal verstand er, erlebte er, dass ihm wirklich warm wurde ums Herz, so glücklich war er, so vollkommen die Erfüllung. Als er sich wie benommen wieder zurücklehnte, hörte er Gabi laut auflachen.

»Du spielst mit dem Feuer, Charlie!«

Sie zeigte auf seine Brust, und der schwarze Fleck, den die Tischkerze auf dem grauen Revers hinterlassen hatte, war nicht zu übersehen. Was blieb ihm anderes übrig, als einfach mitzulachen, zumal er sich wohl fühlte und gar nicht das Gefühl hatte, sich zu blamieren?

»Auf Charlie«, sagte er und prostete ihr noch einmal zu.

Nach dem Hauptgang, der hausgemachten Pasta mit Meeresfrüchten und dem geschmorten Lamm, konnte Robert nicht das geringste Anzeichen für eine sich ankündigende Übelkeit feststellen. Nein, es ging ihm bestens, und wieder wusste er etwas mehr über die Frau, die aus der Vergangenheit zu ihm gefunden hatte.

Neben Gabis Flucht in die weite Welt wirkte sein Umzug in die Stadt wie ein Wochenendausflug. Sie hatte sich noch während der Schulzeit das Geld verdient, mit dem sie dann einfach abgehauen war, über den Atlantik, nach Mittelamerika, wo sie mit nichts als einem Rucksack von Stadt zu Stadt gezogen war. Wie bieder wirkte dagegen seine Flucht in die Stadt, sein ganzes Dasein eines

Tagediebes, seine bescheuerten Auftritte als Kleinkünstler, ja, selbst sein ganzer Erfolg. Nach einem Sprachkurs war sie losgezogen auf der Suche nach Meistern, die ihr vorkolumbianische Handwerkstechniken zeigen konnten, die sie lernen wollte, weil sie sich das in den Kopf gesetzt hatte, zu einem Zeitpunkt, als Robert noch keine Vorstellung davon hatte, dass es ein anderes Ziel im Leben geben könnte als die Flucht von zu Hause. Sie lebte mehrere Jahre mit einem dieser Meister in seiner Hütte, führte Touristen durch Ruinen, kletterte, tauchte, nahm Drogen und verbrachte sogar ein paar Tage im Gefängnis, nachdem sie für die Sache der Indios demonstriert hatte. Robert sah sie an, während sie all das ganz selbstverständlich erzählte, versuchte, sich dieses zarte Mädchen in seinen Abenteuern vorzustellen.

»Schon beeindruckend, was aus so einer kleinen Petze werden kann«, lächelte er, als sie eine Pause machte, um einen Schluck zu trinken.

»Petze?«

»Damals im Schulgarten, als wir Gras gezogen haben und du deinen Vater geholt hast.«

»Mann, Charlie, du erinnerst dich ja an alles! Ich dachte, du hättest seitdem Spannenderes erlebt.«

»Das dachte ich auch mal. Aber erzähl weiter. Für welches Handwerk muss man so weit reisen?«

Kurz sah sie ihn skeptisch an, und er hoffte, dass sie verstand, dass ihn ihre Arbeit wirklich interessierte. Denn sie wirkte einfach überzeugt, begeistert, eins mit ihrer Sache, mit ihrer altamerikanischen Goldschmiedekunst, die sie ihm dann wieder mit leuchtenden Augen erklärte. In die Stadt war sie deshalb aber nicht gekommen, hier ging es vielmehr um das Gegenteil von Kunst, darum, dass man von irgendetwas auch leben musste, und das sollte sie in diesem Kurs über neue Berufsperspektiven für Kunsthandwerker lernen. Deshalb verbrachte sie die letzten Wochen des Jahres bei Jessica Werner auf dem Sofa.

»Das ist schon absurd«, sagte sie. »Dass ich komplett aussteige, in eine ganz andere Welt abtauche, um jetzt mein Geld mit Ehe- und Serviettenringen zu verdienen, weil die Leute nicht genug davon kriegen können, oder?«

»Vielleicht waren auch die alten Meister in Diensten irgendeines Königs tätig. Das macht die Pyramiden doch nicht schlechter. Nur gibt es heute keinen König mehr, sondern die Masse, für die man bastelt.«

»Basteln«, sagte sie verächtlich. »Ich führe eine jahrhundertealte Kulturtechnik fort. Ich bin vielleicht die einzige Frau überhaupt, die das Handwerk noch beherrscht. Und jetzt soll ich Serviettenringe verzieren, um zu überleben! Als gäbe es keinen Unterschied zwischen Kunst und Kommerz. Da wäre es doch ehrlicher, Spargel zu ernten und das Wichtige für sich zu machen.«

»Kunst ist doch auch nur der Kommerz für Menschen, die sich für etwas Besseres halten. Ich weiß nicht, ob deine Meister dich gerne Spargel ernten sehen würden. Sieh es doch als Chance, die Sachen zu verbreiten. Jeder Serviettenring ein Stück Kunst im Alltag!«

»Na, besten Dank«, sagte sie ernst. »Das ist doch alles scheiße, und du redest wie ein Enttäuschter, der es sich in seinem abgeklärten Zynismus gemütlich gemacht hat. Immerhin kannst du hier dein Ding so durchziehen, wie du es willst.«

»Du kannst jederzeit einsteigen und eine Waschmittelpackung verzieren.«

Zum Glück nahm sie ihn nicht ernst und lächelte.

»Ist ja auch egal«, sagte sie schließlich. »Zahlen und Schneeballschlacht?«

»Ich zahle, du wirst schneeballgeschlachtet.«

»Das sehen wir, wenn es so weit ist.«

Also ließ er die Rechnung kommen, ignorierte den einen Tick zu anzüglichen Blick des Kellners und half Gabi in ihren Parka.

Aus der lauten Hitze des Restaurants traten sie in die stille Kälte der frisch beschneiten Stadt, standen kurz schweigend im Eingang und sahen den Autos hinterher, die die Straße entlangschlichen. Wieder lagen einige Zentimeter Neuschnee mehr.

»Wie weidwundes Wild«, sagte sie.

»Ja«, sagte er.

Nicht, dass er verstand, was sie meinte, aber es klang einfach schön, und er nahm ihre Hand, drehte sich zu ihr und sah, dass sie lächelte. Er schloss die Augen, um ihr kleines Gesicht festzuhalten und zu küssen, doch seine Handflächen griffen ins Leere. Laut schreiend stürzte Gabi einfach los. Ein großes Kind, eine Frau, die keine Frau war, eigentlich gar nicht sein Typ, ja, eigentlich. Als der erste Schneeball ihn knapp unterhalb des Auges traf, stürzte auch er los in den Pulverschnee, der sich kaum zu Bällen formen ließ und ihrer Schlacht so die Schärfe nahm. Schreiend tollten sie durch die Straßen, stopften sich gegenseitig die Kragen voll Schnee, und jedes Mal wenn er meinte, sie zu fassen zu kriegen, sie endlich wieder küssen zu können, entwand sie sich und rannte weiter.

Schließlich landeten sie an einem der kleineren Kanäle, der sich von hier aus durchs Zentrum bis zum Fluss zog. Auf dem Eis lag der Neuschnee noch unberührt. Natürlich würde das Eis tragen, jetzt nach tagelangem Frost.

»Na klar hält das!«, rief er ihr vom Eis aus zu.

Während sie noch zögernd an der Böschung stand, nahm er Anlauf und rutschte unter einer Brücke durch.

»Vertrau mir, ich bin hier zu Hause!«, rief er von der anderen Seite aus.

Und dann hatte ihr Zögern ein Ende. Sie sprang die Böschung hinunter, tauchte aus dem Halbdunkel der Brücke vor ihm auf wie, ja, wie ein Engel, der sich nicht fassen ließ. Ausgelassen rutschten sie weiter, bis er sie endlich küssen durfte. Sein erster richtiger Kuss, eine andere Welt, die ihn nicht losließ, als sie anschließend schweigend auf dem Eisweg gemütlich durch die Stadt spazierten. Er hoffte, dass sie nicht fror.

»Manchmal beneide ich Typen wie dich und Golo«, setzte sie an, nachdem sie eine Weile schweigend Arm in Arm gegangen waren.

Er hörte ihren Atem, das Knirschen des Schnees unter ihren Füßen, weit entfernt das Rauschen der Stadt.

»Ihr habt euch etwas richtig Neues aufgebaut, ihr habt euer Leben nicht nur in euch drin, sondern diese ganze Stadt, die ihr bespielen könnt. Natürlich geht hier jeder seinen eigenen Weg, aber auf dem Land, da bist du nur du selbst, ganz allein, und vielleicht muss das bei mir auch sein. Aber dann sehe ich hier die vielen Menschen, diese riesigen Häuser und frage mich, ob das nicht viel spannender ist als in der Fremde. Die Leute sind natürlich weniger exotisch als in der Ferne, zumindest auf den ersten Blick, aber man kommt dafür viel näher ran, oder?«

»Irgend so was muss es sein«, sagte er und drückte sie an sich.

»Vor allem die ganze Vergangenheit hier, diese Geschichten. Nicht irgendwelche Naturmärchen, Indianerepen oder Elfensagen, sondern richtige Geschichten von Menschen, die uns ähnlich sind. Und die ganzen alten Orte mit einer Vergangenheit, die man sich noch richtig vorstellen kann, die nicht aus Mythen, sondern aus Geschichten besteht. Heute früh war ein schrumpeliger alter Meister im Kurs, dessen Urgroßvater eine eigene Klempnerkunst entwickelt hat. Das ist wieder ein Beispiel dafür, wie die Dinge sich verändern, immer profaner werden. Klempner wurden erst zu Rohrverlegern, als niemand mehr Interesse an ihrer Kunst hatte. Jedenfalls hat der Alte hier Sachen gebaut, vor denen die mexikanischen Meister den Hut ziehen würden. Und das gleich hier um die Ecke, bei uns zu Hause, nicht am anderen Ende der Welt.«

»Ja, das ist schon genial«, sagte er und musste an Golo denken, der ihm genau das auch immer hatte klarmachen wollen, dass die Stadt ihre neue Welt war, die mehr zu bieten hatte als alles andere.

Sie gingen immer weiter, doch als der Kanal schließlich im dunklen Tunnel unter dem großen Boulevard verschwand, beschlossen sie, es nicht darauf ankommen zu lassen. Sie nahmen die alte von Hand behauene Steintreppe, ohne von ihren Händen zu lassen, tauchten plötzlich wieder auf, stießen von unten kommend in das nächtliche Leben der Stadt, die hier trotz des Schnees noch lange nicht zur Ruhe kam.

»Weißt du, was das Besondere an solchen Schneetagen in der Stadt ausmacht?«, fragte er.

Sie sah ihn an, lächelte verliebt und doch leicht spöttisch, als nehme sie ihn nicht ganz ernst und doch gerade ernst genug. Vor niemandem in seinem ganzen Leben hatte er so gerne geredet und zugleich so viel Wert darauf gelegt, wirklich verstanden zu werden.

»Wenn es schneit, vereint die Stadt sich mit dem Land. Es wird still. Die Natur holt sich ihren Platz zurück. Dieser ganze Größenwahn der Städte, die denken, die Natur überwunden zu haben, sie in Parks und Zoos sperren zu können, das alles kommt zum Erliegen, verschwindet unter den scheinbar harmlosen Flocken. Die Verpackung verändert das Wesen der Dinge, die Dekoration ist wesentlich. Wir sind irgendwann geflohen vor unseren Wurzeln, vor dem Einklang mit der Natur, und das sind die Momente, in denen man das alles wieder spürt. Das, ja, das ist vielleicht authentisch.«

Robert war mitten auf dem breiten Gehweg vor dem Fenster eines der großen Cafés stehen geblieben. Die hinter dem Fenster im Warmen sitzenden Leute beobachteten ihn. Einige Passanten um sie herum hörten anscheinend zu.

»Was gucken Sie denn so?«, fragte er in die Runde. »Oder wollen Sie mir erzählen, dass Sie das genießen? Die ganzen Autos? Den Schmutz? Die Feuerwerke an jedem noch so unwichtigen Wochenende? Dass Sie in diese stinkende U-Bahn müssen, anstatt über Wiesen zu laufen, wenn Sie jemanden besuchen? Dass Sie den Heizungsbauer rufen müssen, anstatt einfach Holz zu hacken? Und jetzt, da spüren doch auch Sie diese Echtheit, die Ehrlichkeit des unter Schnee begrabenen Molochs, der sich nicht wehren kann gegen diese Sanftheit! Der daniederliegt! Geschlagen. Machtlos. Gehen Sie! Spazieren Sie! Lieben Sie, so wie ich liebe!«

Einige der Zuhörer gingen kopfschüttelnd weiter, dafür standen mehrere Cafébesucher jetzt in der Tür. Robert fuhr fort, erklärte seine plötzlich entflammte Liebe zu den wirklichen Dingen, dem Wahrhaftigen, das er wiederentdeckt hatte dank des Winters und seines Engels. Noch keinen Vortrag hatte er genossen wie diesen, bis er schließlich nicht mehr weiterwusste und sich kurzerhand verbeugte. Ein älterer Herr klatschte vorsichtig, weitere Zuhörer applaudierten, einige Damen riefen »Bravo!« und »Zugabe!«, und da sah Robert auch wieder Gabi, die lächelte. Schnell zog er sie weiter den Boulevard entlang.

»In so einem Wald wie bei mir«, sagte sie nach einer Weile. »Da könnte es ab und an ruhig weniger authentisch zugehen. Aber ein bisschen auf Sinnsuche bist du schon, oder?«

»Keine Ahnung«, sagte er und drängte weiter, jetzt selbst etwas schockiert über seinen unbedachten Auftritt. »Bis vor wenigen Tagen war ich der erklärte Feind jeder Authentizität. Komm, da müssen wir hoch.«

Robert hatte nur kurz gezögert, tief in sich ein Stück schlechtes Gewissen seinem alten Freund gegenüber entdeckt, dann aber Gabi gesehen, die so viel Sinn für das Alte zu haben schien, und beschlossen, ihr den gammeligen Laden zu zeigen. Vielleicht hatte Golo gar nicht so unrecht. Vielleicht war Patina nicht nur eine kitschig-nostalgische Bezeichnung des Verfalls. Vielleicht war das Leben in Schwarzweiß oder Sepia viel bunter als in den knalligsten Farben. Gabi jedenfalls war begeistert von den Vitrinen, dem vergilbten roten Teppich und dem kunstvoll verzierten Handläufer aus Messing, den er beim ersten Mal gar nicht bemerkt hatte.

»Das sind lebendige Dinge«, sagte sie. »Man spürt es, wenn sie bis in den Kern echt sind, auch wenn der erste Anblick täuschen kann.«

»Ja«, sagte Robert. »Ja, genau.«

In der länglichen Bar angekommen, ließ er sich eine Nische zuweisen und führte Gabi an den Tisch, an dem bei seinem letzten Besuch das ältere Paar gesessen hatte. Der Kellner half ihnen aus Mantel und Parka und empfahl ihnen einen Heißcocktail, wie es zurzeit sehr beliebt sei, nur müsse man bedenken, dass der Alkohol da anders wirke. Sie stimmten beide zu, dann saßen sie sich schweigend gegenüber.

»Super, dieser alte Zigeunerjazz«, sagte sie nach einer Weile.

»Ja, Wahnsinn oder?«

»Ich hätte gar nicht gedacht, dass du überhaupt Sinn für so etwas hast, so als Macher und Nachvornestürmer. Mein Charlie steckt voller Überraschungen.«

»Und das ist erst der Anfang.«

»Das will ich mal hoffen. Machst du das übrigens öfters, so spontan losreden vor Publikum?«

»Früher mal, ja, mit Gitarre in den Kellern der Lumpenboheme. Das war wohl ein kleiner Rückfall.«

»Du mit Gitarre?«

»Warum denn nicht?«

»Ohne dir zu nahe treten zu wollen, aber du siehst auf den ersten bis zehnten Blick nicht wie einer aus, der öffentliche Liebesgeständnisse macht und in Studentenkellern Gitarre schrammt, oder lieg ich da vollkommen falsch?«

Nein, sie lag nicht falsch, und trotzdem fühlte er sich wohl in dieser neuen Rolle, die gar keine Rolle war, wenn er das alles richtig verstand, was er empfand. Ja, darum ging es hier.

»Es sind alles Rollen, für die man sich entscheiden muss, um irgendwas zu schaffen in der Stadt«, sagte er. »Das ist wieder Teil des Problems. Wenn du hier einfach du selbst bist, bist du viel zu komplex für die anderen, bei all den Reizen. Da kommt keiner lange mit, und schließlich lassen sie dich links liegen. Auch das ist wieder wie im Supermarkt, wo du als Produkt auffallen musst und keine Fragen offenlassen darfst, wenn du gekauft werden willst. Auf dem Land, also bei dir, lebt man noch im Tante-Emma-Laden. Alles übersichtlich, viel Vertrauen, keine Hektik. Aber wie auch immer, auf diese Auftritte hatte ich einfach keine Lust mehr.«

»Schade, das war mal wirklich was Neues.«

»Ist das dein Ernst?«

»Aber sicher, Charlie.«

Sie griff nach seiner Hand und schob die Kerze zur Seite, ehe sie ihn zu sich über den Tisch in diese andere Welt zog.

15.

MIT REGIONALEM BRAUCHTUM HATTE Robert schon als Jugendlicher wenig anfangen können, aber nach fast zwei Wochen reiner Glückseligkeit im Bett und in den Straßen der Stadt hatte Gabi ihn davon überzeugt, dass sie ihrem Schicksal etwas schuldig waren. Sie sollten dankbar sein. Er dürfe sich nicht so anstellen. Man könne nicht einfach so tun, als sei man aus dem Nichts gekommen. Schicksal also, hatte er gedacht und mit einem nicht ganz guten Gefühl eingewilligt, diese zweite Einladung zum heimatlichen Adventstee anzunehmen. Er selbst war längst davon überzeugt, dass es unerheblich war, warum sie sich getroffen hatten. Der ganze Heimatwahn war lächerlich. Wieso sollte er ihr jetzt noch diese Episode erklären, die Ratschläge des Orakels aus der Grotte, seine Alpträume von früher und von Zuhause? Natürlich konnte er mit dieser Frau offen reden wie mit keiner anderen zuvor, erlebte er zum ersten Mal diese Kombination aus Vertrautheit und Faszination, nur hatte auch diese Offenheit ihre Grenzen.

Jedenfalls hatte Robert nachgegeben, weshalb er jetzt nach Atem ringen musste in der mit stechendem Nelkenduft gesättigten Luft beim traditionell heimatlichen Adventspunsch in Bernd Bachmanns Wohngemeinschaft. Er tat es ihr zuliebe, nur hatte er dieses nicht mehr ganz so gute Gefühl, wenn er an Gabi dachte. Dafür, dass sie nichts mit den ganzen Leuten vom Dorf zu tun hatte, unterhielt sie sich ziemlich gut mit den alten Bekannten, schon so lange, dass er das Auto stehen lassen und Punsch trinken würde, um auf andere Gedanken zu kommen. Denn natürlich war es von Bedeutung, dass er sie in den Augen eines jeden Außenstehenden nicht als Individuum, sondern als Vertreterin ihrer heimatlichen Spezies akquiriert hatte. An so viel Zufall glaubte doch niemand. Andererseits gab ihm Gabis offensichtliche Heimatverbundenheit zu denken. Womöglich sah sie in ihm ja nur den passenden Landsmann und nicht ihn selbst, wie er sich neu geschaffen hatte. Immerhin hatte sie bei Jessica Werner gewohnt, ohne dass man sie dazu gezwungen hätte. Schnell probierte er einen ersten Schluck und verbrannte sich wohltuend die Zunge. Der Schmerz holte ihn zurück zu sich selbst. Diese ganzen Theorien, das waren dornige Wege, die er besser Menschen wie Golo überließ. Golo, den er seit seinem Fest nicht gesehen hatte.

Mit der angestoßenen Tasse schöpfte Robert weiter Punsch aus dem gigantischen Aluminiumtopf, der auf dem Gasherd vor sich hin dampfte. Er atmete wieder entspannter, da er sich an die würzigen Ausdünstungen des Tranks gewöhnt hatte, und erschnupperte langsam auch feinere Nuancen in der Luft. Fruchtiges, Nussiges, bekannt vom Marktplatz, vom Obstverkauf am Ortseingang, vom Eiscafé und von den anderen Orten, an denen im Winter ausgeschenkt wurde aus dampfenden Kesseln, weil das so Tradition war. Das ganze Dorf war dann für Wochen in einer Art Rauschzustand gewesen, und auch Golo und Robert hatten jede freie Stunde für einen schnellen Gang zur einen oder anderen Quelle genutzt, um sich mit Nachschub zu versorgen. Noch bevor Golos Vater sie in seinen Rotwein-Verteiler aufgenommen hatte, gewöhnten sie sich so daran, leicht betrunken über den Dingen zu stehen, sich nach und nach zu entfernen vom Leben der anderen.

Plötzlich stand ein grinsender Typ vor Robert in der Küche, etwas jünger als er, halblange dunkle Haare, spitze Nase, glattrasiert und mit nicht ganz billigem Anzug, gleich daneben eine etwas jüngere Frau. Ganz offensichtlich wollten sie etwas von ihm. Hoffentlich kein Praktikum, dachte er, fürchtete zugleich, dass er die beiden womöglich kennen musste. Wer mochte das jetzt wieder sein?

»Hi«, sagte Robert, um irgendetwas zu sagen.

»Du bist der Robbie, oder?«, fragte der Langhaarige.

»Ja.«

»Ich bin Johannes.«

»Ein Johannes von früher?«

»Ein Johannes vom Stadtmagazin«, lachte der andere. »Ich gehör hier nur indirekt zur Familie. Hilde ist mit Bernd beim Yoga.«

»Wirklich?«, fragte Robert und versuchte, sich Bernd beim Yoga vorzustellen.

Daraufhin legten die beiden richtig los und erzählten ihm ihre Geschichte, von null auf hundert Zeichen in wenigen Sekunden. Robert wusste kaum, wie ihm geschah, wo er da schon wieder hineingeriet. Hilde arbeitete als Psychologin und Johannes bei der Zeitung, und da gab es natürlich Überschneidungen, Synergien, wie sie sagten, und jetzt wollten sie gemeinsam eine Story machen.

»Im Kern geht es um Liebe und Heimat«, erklärte Johannes, während Robert sich seinen Becher erneut randvoll schöpfte. »Hilde meint, dass sind die beiden entscheidenden Themen unserer Zeit, wenn die Frage danach gestellt wird, wer wir sind und was wir wollen. Sie ist darauf gekommen, weil sie in ihrer Beratungsstelle eine Menge mitbekommt, aber das erklärst du selbst sicher besser, oder?«

»Klar, Liebling«, lächelte sie engagiert.

Sie machte einen Ausfallschritt nach vorne, um ihre rechte Schulter so in den Raum hineinzudrehen, dass sie ihm möglichst direkt gegenüberstand, ohne ihn dabei einzuengen. Das mochte Robert an Menschen aus der Branche. Ganz gleich, ob Werber, Berater oder Psychologen, sie besuchten die gleichen Kurse, lasen dieselben Bücher, verhielten sich so wunderbar vorhersehbar richtig. Einfache Konsumenten waren dagegen von kaum zu fassender Komplexität.

»Ich habe eine Praxis für multikulturelle Paartherapie«, erklärte sie dann. »Eigentlich wäre bikulturell der richtige Begriff, aber noch führt das zu oft zu Missverständnissen. Auf jeden Fall sind multikulturelle Paare ein Phänomen, dessen Erscheinungshäufigkeit exponentiell ansteigt in unserer globalisierten Welt.«

Da sie jetzt eine Reaktion von ihm abwartete, ehe sie fortfuhr, nickte Robert interessiert in ihre bewusst platzierte Pause hinein, als wäre ihr die Eröffnung richtig gut gelungen. Demonstrativ schluckte er den Kö-der.

»Viele von uns studieren im Ausland, andere kommen hierher, um zu studieren oder zu arbeiten«, zündete sie selbstbewusst die zweite Stufe. »Alle werden immer flexibler im Raum, und so begegnen wir Fremden, die uns gar nicht fremd vorkommen. Kaffee trinken, ins Kino gehen und tanzen kann man schließlich mit fast jedem, zumal durch die Medien die sekundären Verhaltenscodes schon sehr weitgehend homogenisiert sind. Aber darunter liegt noch immer das Archaische, das Stammesdenken, das genauso wichtig ist, wie seine Wichtigkeit ignoriert wird, womit sich wieder die Relevanz der antiproportional eskalierenden Vogel-Strauß-These beweist. Das sind Strukturen, die sich über Jahrtausende durchgesetzt haben, die unserem zivilisatorischen Anspruch aber nicht mehr genügen.«

Robert wusste nicht, warum, aber er signalisierte ihr seine volle Aufmerksamkeit, damit sie weiterredete. Aus dem Augenwinkel sah er Johannes zufrieden lächeln. Jetzt hatten sie ihn am Haken.

»Schon Kinder entscheiden sich nachgewiesenermaßen instinktiv für Spielpartner mit maximaler ethnischer Ähnlichkeit. Das hat nichts mit Rassismus zu tun. Das ist einfach so, und natürlich ein rotes Tuch für all die Gutmenschen und Sozialpädagogen. Helfen kann man aber nur dann, wenn man die Dinge beim Namen nennt. Wir zum Beispiel, also Johannes und ich, sind jetzt siebzehn Jahre zusammen, weil wir das ganz bewusst thematisieren, dass wir unterschiedlichen Stämmen angehören.«

Robert konzentrierte sich auf ihre Lippen, um im Gemurmel der immer volleren Küche nachzuvollziehen, was sie ihm sagen wollte. Es war schon verwirrend, von wildfremden Menschen behandelt zu werden, als sei man ihr Vertrauter. Für einen distanzierteren Umgang war Bernd Bachmanns Wohnung aber wahrscheinlich nicht der entsprechende Rahmen.

»In den Vereinigten Staaten gibt es riesige Studien zu dem Phänomen. Der Großteil aller Ehen dort wird zwischen Menschen ethnisch gleicher Herkunft geschlossen. Iren bleiben genauso unter sich wie Italiener oder Chinesen, Afro- oder Hispano-Amerikaner. Das ist auch kulturell so festgeschrieben, wenn man nur mal an die Ehe des Paten denkt, du weißt schon, der Film. Wohin führt denn das ganze Unverständnis, diese kulturell differente Divergenz, die durch keinerlei therapeutische Maßnahme aufgefangen wird?«

»Der Pate beim Paartherapeuten«, musste er grinsen. »Das wäre mal eine Szene gewesen.«

»Na ja«, schaltete sich der Langhaarige, Johannes, wieder ein.

»Jedenfalls plane ich diesen Artikel und wollte fragen, ob ihr da nicht mitmachen wollt?«

»Wir?«

»Ja, du und Gabi. Sie meinte, du sollst das entscheiden.«

»Du kannst auch einfach nein sagen. Bernd meinte nur, dass das ganz gut passen würde.«

»Meinte Bernd also.«

»Gerade eben erst.«

»Und Gabi?«

»Die war auch ganz begeistert, oder?«

»Vollkommen.«

Er konnte kein Indiz finden, dass dieses seltsame Paar als engagierte Witzfiguren enttarnt hätte. War das denn möglich? Gabi und Bernd, vereint gegen ihn? Oder reagierte er schon wieder über?

»Also gut«, lenkte er ein. »Bernd hat doch bestimmt eure Nummer, oder?«

»Ich wusste doch, dass dich das interessiert.«

»Ich bin schon voll gespannt!«, lachte Hilde.

»Na dann, Prost und Glückwunsch zu den siebzehn Jahren!«, sagte Robert.

Schließlich zog er seinen Becher noch einmal durch den Punsch, um diesmal auch ein Stück Apfelsine herauszufischen, und entkam endlich der Küche. Von der Tür aus sah er, dass Hilde noch nach einem angemessenen Gesprächsausklang suchte.

»Du musst mir da echt nicht immer reinreden«, hörte er sie sagen.

»Ich wollte nur helfen.«

»Weil du wieder der Stärkere sein willst. Das ist so typisch für euch, dass ihr immer noch in diesen bei Bergvölkern üblichen hierarchischen Strukturen lebt. Da müssen wir echt noch dran arbeiten, Liebling.«

Dann war Robert außer Hörweite und nach einigen Metern Flur auch schon im Nebenzimmer. Hier arbeitete eine Horde Kleinkinder daran, ohnehin chaotische Verhältnisse noch weiter zu verwirren. Ein pubertierendes Mädchen mit dicken roten Zöpfen versuchte die Kontrolle zu behalten. Um sich vorerst in Sicherheit zu bringen vor weiteren Angriffen von Seiten der erwachsenen Gäste, schloss Robert die Tür hinter sich.

»Geht ihr schon?«, fragte das Mädchen und stand auf. »Welches ist denn von dir?«

»Gar keins.«

»Willste eins geschenkt?«

»Danke. Ich brauche nur einen Moment Ruhe.«

»Ruhe?«

»Ja, Ruhe vor den Erwachsenen. Dagegen klingt das hier wie Engelsmusik.«

»Das geht vorbei. Dann tut's nur noch weh. Aber da du schon mal hier bist, hältst du kurz die Stellung? Ich würde gern mal verschwinden.«

»Ich?«

»Nee, du.«

»Okay«, stammelte er. »Beeil dich aber.«

»Super. Bis gleich, und nur keine Angst vor den Engeln.«

Auf dem Boden tummelten sich sechs Kinder. Die älteren versuchten, sich an den Bücherregalen hochzuziehen, ein Junge saß so souverän auf einem kleinen Schaukelstuhl, dass er sicher auch hätte laufen können, wenn er gewollt hätte. Er sah Robert skeptisch an.

»Hi«, sagte Robert. »Sie ist nur kurz Pipi machen, also für kleine Mädchen. Kommt gleich wieder.«

»Pissen«, sagte der Junge.

»Ja, richtig, sie ist pissen.«

»Kann ich auch«, sagte der Junge und stand auf.

»Sicher.«

»Mein Papa sagt, immer im Stehen pissen, sonst haben wir verloren.«

»Kluger Mann, dein Papa, aber willst du nicht lieber warten, bis sie zurück ist, und dann aufs Klo gehen?«

»Ich will jetzt pissen«, sagte der Junge und ließ seine Hose runter.

»Man muss sich auch mal zurückhalten können. Komm, nur ein paar Minuten, okay?«

»Pissen«, sagte der Junge und wackelte mit seinem nackten Hintern.

»Abraham!«, hörte er da eine aufgeregte Stimme hinter sich. »Verdammt, das geht doch nicht!«

An Robert vorbei stürmte das rothaarige Mädchen, die nach dem nächstbesten Lätzchen griff und es dem Jungen zwischen die Beine drückte. Am Glas der Terrassentür rann ein dünner Faden Urin herunter, über den abplatzenden Lack des Rahmens und auf den Flickenteppich.

»Du hast wohl keine Kinder«, sagte das Mädchen, nachdem sie den Jungen halbwegs abgetrocknet hatte. »Dann bist du bestimmt der Neue von der Gabi, oder?«

»Ja, Gabis Neuer, wenn man so will.«

»Willst du denn nicht?«

»Sicher.«

»Und sie?«

»Ich denke, auch sie will.«

»Na also, dann dürfte doch alles klar sein. Und hast du auch einen Namen?«

»Robert«, sagte er. »Robert Gernold.«

»Du bist der Sohn von den Gernolds, der so cool von zu Hause abgehauen ist, richtig?«

»Du kennst meine Eltern?«

»Klar, im Kaff kennt doch jeder jeden. Ich bin Josephine, die Tochter von Bernd. Ich bin zu Besuch bis Weihnachten. Bernd erzählt andauernd nur von dir. Du scheinst ja ein richtiger Held zu sein.«

»Wie man's nimmt«, sagte er. »Tut mir leid mit dem Racker. Ich bin da nicht so erfahren.«

»Lernt man schnell«, sagte sie. »Ich bin Babysitter, aber Bernd kann das auch alles, wenn ihr dann Hilfe braucht.«

»Ja, sicher. Na, dann such ich mal deinen Vater. Bis später!«

»Bis später«, lächelte sie. »Wenn du willst, komm ich auch zu euch zum Babysitten, also wenn es so weit ist.«

Robert ging erst einmal zurück in die Küche, um seinen Becher nachzufüllen. Das forschende Pärchen diskutierte noch immer so intensiv, dass er unbemerkt an ihnen vorbeikam. Auf dem Küchenbüfett entdeckte er eine Flasche Rum und verfeinerte seinen Punsch, kostete einen Schluck und musste erleichtert grinsen. Nicht auszudenken, wie peinlich das gewesen wäre, hätte der Junge ihm ans Bein gepinkelt. Jeder noch so cholerische Geschäftsführer oder Marketingbeauftragte war ihm lieber als so etwas.

Gabi saß im Wohnzimmer auf einem alten dunkelgrünen Sofa, ihr gegenüber ausgerechnet Holger Schmalmann. Sämtliche Möbel hier stammten vom Trödel oder Sperrmüll. All die Schmuckstücke der Großelterngeneration standen wild durcheinandergewürfelt um einen beige gekachelten Sofatisch versammelt, auf dem Holger seine drei Zigarettenpackungen ordentlich gestapelt hatte, obendrauf das silbern glänzende Benzinfeuerzeug, alles kantenbündig. Der eiserne Aschenbecher in Form einer gigantischen Ameise quoll schon jetzt über. An den Wänden hingen gleich mehrere Geweihe, die sich in blinkenden Lichterketten verfangen hatten, deren Glanz durch die tiefhängenden Rauchschwaden gefiltert wurde. Die Mannschaft des kreisstädtischen Fußballclubs schmückte ein goldener Rahmen.

»Mensch, Robbie!«, hörte er Bernd rufen und entdeckte ihn weiter hinten im Raum, wo er zwei buntgekleideten Frauen den Inhalt einer Vogelvoliere präsentierte. »Fertig mit dem Interview?«

Robert grüßte zurück und versuchte, in Richtung der Vögel zu lächeln. Seine Augen tränten, aber irgendwann einmal hatte er gelernt, dass Wellensittiche immer früher erstickten als Menschen. Da die Vögel noch ganz munter wirkten, trank er einen tiefen Schluck und entschied sich für einen freien Sessel.

»Schmeckt schon, wie!«, sagte Gabi, plötzlich eindeutig im heimischen Tonfall, ohne dass er hätte sagen können, wie ernst sie das meinte.

»Wie früher«, sagte er.

»Nur besser.«

»Ich kann das Zeug nicht ausstehen«, sagte Holger Schmalmann. »Diese Nostalgieplörre.«

»Das ist ja mal eine Adventsstimmung«, lachte die Rothaarige an Holgers Seite. »Toll, dass es dir schmeckt! Ich bin übrigens Marita, Bernds Ex.«

»Prost, Marita«, sagte er und sah Gabi zufrieden lächeln. Das alles tat er ihr zuliebe. »Ich hatte gerade das Vergnügen, eure Tochter kennenzulernen.«

»Und alles in Ordnung im Kindergarten?«

»Sicher. Die hat das im Griff.«

»Freut mich übrigens total«, sagte sie dann mit Blick in Richtung Gabi. »Dass das bei euch gefunkt hat.«

»Wenn er so weitermacht, hat er bald das ganze Dorf durch«, sagte Holger Schmalmann.

Die ganze Runde lachte. Sie fanden das anscheinend lustig. So war das im Dorf, und Robert hatte, bei aller Liebe und allem Punsch, schon jetzt wieder mehr als genug Vergangenheit und Heimat geatmet.

»Ich hol dann noch mal eine Runde«, sagte er möglichst locker und stand auf.

»Ganz der alte Robbie«, hörte er irgendjemanden hinter sich sagen. »Immer offen der Tank, für jede Art von Treibstoff.«

Das Badezimmer war besetzt. Robert fürchtete schon, dass die beiden Liebesforscher sich ausgerechnet da drinnen miteinander versöhnten, als er Hilde verheult und einsam in der Küche stehen sah.

»Geht's dir gut?«

»Wir sind einfach zu verschieden«, schluchzte sie. »Die Stämme sind nicht kompatibel.«

»Mit dem eigenen Stamm ist es auch nicht immer leicht.«

»Ja, das ist die Ähnlichkeitsrelation vom Eigenen und Fremden«, sagte sie und schnäuzte in eine Weihnachtsserviette. »Der Erfolg einer Beziehung hängt aber auch entscheidend vom Humus ab, also vom Boden, auf dem sich alles ereignet, von der Nährflüssigkeit.«

»Und bei euch stimmt die Nährflüssigkeit nicht?«

»Doch, schon«, lächelte sie zaghaft. »Johannes ist nur so väterlich. Das hat ja viel mit Familienstrukturen zu tun, die ganze Stammeskultur, verstehst du?«

»Sicher«, sagte er und füllte seinen Becher.

Nach einer weiteren Viertelstunde Vortrag über ihr Forschungsgebiet hörte Robert endlich die Toilettenspülung. Kurz darauf tauchte dann Johannes wieder auf, auch er mit verheulten Augen. Da war er ja an die Richtigen geraten! Der Anblick der beiden zerstrittenen Liebenden war nach all dem Punsch zu viel des Guten. Das überstieg seine Kräfte. Er konnte sich nicht länger zurückhalten. Robert stürzte an Johannes vorbei ins Badezimmer und hatte die Tür kaum abgeschlossen, da prustete er auch schon in ein Handtuch, dessen Stockgeruch ihn anschließend fast kotzen ließ. Was war er bloß für ein Idiot gewesen, dass er sich das überhaupt anhörte? Ja, dass er überhaupt einen Gedanken an dieses ganze Gelaber von wegen Heimat und Zuhause verschwendete? Er? Robert Gernold? Fassungslos vor sich hin schmunzelnd pinkelte er ins Waschbecken, warf sich anschließend Wasser ins vom Punsch glühende Gesicht und wollte gerade die Tür wieder aufschließen, als er sie das Lied singen hörte.

Wo die Bäche fröhlich plätschern
In der Sonne warmem Schein
Fern vom Meer und fern von Gletschern
Nur hier kann ich glücklich sein
Nur hier will ich glücklich sein.

Wo die Felder güldne Betten
Stolz der Weizen, süß der Wein
Fern von Wüsten, fern von Städten
Nur hier kann ich glücklich sein
Nur hier will ich glücklich sein.

Ihm stockte der Atem, sein Bauch verkrampfte sich, kalt lief es ihm den Rücken hinunter. Alles Lachen und Prusten war vergessen. Er hörte das Lied, das er geträumt hatte, das seine Verwandten immer gesungen hatten, und ließ noch einmal ab von der Tür, um in den Spiegel zu blicken. Die markanten klaren Züge, die ganze Eleganz seines glattrasierten Städtergesichts wirkten verschwommen. Er sah schrecklich aus, hatte viel zu viel getrunken. Fleischig rot glänzend kamen die Züge der Heimat zum Vorschein, wie er sie als Kind gekannt hatte. Die Gesichter der Erwachsenen, der Väter und Onkel, die er jetzt in seinem eigenen wiedererkannte. Und dann geschah es. Genauso unvermittelt, wie er sich beim Klang des Liedes verspannt hatte, fiel jetzt alles von ihm ab, sah er sich gerne so, wie er tatsächlich war. Da fühlte Robert sich geborgen, beschützt, zu Hause angekommen. Zum ersten Mal begriff er, wie schrecklich es war, sich ganz neu erschaffen zu müssen. Er vergewisserte sich, dass er abgeschlossen hatte, und konnte endlich weinen vor Glück und über sich selbst.

16.

ARM IN ARM STAPFTEN sie singend durch den Schnee und schmetterten das Lied der ländlichen Heimat in die Straßenschluchten der Stadt. Selbst ohne all den Punsch hätte er den Wagen stehen lassen müssen, weil es schon wieder geschneit hatte, inzwischen so stark, dass die Straßen gar nicht mehr geräumt werden konnten. Die Stadt kapitulierte endgültig vor der Natur, zumindest für einige Stunden oder Tage. Endlich kam sie zur Ruhe unter der kalten Decke der Schneekristalle, und Robert erinnerte sich an diesen einen Winter, als ihr Dorf abgeschnitten gewesen war von der Welt, die Landstraße nicht mehr passierbar, und Golo und er es doch versucht hatten, zu Fuß in die Kreisstadt, wo sie halberfroren ankamen und sich im Kulturbahnhof gleich hemmungslos besoffen vor Glück, es so weit geschafft zu haben. Ja, schon damals hatten sie Angst gehabt, eingeschlossen zu sein, nie wegzukommen. Erst vorhin, beim Klang des Liedes, waren diese Ängste von ihm abgefallen, war er glücklich strahlend zurück aus dem Badezimmer und unter die Leute getorkelt, um zu erfahren, wie es diesem und jenem so ging, wessen Eltern noch lebten und welcher Lehrer auch nach der Pensionierung noch zum Jahrgangstreffen kam. Das alles hatte er nur Gabi zu verdanken, die sich jetzt noch enger an ihn schmiegte, ihm lachend die selbstgedrehte Zigarette hinhielt, die schon nach wenigen Zügen die Wolle ihrer selbstgestrickten Handschuhe verkohlte.

Nur hier kann ich glücklich sein
Nur hier will ich glücklich sein …

Die wenigen Passanten, denen sie begegneten, zeigten keinerlei Reaktion. In der Stadt musste man sich schon mehr einfallen lassen, wenn man auffallen wollte, so gleichgültig waren die Menschen. Sie lebten alle nur für sich, wussten nicht, was es bedeutete, einer anderen Gemeinschaft als der der gesichtslosen Konsumenten anzugehören, Teil zu sein von etwas Größerem, Älterem, Wesentlichem. Aber schließlich brauchten Gabi und er weder Publikum noch Applaus. Sie hatten sich gefunden.

Nur hier kann ich glücklich sein
Nur hier will ich glücklich sein …

Müsste er Gabi jetzt nicht in die Grotte führen, um dort mit ihr anzustoßen, Willi zu danken, ihr die ganze Geschichte endlich zu erzählen? Jetzt war er nicht mehr dazu gezwungen, diese eine Rolle zu spielen, die bei den anderen immer funktioniert hatte. Gabi würde ihn nehmen, wie er war. Sie würden am Tresen darüber lachen, auf was für seltsame Ideen man kam, wenn der Winter da und die Frau weg war, das ging doch anderen nicht anders. Er zögerte.

»So schlimm sind die gar nicht, oder?«, sagte sie, als sie alle Strophen gleich dreimal gesungen hatten.

»Ja, richtig nett.«

»Hätte ich auch nicht gedacht, dass ich mich ausgerechnet hier so gut mit denen verstehe. Im Dorf hätte ich die meisten gar nicht wiedererkannt.«

»Nur dem Schmalmann ist nicht zu helfen.«

»Marita meinte, er hat's richtig schwer gehabt. Beide Eltern tot und dann noch Pech mit den Frauen.«

»Schon scheiße. Na ja, eigentlich auch ein Original, wie! Und wie die das mit ihrer Tochter machen, Bernd und Marita. Lockerer als die meisten Leute, die ich hier so kenne mit Kindern.«

»Ich glaube, so groß sind die Unterschiede gar nicht mehr.«

»Das sagen die Marktforscher auch immer. Stadt und Land, alles ein einziger großer Vorort. Kriegen heute ja auch alle dieselbe Werbung. Eigentlich schade.«

»Was jetzt?«

»Dass es so richtig Land gar nicht mehr gibt.«

»Das sagst du? Ich dachte, du hast deine Kindheit lang gelitten.«

»Trotzdem«, sagte er. »Es ist doch langweilig, wenn alles gleich wird, weil alle den gleichen virtuellen Vorbildern nacheifern und nichts mehr authentisch ist. Diese ganzen Medienwelten sind doch reine Fiktion! Wir opfern sämtliche Eigenheiten, um nach einer stereotypen Vollkommenheit zu streben, die es gar nicht gibt.«

»Der Punsch hat dir aber gutgetan«, lachte sie jetzt. »Noch ein Paar Schneespaziergänge, und du wirst zum Philosophen.«

»Und ziehe zu dir in die Hütte.«

Sie waren stehen geblieben, blickten von der erhöhten Uferstraße aus auf den Fluss. Links strahlte der Bogen der großen Brücke in warmem Gelb.

»Noch vor ein paar Wochen war das für mich die Brücke ins Verderben, in die Langeweile, in die Vergangenheit aufs Land«, sagte er ruhig. »In all den Jahren war die andere Seite Feindesland. Einfach so, aus einer Laune heraus.«

»Und jetzt?«, fragte sie und sah zu ihm hoch.

»Jetzt frage ich mich, ob das nicht alles vollkommener Schwachsinn ist, spätpubertäre Spinnereien, zwanghafte Abgrenzung. Stadt oder Land, was zählt das schon? Heute Abend ist es so schön, morgen Abend wieder anders. Diese Sehnsucht nach Eindeutigkeit ist eine menschliche Schwäche. Als könnten nicht mehrere richtige Lösungen nebeneinander existieren. Ja, auch das ist ein Kollateralschaden des propagandaverseuchten Spätkapitalismus, dieses Bedürfnis nach einfachen Wahrheiten, nach reduzierter Komplexität, eindimensionalen Geschichten und Eingleisigkeit. Die Markenwelt ist absolut und duldet keine Götter neben sich.«

»Weißt du, an wen du mich erinnerst?«, fragte sie.

»Keine Ahnung.«

»An einen enttäuschten Moralisten.«

»Ich ein Moralist?«

»Durch und durch ein Moralist, der sich nicht mehr traut«, lächelte sie und strich ihm durch die Haare. »Und jetzt genug philosophiert. Ich will ins Bett!«

Sie stürmte einfach los und er hinterher, die Uferstraße entlang, schlitternd auf den Spuren der wenigen Autos, die versuchten, der Natur zu trotzen. Vor ihnen stiegen die ersten Raketen in den Himmel, nur wenige Blocks weiter vom neuen Einkaufszentrum aus. Der letzte verkaufsoffene Adventssonntag ging zu Ende, also würde das Feuerwerk länger dauern.

Sie rannten und rutschten im bunten Schein der Raketen bis nach Hause, ignorierten den Fahrstuhl, um auch noch die Treppen hoch und bis zur Wohnungstür zu spurten. Bis zum letzten Absatz gelang es ihm nicht, sie einzuholen, war sie einfach die Schnellere, da schrie sie plötzlich auf. Sie stand auf der letzten Stufe, und er wollte nach ihr greifen, als sie einen Schritt zur Seite machte und auf den Boden zeigte. Ein Mann lag mit dem Gesicht zur Tür, neben seinem Kopf Erbrochenes. Der Penner war nicht tot, er schnarchte, und Robert kannte den Fischgrätenmantel genauso gut wie die alte Ledertasche. Er ging in die Knie, um ihn aufzuwecken.

»Golo, wach auf!«

»Golo?«, hörte er Gabi fragen.

»Sieht ganz so aus, verdammt. Jetzt komm schon, Alter.«

Golo grunzte, bewegte sich minimal, ließ sich schließlich auf den Rücken drehen, den Hinterkopf im Erbrochenen.

»Ich verspüre einen Durst. Würde mir freundlicherweise jemand ein Bier servieren?«

Robert stieg über ihn hinweg, um die Tür aufzuschließen, packte ihn dann an den Armen und zog ihn in den Wohnungsflur.

»Mach dich nicht schwerer, als du bist!«

»Schwer wie eine randvoll gefüllte Haubitze«, lallte Golo. »Aber dazu hat man ja Freunde, nicht wahr! Die einem die Frauen abspenstig machen und dich dann durch die Kotze ziehen.«

»Hör einfach nicht hin«, sagte Robert zu Gabi, die ihn fragend ansah.

»Ja ja, so hätte er das gerne, der Meister des schönen Scheins, dass die Dame schlicht nicht weiß, was wirklich ist.«

Unterdessen hatte Robert seinen Freund in die Wohnung geschleift, wo er ihm leicht in die Rippen trat.

»Ist ja gut«, murmelte Golo.

Wenig später hatten Robert und Gabi sich selbst und mit vereinten Kräften auch Golo von feuchten Schuhen und Kleidern befreit. Mit einiger Mühe hatten sie den stinkenden Freund auch ins Bad befördert und zumindest das Gröbste aus seinen Haaren entfernt, ihm kalt das Gesicht gewaschen und ihn mit Rasierwasser begossen. Derart auf Vordermann gebracht, saß er ihnen gegenüber am Küchentisch und trank anstelle des geforderten Bieres einen Kaffee.

Golo sah alt aus. Robert konnte sich kaum an die Zeit erinnern, da er noch keinen Zopf getragen hatte, heute aber bemerkte er zum ersten Mal die grauen Strähnen in den roten Haaren, die vielen kleinen Falten um die Augen herum, die beiden Furchen, die ihm die Zeit von den Nasenflügeln bis zu den Mundwinkeln durchs Gesicht getrieben hatte. Und dennoch, er konnte sich Golo auch jetzt nicht als Erwachsenen vorstellen. Golo, das waren die strahlenden Augen, die rot glänzenden Wangen, dieses naiv begeisterte Kluggeschwätz. Jetzt aber fehlte die Energie, war da nur noch die vergilbte Hülle dessen, was er kannte. Und Robert erinnerte sich an seinen wenig rühmlichen Auftritt auf der Jubiläumsfeier, seinen absurden Neid auf Golo, der zum ersten Mal seit so vielen Jahren in Begleitung kam und richtig glücklich wirkte. Nur hatte er ihn ja zu nichts gezwungen, war Golo alt genug, sich selber durchzusetzen, musste auch er einmal lernen, dass man kämpfte, wenn man etwas erreichen wollte. Da half kein Geld vom Vater. Aber darüber sollten sie jetzt nicht unbedingt reden.

»Ich mach dir mal das Sofa«, sagte Robert schließlich in das nur vom vorsichtigen Kaffeeschlürfen gestörte Schweigen hinein und ging ins Wohnzimmer.

Durch die Terrassentür sah er, dass es mittlerweile noch stärker schneite. Die Stadt verschwand hinter den Flocken. Noch vor kurzem war es ihm selbst so dreckig gegangen wie Golo jetzt. Noch kurz bevor der Winter gekommen war und alles verändert hatte. Ja, der Schnee hatte ihn versöhnt mit der Stadt, mit seiner Hilfe hatte Robert verstanden, dass Heimat nur ein Gefühl war, das genau da entstand, wo es einem gutging, und nichts zu tun hatte mit Bächen und Wiesen und Liedern und alten oder neuen

Bekannten. Heimat war Unsinn. Das würde er Golo morgen erklären. Das würde ihm helfen. Er durfte sich nicht in die Stadt verbeißen, sondern musste auf sich selbst achten. Auch er sollte herausfinden, was er wirklich wollte und brauchte. Jetzt aber war es an der Zeit, ihn aus der Küche aufs Sofa zu befördern.

»Davon zu berichten kam ihm also nicht in den Sinn«, hörte er Golo überraschend wach kichern.

»Was soll er mir denn berichten?«, fragte Gabi.

»Na, seine ganze, gesamte, große Heimatgeschichte!«

»So, dein Bett ist fertig«, rief Robert.

Schnell trat er in die Küche und packte Golo fest um den Oberarm.

»Jetzt warte mal«, sagte Gabi. »Die will ich noch hören, die Geschichte.«

»Ach komm, du siehst doch, dass er besoffen ist.«

»Dafür wird es noch gerade reichen, du starker Mann und Freund!«

»Komm, Robert, lass ihn erzählen.«

»Was soll es denn da zu erzählen geben?«

»Vielleicht, dass du Weltbürger von Format plötzlich vom Rock deiner Mutter auf dem Dorf geträumt hast?«

»Vom Rock seiner Mutter?«

»Und von der ethnischen Dimension der Liebe!«

»Der was?«

»Und von der Sehnsucht nach der verlorenen Scholle! Davon, dass der rasende Robert plötzlich nicht nur die Hoden, sondern auch die Hosen voll hatte, weil er alleine schlafen sollte, ohne seine spanische Schneekönigin, und davon, dass er kurzerhand beschloss, sich eine Frau aus der Heimat zu suchen.«

»Also doch?«, fragte Gabi ihn, der noch immer hinter Golo stand, die Hand um dessen Oberarm verkrampft.

»Ja, das hat er dir wohl nicht erzählt, der Robbie!«

»Du wolltest also wirklich Jessica, also zumindest theoretisch?«

»Ach komm, das ist doch lange her.«

»Und dann kamst du auf mich, weil sie nicht wollte?«

»Komm, Gabi, das ist lächerlich.«

»Das kannst du laut sagen«, sagte sie. »Das ist ja fast schon wieder, nein, das ist einfach, also, ja, das ist richtig, richtig süß!«

»Süß?«

»Findest du nicht?«, fragte sie an Golo gewandt. »So ein starker Kerl, der sich auf das Niveau begibt.«

»Ich find das eher traurig. Armselig.«

»Du hast mich einfach geradeheraus belogen, ja sogar geschworen, dass ich dein Zufallstreffer war, und jetzt erfahre ich, dass du den großen Plan hattest. Du bist also doch ein einsamer Wolf auf Abwegen, der sich als Oberlöwe aufspielt. Ein Hochstapler, der vor sich selber Angst hat.«

»Unsinn«, sagte er. »Außerdem wohnst du doch bei diesen Landeiern, als gäbe es keine andere Möglichkeit, sich in der Stadt durchzuschlagen. Du kannst doch nicht genug kriegen von diesen Schulhofgesprächen. Ja, du bist doch zurückgekehrt, weil es dir zu viel wurde in der großen weiten Welt!«

»Ja genau, Robert, genau so wird es sein. Und zu allem Überfluss habe ich dein strahlend weißes Leben besudelt mit dem Dreck der Vergangenheit, aber ich glaube nicht, dass ich mir das jetzt länger anhören möchte. Ich würde sagen, du nimmst mal besser deinen ehrlichen Freund aus der Heimat mit ins Bett. Ich nehme jedenfalls das Sofa.«

Und dann stand sie tatsächlich einfach auf. Er musste irgendetwas sagen, das genau Richtige, dass sie die Erfüllung seiner Träume war, er alles tun würde, um es wiedergutzumachen, nur nicht so banal und kitschig. Aber ihm fehlten die Worte. Er konnte sie nur anstarren, die Hand nach ihr ausstrecken.

»Lass es einfach«, sagte sie und schüttelte den Kopf.

Robert versuchte zu begreifen, was da passierte, konnte gar nicht glauben, dass sie es ernst meinte, nachdem er endlich seine echten Gefühle entdeckt hatte. Über den Küchentisch hinweg sah er, wie der Glanz aus ihren Augen verschwand, als schmirgelte eine unsichtbare Hand die frisch lackierte Karosserie eines Neuwagens. Ja, sie ging einfach aus der Küche, ohne sich noch einmal nach ihm umzusehen.

»Ich erlaube mir zu sagen, dass das jetzt nicht den Falschen trifft«, sagte Golo ganz nüchtern. »Ein Stück weit Genugtuung wird meinerseits durchaus verspürt.«

»Arschloch«, sagte Robert, obwohl er wusste, dass sein Freund nicht ganz falsch lag.

17.

AUCH DAS HATTE ROBERT ganz vergessen, dieses Gefühl des Ankommens an einem Ort, an den man gar nicht wollte. Tatsächlich war das hier sogar die schlechte Version des Ortes, an den er nicht wollte, was den Ort, an dem er war, natürlich nicht besser machte.

Er hatte nur einen Flug gebucht, hatte einfach drauflosreisen wollen wie früher, anstatt sich in einem ordentlichen Hotel einzuquartieren, so wie er es sich heute leisten konnte. Deshalb lag er schwitzend auf einer bis zum Boden durchhängenden Matratze, im letzten verfügbaren Zimmer dieser keinem Standard auch nur im Entferntesten entsprechenden Pension. Wenn es überhaupt etwas Positives an seiner Situation gab, dann die Tatsache, dass er Tausende von Kilometern weit weg war von zu Hause und dass er das Meer zumindest hören konnte. Den Blick aufs Wasser verstellte ein verlassener Bahnhof. Auf der Wand des einstöckigen Holzverschlags erklärte jemand in großen roten Buchstaben seine Liebe. Der dahinter liegende Bahnsteig war an mehreren Stellen in sich zusammengefallen. Vielleicht, nein, ganz sicher wäre er glücklicher auf Skiern in den Bergen, nur waren die Berge viele Flugstunden entfernt, und auch da wäre die Welt nicht perfekt. Ohnehin sollte er sich nicht beschweren, sondern einfach weitermachen wie geplant. Positiv denken.

Endlich schaffte es Robert, sich einen Ruck zu geben, sich aufzuraffen, sein schlummerndes Energiepotential nicht nur zu wecken, sondern auch abzurufen. Er griff nach den Zigaretten neben dem Bett und steckte sich eine an. Der zur Decke steigende Rauch gab ihm das Gefühl, dass er etwas Existentielles erlebte, dass er einsam und frei war, was ein und dasselbe bedeutete, da Freiheit die Einsamkeit der Starken war.

Mit neuem Mut fingerte er nach der Literflasche Bier, die sich lauwarm in seine Hand schmiegte, führte sie zum Mund und spürte, überraschend kühl, einen Teil des Inhalts außen seinen Hals hinunterlaufen. Den Rest ließ er seine ausgetrocknete Mundhöhle benässen. Dann entspannte er die Bauchmuskeln, legte sich zurück und betrachtete die fleckige Decke, an der eine Spinne in ihrem Netz auf Beute wartete. Von Spinnen lernen hieß Warten lernen, darüber hatten sie bereits gesprochen.

Die Spinne hatte ihm erklärt, was er falsch machte, was ihn von einem erfolgreichen Raubtier unterschied. Er hatte sich zu viele Gedanken gemacht, erst überlegt, was er suchte, und sich dann auf die Jagd begeben. Das, hatte sie ihm ausführlich dargelegt, konnte nur einem Menschen passieren. Sie jedenfalls wartete bewegungslos. Seit drei Tagen und sicher noch länger, so lange tummelte Robert sich schon in diesem Kaff am Meer, hin- und hergerissen zwischen Rast- und Ratlosigkeit.

Eines aber stand außer Frage. Es war sein Glück gewesen, dass Golo aufgetaucht war und Gabi aus seinem Bett vertrieben hatte. So hatte er alles noch einmal bedenken und mit seinem nicht ganz nüchternen Freund besprechen und in seiner ganzen Peinlichkeit begreifen können. Wieder war es Golo gewesen, der seinem Leben die richtige Wendung gab, ihm zurück in die Spur half. So, wie er ihn damals mitgenommen hatte in die Stadt, war er es jetzt, der seine Rückkehr aufs Land verhinderte.

Noch am folgenden Morgen hatte das Wintermärchen ein angenehm unspektakuläres Ende unter Erwachsenen gefunden. Während Golo seinen Rausch ausschlief, hatte Robert ihr erklärt, dass alles ein Missverständnis gewesen war, ein Witz, ein Experiment. Schließlich sei man ein bisschen zu alt für solche rosaroten Wochen. Und er hatte sich nicht getäuscht in ihr, mit der er sich nicht zufällig so gut verstanden hatte. Gabi sah das genauso, meinte auch, dass sie wohl beide einen etwas längeren schwachen Moment gehabt und sich nach der Vergangenheit gesehnt hatten. Eine nostalgische Psychose. Noch einen Kaffee trank sie mit ihm, saß ihm gegenüber an seinem Küchentisch, der ganz selbstverständlich zwischen ihnen stand, und war dann einfach weg. Sie würden sich beide erinnern an eine schöne Episode in ihrem Leben, sich eines Tages sicher einmal wiedersehen.

Die folgenden Tage in der Stadt waren ein Rausch gewesen. Besoffene Nächte in den alten Clubs mit Golo, verkaterte Tage alleine in der Agentur. Nur diese eine Frau hatte er gebraucht, um seine Gefühle unter Kontrolle zu bringen, zurückzufinden zu alter Stärke und Gelassenheit, und war dann wie geplant alleine und mit Energie ab in den Süden, auch wenn der hier nicht ganz perfekt war. Noch hatte er ja ein paar Tage, von Heiligabend bis ins neue Jahr.

Robert hatte sich vorgenommen, Weihnachten zu ignorieren, um nicht daran zu denken, dass seine Eltern auf ihn warteten. Aber er wollte nicht so weit gehen, ganz im Bett zu bleiben. Kaum war die Sonne hinter dem Bahnhofsgebäude verschwunden, sprang er unter die kalte Dusche, schlüpfte in die Leinenhose und zog sich ein frisches weißes Hemd über. Er blieb unrasiert. So hatte er etwas Verwegenes, fühlte er sich noch ein wenig mehr als Abenteurer. Er rauchte gleich die nächste Zigarette. Das war sein Leben. So kannte und mochte er sich. So ging er schließlich raus, ließ den Geisterbahnhof neben sich und schritt barfüßig durch den Sand.

Das Meer interessierte sich auch nicht für Weihnachten oder ähnliche Sentimentalitäten. Hier konnte man einfach sein. Existieren. Kilometerweit. Viel besser als die Hotels im Nachbarort, mit Festprogramm und geilen Sekretärinnen. Er würde immer weitergehen, während die Sonne rechts von ihm größer und röter wurde, sich als surrealer Weihnachtsbaum im Meer versenkte vom Horizont bis auf den Strand. Er würde laufen bis weit hinten ans Ende der Bucht, wo Felsen den Weg versperrten. Vielleicht sollte er hier etwas vorsichtig sein, aber was zählte die Gefahr, wenn man bereit war, etwas zu riskieren, aufzubrechen zu Neuem, anstatt sich im Alten zu suhlen wie ein Feigling? Noch hatte er Zigaretten, und später würde er zurück ins Dorf spazieren, weitertrinken, um bewusstlos einzuschlafen, vielleicht ja sogar nicht alleine.

Zurück von seiner kleinen Strandwanderung, fand Robert später am Abend ohne große Mühe eine Bar, die geöffnet hatte. Einheimische feierten im hinteren Teil des langgezogenen Raumes unter sich, bedienten ihn nebenbei, höflich wie distanziert. Er saß am Tresen und beobachtete die blinkende Neonschrift über den Flaschen, dachte an seine Kampagne für einen fast vergessenen Kräuterschnaps, der es dank seiner Unterstützung wieder zum Modegetränk geschafft hatte, auch wenn er hier nicht im Regal stand. Man musste den Menschen zeigen, was sie wollten. Man musste wissen, was man selber wollte. Ja, er hatte sich geirrt, aber er hatte gleich bekommen, was er gesucht hatte. Gabi war das falsche Ziel gewesen, das er sich aber immerhin selbst gesteckt hatte. Das unterschied den Menschen vom Tier, den Sieger vom Verlierer, den Macher vom Konsumenten. Jetzt ging es darum, ein neues Ziel zu formulieren, seinen Markenkern neu zu bestimmen und sich dementsprechend zu verhalten. Er würde endlich privat so erfolgreich sein, wie es ihm beruflich so mühelos gelang.

Nach nur fünf Jahren in der Branche hatte er seinen eigenen Laden gewollt. Er hatte sich das Ziel gesteckt, nicht zu den größten, sondern zu den besten Adressen zu gehören. All das hatte er geschafft. Ohne große Mühe. Alleine. Und jetzt? Wollte er wirklich eine Frau wie Gabi? Sein Leben mit jemandem teilen, der das alles hinterfragte und durcheinanderbrachte? Beim Gedanken an die Tage im Schnee wurde er unsicher und bestellte schnell noch einmal Bier und Schnaps. Er durfte jetzt nicht schwach werden, nur weil er in der Fremde alleine am Tresen hockte. Ein bisschen mehr Unterhaltung als das Geschnatter der Familienfeier und den Luftzug des unter der Decke schwirrenden Ventilators würde sich finden lassen, um ihn abzulenken.

Das Amüsierviertel, so viel hatte er schon in Erfahrung gebracht, lag im nächsten Ort, einige Kilometer den Strand hinunter, noch weiter weg von den Felsen am Ende der Bucht. Da wollte er hin. Auf der Suche nach einem Taxi lief Robert die Uferstraße entlang, trotz des Alkohols ein wenig unsicher, ob das eine gute Idee war. Er steckte sich eine Zigarette an und ging schneller, schritt kräftig aus und überraschte sich dabei, wie er zu singen anfing, erst leise, dann immer lauter.

Nur hier kann ich glücklich sein
Nur hier will ich glücklich sein …

Er verstummte. Er musste sich wirklich zusammenreißen. Ängstlich sah er sich nach möglichen Zuhörern um, wischte sich mit dem Hemdsärmel über die feuchten Augen und ging rauchend weiter über ein kurzes Stück unbebautes Land, vermutlich die Parkplätze für die Strandbesucher. Um ihn herum war es stockfinster. In weiter Ferne sah er die Lichter der Stadt. Er war ein Idiot, einfach drauflosszulaufen, in seinen Sandalen ins Dunkle zu stolpern, anstatt noch ein paar Bier zu trinken und ins Bett zu gehen, morgen früh wieder schwimmen, joggen oder einfach liegen bleiben. Stattdessen stand er im Nichts, riskierte, von einem der vorbeirasenden Wagen in den Graben geschleudert, von einem lauernden Gangster ausgeraubt zu werden. Ja, jetzt am Ende dieses dritten Tages im Süden verlor er auch den letzten Ansatz an guter Laune, den er noch in sich trug.

Robert lief trotzdem einfach weiter, als durch das Rauschen der Brandung Musik zu ihm drang. Ein Reggae von links, vom Strand her, hinter den Bäumen. Das war nicht das Ziel seiner Wanderung, doch mit einer gewissen Größe konnte man Entscheidungen auch revidieren. Man musste die Zeichen lesen, zumal der noch lange nicht erreichte Ort längst jeden Reiz verloren hatte. Also bog Robert von der Straße ab und ging geradeaus ins Dunkle. Schon bald sah er durch die Bäume das noch tiefere Schwarz des Meeres, dann weiß schimmernd die Gischt der Brandung, davor bunte Glühbirnen, aneinandergereiht, zwischen zwei Pfählen gespannt, ein Bretterverschlag und ein knappes Dutzend Menschen. Als er den Grill entdeckte, roch er auch das Fleisch, spürte zugleich seinen Hunger. Schnell fuhr er sich durch die Haare, richtete den Kragen des Hemdes und trat in den Schein der Lampen. Man bemerkte ihn, grüßte ohne große Worte, als sei das selbstverständlich, dass er hier aus dem Nichts auftauchte an dieser Strandbar mitten in der Nacht. Er ging bis zum Bretterverschlag, in dem ihn vor zwei mannshohen Kühlschränken eine für die Gegend viel zu große, viel zu blonde Frau erwartete.

»Frohes Fest!«, sagte sie. »Was darf es denn sein?«

»Hallo«, sagte er, verwundert darüber, unter Landsleute geraten zu sein und auch noch als solcher angesprochen zu werden. »Ein Bier erst mal.«

»Export-Import?«, fragte sie und zeigte auf eine heimatliche Marke.

Er nickte. Ein vielleicht Zwanzigjähriger mit Rastazöpfen bis zum Hintern grüßte freundlich.

»Hunger?«, fragte ihn dann wieder die Blonde, auf deren muskulöser Schulter er eine Tätowierung entdeckte, die er kannte, von irgendeiner anderen Schulter oder Wade der Vergangenheit. Das Wappen eines Fußballclubs.

Wenig später saß Robert auf einer Bierkiste an einer improvisierten Tafel, vor sich ein gigantisches Steak, ein kühles Bier, dazu entspannte Musik und immer wieder ein Joint, an dem er ziehen durfte. Alles schmeckte phantastisch, und langsam entspannte er sich, hatte zum ersten Mal seit seiner Ankunft das Gefühl, genau am richtigen Ort zu sein. Während die Blonde an ihrem Tresen in Stellung blieb, tanzten einige der Gäste entrückt zu den Reggaeklängen. Die meisten sahen so aus, als lebten sie hier nicht nur in den Ferien. Zu ausgebleicht die Haare, zu dunkel die Haut, zu verwaschen die Hemden und Tücher. Nichts, was auf ein geregeltes Leben schließen ließ.

Mit dem jungen Rastazöpfigen hatten sich zwei hagere Fünfzigjährige samt buntbetuchten Frauen und Töchtern zu ihm an die Tafel gesetzt. Das anfängliche Desinteresse an Roberts Erscheinung wich nach und nach echter Aufmerksamkeit dem Neuen gegenüber, der ihnen noch mit vollem Mund erklären sollte, was ihn denn hierherverschlagen hatte. Sie selbst, beide Paare waren verheiratet, lebten hier in einer Art Lebensgemeinschaft mit ihren Kindern und konnten es gar nicht fassen, dass er in so einer einheimischen Bruchbude untergekommen war. Schon beim zweiten Bier boten sie ihm ein Bett in ihrem Haus im Hinterland an. Heute würden sie aber am Strand schlafen, aus Tradition, weil Weihnachten war und die örtliche Polizei bei Alkohol am Steuer nicht mehr mit sich spaßen ließ, seit der Tourismus in Fahrt kam. Früher war man hier ganz sein eigener Herr gewesen.

»Wir sind ja hierher, weil uns das drüben einfach *too much* wurde. Und jetzt geht hier das Gleiche los«, erzählte Herbert, der noch etwas dürrere der beiden Männer.

»Im Hinterland ist aber noch alles dufte«, meinte Thomas. »Kluge Griechen suchen Nischen.«

»Griechen?«, fragte Robert und musste an Willi in seiner Grotte denken.

»Ist nur ein Spruch.«

»Tommy, verschon den Kleinen bitte mit deinen Sprichworten«, schaltete sich eine der beiden Frauen ein, die sich ihm als Soraya vorgestellt hatte.

»So klein scheint der mir nicht zu sein. Außerdem heißt das Sprichwörter, nicht Sprichworte.«

»Dass du freiwillig raus bist aus dem Schuldienst, grenzt echt an ein Wunder«, sagte jetzt Kathrin, die andere Frau.

»Und was treibt ihr hier so?«, fragte Robert, um den Ehekrach zu unterbinden.

»*Sea, Sex and Sun*«, grinste Tommy.

»Mann, Papi«, sagte eins der Mädchen.

»Wir haben ein paar Zimmer und bieten Leuten aus der kalten Heimat die Möglichkeit, aufzutanken, Kräfte zu sammeln für den ganzen Wahnsinn drüben. Ohne diese Auszeiten würden die ja alle durchknallen in ihren Hamsterrädern. Das wird bei euch ja anscheinend immer schlimmer.«

»Kann schon sein.«

»Du siehst jedenfalls auch aus, als könntest du ein paar Ölungen gebrauchen.«

»Ich?«

»Die sieht selbst bei Nacht und Nebel, wo die Chakren quietschen«, meinte der Rastazöpfige.

»Mach dich nicht über deine Mutter lustig, My Lai!«, sagte Herbert. »Wir leben schließlich ganz gut davon.«

»Ich lebe vom Surfen, falls du's noch nicht gemerkt hast. Außerdem heiße ich Michael.«

»Du heißt immer noch so, wie wir dich genannt haben, My Lai.«

»Eine wandernde Erinnerungstafel.«

»Mach dich ruhig lustig.«

»Na, das ist ja mal ein Frohsinn wie zu Weihnachten in der alten Zeit«, stöhnte eine der beiden Frauen.

»Nur wärmer.«

»Bitte, My Lai, lass den Spott. Du kannst jederzeit zurück auf irgendeine Uni.«

»Von deinen Yoga-Kröten und ohne Abitur?«

»Habt ihr noch alles?«, hörte Robert die Blonde von der Bar her rufen. Schnell bestellte er eine Runde Bier und Schnaps für alle.

»Ach, die Vroni, die weiß einfach, was die Gäste brauchen«, seufzte Kathrin.

»Vroni?«, fragte Robert.

»Die Alte am Tresen«, murmelte der Rastazöpfige so leise, dass nur Robert es hörte. »Die weiß wirklich einiges.«

»Na, darauf trink ich!«, sagte Robert mit dem leeren Bier in der Hand, um dem Jungen irgendwie den Rücken zu stärken im Kampf gegen die Übermacht der Alten.

»Auf die kalte Heimat«, sagte der grinsend.

»Gleich mal alle anstoßen kommen!«, rief Vroni in Richtung der Tanzenden.

Die Tänzer erholten sich langsam von ihrer Trance, glitten zurück in die Wirklichkeit und setzten sich zu ihm an die Tafel. Und jetzt, da er irgendwie dazugehörte, stellten auch sie sich vor, allesamt Landsleute mit keiner allzu großen Sehnsucht nach dem geregelten Leben zu Hause, von ihrem Äußeren aus zu schließen. Sie hatten den Kampf aufgegeben, um sich hierher zurückzuziehen, durcheinander zu vögeln, Kinder zu verziehen, irgendwie vom Geld anderer Frustrierter zu leben. Bei aller guten Laune war diese Truppe nun genau das, was er nicht gesucht hatte. Dafür hatte er sich nicht auf den Weg ans Ende der Welt und da noch einmal durch die finstere Nacht gemacht.

»Ja, Prost, und danke für das Steak. War wirklich super!«, rief er in Richtung Vroni.

Dann lieber gleich im Bett bleiben als dieses tatsächlich ziemlich zähe Stück Fleisch, das wässrige Bier und den ekelhaften Schnaps zu ertragen, den sie Runde um Runde einschenkten. Und dazu die geilen Blicke dieser Vroni, die ihn immer wieder musterte, als sei es allein ihre Entscheidung.

»Und was treibt dich hierher?«, fragte ihn der Junge.

»Ich musste einfach mal raus. Bisschen schwimmen, bisschen was erleben.«

»Ausgerechnet in diesem Kaff? Da kommen woanders aber bessere Wellen. Ich kapier das nicht, wie man so eine Reise macht, um dann wieder mit Landsleuten rumzuhängen.«

»Das war keine Absicht.«

»Keine Absicht?«

»Ich wollte eigentlich rüber in die Stadt, als ich euch hier zufällig entdeckt hab.«

»Das nenn ich dumm gelaufen. Ausgerechnet so was durch Zufall zu entdecken. Und dann auch noch an Weihnachten.«

»Danke fürs Mitleid.«

»Na ja, jedem das Seine, wie man so sagt, wenn die Eltern weghören.«

»Ja«, sagte Robert, der wieder einen dieser Blicke Vronis aufgefangen hatte. »Jedem das Seine.«

»Wenn du willst, zeig ich dir morgen eine Bucht, da ist es wirklich einsam.«

Der Junge zwinkerte ihm eher unbeholfen zu, aber Robert wusste, dass er seine Laune jetzt zügeln musste, um aus diesem Abend noch etwas herauszuholen. Also zwinkerte er zurück.

»Ich wollte nur kurz sagen«, unterbrach Vroni ihre kleine Verschwörung. »Also ich wollte nur kurz sagen, schön, dass ihr alle auch dieses Jahr gekommen seid. Außerdem gibt's eine kleine Überraschung, die Werner für uns besorgt hat. Also, frohes Feiern, ihr Lieben!«

Wieder musste Robert mit der ganzen Horde anstoßen, noch einen der fiesen Schnäpse kippen. Einer der vorhin selbstvergessen tanzenden Männer stand auf, ging ein paar Meter weg von der Tafel ins Halbdunkel. Robert sah nur die Umrisse der Kiste, die aufrecht auf einem kleinen Tisch stand. Dahinter war das Weiß der Gischt nur zu erahnen. Er würde sich demnächst verabschieden, um morgen früh in den Wellen zu sein.

»Also gut«, rief der Mann, der wohl Werner war, aus dem Halbdunkel. »Grit und ich, wir sind ja hier von Anfang an dabei, und man kann wohl sagen, dass eine ganze Menge passiert ist, hier sowieso und in der Welt nicht weniger. Was haben wir gesucht, als wir hierherkamen? Eigentlich nur einen Ort, an dem wir die sein konnten, die wir wirklich waren, das heißt die wir zu sein glaubten.«

»Wird das jetzt ein philosophisches Seminar?«, murmelte einer der anderen Männer.

»Wie dem auch sei und wer wir auch waren, hier haben wir offensichtlich einen Ort gefunden, der uns gefällt, der uns jetzt schon siebenundzwanzig Jahre lang glücklich macht. Ja, wirklich, siebenundzwanzig Jahre. Wir haben in Höhlen gehaust, auf Feldern gearbeitet, erste Kurse angeboten und schließlich das Zentrum gebaut, kurz, wir haben uns ein neues Leben geschaffen.«

»Eine Predigt!«, stöhnte jemand.

»Was erwartest du von einem Diplom-Theologen?«, zischte ein anderer.

»Gescheiterter Befreiungstheologe ohne Abschluss.«

»Jetzt hör schon auf.«

»Ja, Wilhelm, man bleibt sich immer ein bisschen treu, aber das merkst du erst, wenn die ewige Jugend nicht mehr ganz so ewig ist. Da überlegt man dann manchmal etwas länger, wer man denn wirklich ist oder zu sein meint. Meine liebe Grit und ich, wir haben da lange drüber geredet, und eines kam dabei immer wieder zur Sprache. Nämlich dass das, was wir hier sind, nicht zu trennen ist von dem, wo wir her sind.«

»Och nee, jetzt bitte keine Sentimentätlichkeiten!«

»Jetzt halt endlich die Klappe!«

»Ich dachte, wir saufen uns einen.«

»Dann sauf doch einfach!«

»Wir alle sind nur das Ergebnis von dem, was wir waren. Grit und ich haben jedenfalls, und euch wird es nicht anders gehen, immer häufiger das Bedürfnis, über früher zu reden, über unsere Kindheit, wie wir das alles erlebt haben. Nicht unbedingt das Leben drüben, sondern das Leben damals.«

»Ich dachte schon, wir müssen die Hymne singen.«

»Da wir jedenfalls sicher sind, dass es zumindest vielen von euch auch so geht, und da wir meinen, dass unsere Kinder sich genauso freuen werden, haben wir für uns alle ein kleines Stück alte Welt besorgt.«

Jetzt erhob sich auch eine der Frauen vom Tisch, ging zum Redner und gemeinsam hoben sie vorsichtig die Kiste hoch und setzten sie ab. Robert erblickte im Licht eines Streichholzes, mit dem der Redner eine Kerze nach der anderen entzündete, einen liebevoll mit Lametta und Kugeln geschmückten kleinen Weihnachtsbaum.

»Frohe Weihnachten, meine Lieben!«, rief der Redner strahlend.

Einige an der Tafel lachten freudig auf, klatschten in die Hände, erhoben sich, stapften mit ihren Gläsern zum Baum und ließen den Spender hochleben. Doch das Echo war geteilt. Eine zweite Fraktion blieb einfach sitzen.

»Nee, das glaub ich jetzt nicht«, murmelte Roberts vollbärtiges Gegenüber in sein Schnapsglas hinein. »Dafür leb ich doch nicht im toten Winkel der Zivilisation, um mir den Scheiß anzutun.«

»Wir haben auch einen zu Hause«, sagte der Junge. »Meine Alten wollen das aber geheim halten.«

»Ihr habt eine Tanne zu Hause?«

»Seit drei Jahren. Ist immer ein Riesenakt, die zu besorgen. So was gibt's hier ja nicht. Ich glaub, die kommt per Kurier aus der Heimat.«

Der Anblick der Verweigerer war eine Augenweide. Da saßen sie in ihren Jeanswesten, mit Amuletten auf der behaarten Brust, mit langen verfilzten Haaren voller grauer Strähnen, fauligen Zähnen und verbogenen Brillen, und stänkerten wie die Kinder, weil der Abend nicht so lief, wie sie es wollten. Und die anderen, die Baumfreunde, waren nicht weniger grotesk, wie sie da an den

Händen gefasst um die leuchtende Pyramide herumstanden und Weihnachtslieder sangen.

»Mann, das ist echt gegen alle Regeln«, rief einer der Jeanswestenträger in Richtung Baum.

»Ach komm, Udo, das sagst ausgerechnet du mit deiner Satellitenschüssel.«

»Stell ich hier etwa ne Glotze auf und zwing euch, Fussi mit anzugucken?«

»Mach doch einfach. Sei doch nicht so engstirnig. Und jetzt stör nicht beim Singen.«

»Engstirnig, ich glaub, ich spinne. Dass das jetzt engstirnig ist, wenn man nicht einen auf Heimatvertriebener macht«, mischte sich ein anderer ein.

»Jetzt mach aber mal halblang. Man wird ja wohl einen Baum aufstellen dürfen!«

»Und dann? Was kommt dann? Die Fahne im Garten?«

»Demnächst fangen die noch an strammzustehen.«

»Ihr seid echt Faschisten!«

»Wer?«

»Na, ihr natürlich!«

»Das nimmst du jetzt zurück!«

»Gar nichts nehme ich zurück! Voll intolerant ist das.«

»Nee Grit, echt. Nur weil Peter hier Position gegen euer kulturimperialistisches Agieren bezieht, kannst du ihn nicht als Faschisten bezeichnen.«

»Kulturimperialistisches Agieren? Spinnt ihr jetzt total? Nur weil wir uns an eine der wenigen schönen Seiten der Heimat erinnern?«

»Heimat? Sag mal, was hat Vroni euch denn ins Bier getan? Seit wann ist das denn hier eine Exilkommune? Ich dachte, wir wären alle ganz froh, hier zu sein. Das ist doch unsere Heimat.«

»Das kann man ja wohl nicht immer alles so absolut sehen. Außerdem suchst du doch eh nur Streit!«

»Ja, darauf hab ich jetzt gewartet. Ich sage hier einmal meine Meinung, und prompt suche ich Streit! Wer den Gedanken nicht angreifen kann, attackiert den Denkenden!«

»Ach komm, Peter, du weißt doch, dass du mit Alkohol schwierig wirst.«

»Hey Tommy, das geht echt nicht, persönlich zu kontern.«

»Ist doch wahr. Er zerstört die ganze Stimmung mit seiner Unzufriedenheit!«

»Wieso bin ich denn bitte unzufrieden, nur weil ich bemerke, dass ihr anscheinend nicht mehr zufrieden seid mit dem Leben hier? Ihr macht doch voll einen auf Nostalgie und wie schön früher und drüben alles war!«

»Es ist doch nur ein Baum«, schritt endlich der Redner ein.

»Nur ein Baum! So ein Scheiß!«

»Jetzt tu nicht so, als würdest du nie an zu Hause denken. Das ist doch vollkommen okay. Der Mensch hat halt so ein Heimatgen. Sonst gäbe es sicher nicht die ganzen Kriege und Ahnenforscher und so. Sonst, also sonst wäre auch Vertreibung doch nichts Schlimmes.«

»Ist das jetzt der Pragmatismus des Alters, oder was? Ich dachte, genau das hätten wir hinter uns gelassen, diesen ganzen Müll, diese aufoktroyierten Herrschaftsstrukturen.«

»Oktrowas?«

»An irgendwas Schönes wirst du dich ja wohl auch erinnern.«

»O ja, ich sehne mich zurück an den Mittagstisch meiner Großeltern samt folgendem Mittagsbeischlaf. Mann, seid ihr scheiße!«

»Na klasse, jetzt hast du's geschafft«, sagte eine der Frauen, die bis jetzt geschwiegen hatte, und griff nach Peters Hand, eine

Riesenpranke, die in der zarten Frauenhand zitterte. »Ist ja gut, Schatz. Reg dich nicht auf. Komm, wir gehen.«

Die beiden standen auf, ignorierten alle Versöhnungsversuche und gingen langsam in die Dunkelheit.

»Mann, Leute! Und das an Weihnachten.«

»Scheiß auf Weihnachten.«

»Jetzt ist aber wirklich gut!«

»Ich sag ja nur.«

Robert kippte den nächsten Schnaps, um die Erinnerungen an seine eigenen Weihnachtserlebnisse zu verdrängen. Er sollte trotzdem seine Eltern anrufen, aber er wollte einfach nicht. Es war höchste Zeit, wegzukommen von diesen Wahnsinnigen, diesen in der Freiheit Verlorenen, diesen Dinosauriern, die mit der Gegenwart nichts, aber auch gar nichts mehr zu tun hatten. Doch da füllte schon wieder einer die Gläser, und der Junge reichte ihm den nächsten Joint.

18.

DAS GRUNDRAUSCHEN DER STADT war wieder lauter geworden. Wahrscheinlich taute der Schnee, und die unnatürlich natürliche Stille fand ein Ende. Robert freute sich, endlich wieder zufrieden und alleine in seinem Bett zu liegen, gleich in seiner Küche zu sitzen, regelmäßig zu trainieren. Fröhlich brandete die Stadt an seine Trommelfelle, kitzelte ihn langsam wach, ließ sich noch immer nicht genauer unterscheiden. Sirenen, Autos und die Müllabfuhr waren noch eins, ein einziges großes Zuhause. Skeptisch machte ihn erst der Salzgeschmack auf seinen Lippen, mit dem die Erinnerung kam, an seinen Urlaub, das Pensionszimmer in Hörweite des Meeres. Das war seine vorerst letzte Flucht gewesen, wenn er sie denn schon hinter sich hatte, so salzig der Geschmack, so ungewohnt das Bett.

Der Geruch kalter Asche ließ ihn an das Lagerfeuer denken, um das sie noch getanzt hatten. Sie, das waren die anderen, die Wahnsinnigen. Das war er, und jetzt raste sein Herz, so frisch war die Luft in seinem Zimmer. Er lag bewegungslos, atmete, so flach er konnte, ohne dabei zu ersticken. Auf die Schnelle versuchte er, die Chancen und Risiken seiner Situation realistisch einzuschätzen, um sich ein Ziel setzen zu können. Strategie war jetzt alles.

Unerschrocken öffnete Robert schließlich die Augen und war

dank seiner präventiven Analyse nicht überrascht, das Meer zu sehen, dessen Rauschen ihm diese trügerische Sicherheit der Stadt nur vorgegaukelt hatte. Zwischen ihm und der Brandung lag nichts als feiner weißer Sand. An dessen Ende traf die Sonne auf feuchtes Land und schaumiges Meer. Er spürte sie in seinem Rücken. Sie wärmte ihn, mit morgendlicher Sanftheit, nur stimmte wieder etwas nicht. Er fragte sich, warum er keinen Schatten warf, und wieder raste das Herz. Er musste ruhig bleiben. Ganz ruhig. Er hatte getrunken. Geraucht. Zu viel. Seinen Schatten verlor man nicht so einfach, zumal ja noch der ganze Strand bis hin zum Wasser ein einziger großer Schatten war. Es war also die Wärme, die nicht stimmte, es sei denn, das Feuer brannte noch immer, das Lagerfeuer, um das er getanzt, dessen Hitze ihn geweckt hatte, die er jetzt genoss in der sonst frischen Morgenluft, die seine Lippen salzig benetzte wie auch den ganzen Schlafsack, in dem es so herrlich warm war, dass er jetzt noch einmal schlafen wollte, um auch den Rest des Alkohols wegzuträumen. Da aber fühlte er panisch, wie sich etwas bewegte, ganz unten im Schlafsack, an seinen Füßen. Fast hätte er aufgeschrien. Er riss sich gerade noch zusammen. Ein Skorpion, eine Spinne, eine Schlange, was auch immer. Er durfte sich nicht bewegen, musste ruhig bleiben. Er spürte das Tier, mit seinem Stachel, einem Zahn oder einer Kralle an seiner Achillessehne kratzen wie ein Fingernagel, wie ein Fußnagel. Und da sprang Robert doch ganz plötzlich auf, verhedderte sich, stolperte, fiel, kaum war er auf den Beinen, wieder in den Sand, raffte sich noch einmal auf und rannte, rannte, rannte immer schneller den Strand hinunter und ins Wasser. Er riss die Beine hoch und stürzte endlich in die Brandung, die ihn mitriss, unter Wasser drückte, wieder losließ, die Erinnerung an diese Nacht ertränkte. Er vermied jeden Blick in Richtung Ufer, hoffte, dass das alles irgendwie verschwinden würde. Er schwamm einfach immer weiter.

Erst der Hunger ließ ihn begreifen, dass er auch diese Krise als Chance begreifen musste und es nicht sein Stil war, einfach abzutauchen. Deshalb schwamm er zurück, nahm in der Brandung die erste gute Welle und ließ sich, so weit es ging, in Richtung Ufer tragen. Noch im flachen Wasser liegend, sah er den Jungen, ein Surfbrett unterm Arm.

»Morgen, Robert«, grinste er.

»Hallo«, sagte er, sah dann auch im Hintergrund den Schlafsack und an dessen Kopfende die blonden Haare. »Scheiße.«

»Mach dir nichts draus. So geht's allen.«

»Allen?«

»Vielen.«

»Vielen?«

»Vor allem Männern.«

»Vor allem?«

»Vor allem.«

»Du auch?«

»Ein Gentleman genießt und schweigt«, grinste der Junge jetzt noch breiter, zwinkerte schon viel souveräner als am Abend und ging ins Wasser. »Und keine Sorge, die Vroni ist da ganz locker.«

»Ja, klar, die Vroni ist da ganz locker«, stammelte Robert und wollte zurück in die Brandung, um nie wieder aufzutauchen.

Das Verhältnis von Chancen und Risiken seiner Situation hatte sich verschoben, und das nicht zugunsten der Chancen, zumal ihm erst jetzt bewusst wurde, dass er nackt im kaum knietiefen Wasser lag. Keine zwanzig Meter weiter versammelten sich seine Landsleute verschlafen um die Weihnachtstafel. Er sah die Asche, die Reste des Scheiterhaufens, auf dem sie schließlich um des Friedens willen den Weihnachtsbaum geopfert hatten, nachdem die Kerzen abgebrannt waren. Und dieser Kompromiss war seine Idee gewesen. Er hatte mit ihnen um den lichterloh brennenden Baum getanzt, einen rituellen Schmähgesang schmetternd, nachdem die anderen Zeit für ihre Weihnachtslieder gehabt hatten.

»Kaffee ist fertig!«, rief einer der Männer aus dem Bretterverschlag, der bei Tageslicht besehen eine ganz ordentliche Strandbar war.

Rechts daneben lagen einige Dutzend Surfbretter gestapelt. Bis zum Schlafsack, neben dem Robert seine Kleider liegen sah, waren es nur wenige Meter.

»Frohe Weihnachten!«, rief er in Richtung der Festgesellschaft und lief nackt über den Strand.

In Hemd und Hose ging es ihm schon wesentlich besser, zumal diese Vroni auch im ziemlich ehrlichen Morgenlicht ganz in Ordnung aussah und tatsächlich sehr locker mit der nahen Vergangenheit umzugehen verstand. Mit einem Pappbecher Kaffee und einem Stück Gebäck versorgt lauschte Robert der Nachbesprechung der vergangenen Nacht, natürlich ängstlich, dass sie schließlich auch auf seine Eskapaden zu sprechen kommen würden. Immer ängstlicher. Ja, mit jedem Kaffee fühlte er sich weniger wohl, ahnte, dass sie insgeheim längst über ihn lachten. Mit jedem Schluck, mit jedem Zug an der ersten Zigarette fühlte er sich wieder armseliger, niedergeschlagen und gescheitert.

Viel zu spät begriff er, dass er dringend wegmusste. Er blieb nur noch gerade lange genug, um nicht überhastet aufzubrechen und so den Eindruck zu erwecken, dass er vor irgendetwas wegrannte. Wovor sollte er auch wegrennen? Nach dem zweiten Kaffee und einigen weiteren Zigaretten schaffte er es, sich zu verabschieden, nahm das Angebot, zu seinen Landsleuten überzusiedeln, vorerst nur zur Kenntnis. Dem Jungen mit den Rastazöpfen, der zwischenzeitlich aus den Wellen aufgetaucht war, um seinen durchtrainierten Körper in der Sonne zu wärmen, versprach Robert, am nächsten Tag mit in seine Bucht zu fahren, auch dann, wenn er in seiner Pension bleiben sollte. Erst einmal wollte er nur weg, winkte schnell in die Runde, starrte aufs Meer, um Vronis vielleicht doch spöttischem Blick auszuweichen.

Endlich war er zurück auf der Straße, unterwegs in die Einsamkeit seines Zimmers. Mit jedem Schritt ging es ihm noch schlechter, wurde ihm klarer, was für einen unfassbaren Fehler er begangen hatte. Hatte er wirklich die erste Frau, mit der er sich verstanden hatte, einfach ziehen lassen, um jetzt mit abgehalfterten Aussteigerinnen auf dem Strand zu schlafen? Er war kein Abenteurer, nein, Golo hatte recht, er war einfach nur armselig, und Ophelia hatte recht, er kreiste nur um sich selbst. Schon jetzt brannte die Sonne wieder, ließ das Blut in seinem schmerzenden Schädel pochen, dass die Augen aus den Höhlen drängten. Das Bedürfnis, sich zu übergeben, wuchs mit jedem Schritt, den er barfüßig auf dem Schotter tat, immer darauf achtend, nicht in eine der unzähligen Scherben zu treten. Seine Sandalen hatte er am Strand vergessen. Er musste durchhalten. Verzerrt von der über dem Asphalt flimmernden Luft sah er den Güterbahnhof, seinen Bahnhof, sein Zuhause.

Ein Eselskarren überholte ihn, darauf Kinder, die ihn auslachten, ihn, den Fremden, der hier nichts verloren hatte. Er schleppte sich weiter, vergaß die Scherben, spürte den Schmerz nicht mehr, so taub war alles, so weit war es mit ihm gekommen.

Die Wirtin öffnete ihm mit skeptischem Blick, zeigte ihm auf Nachfrage das Telefon. Im Gang des weiß und blau gekachelten Patios, auf dem gestickten Deckchen, auf dem Tischchen. Er wählte. Auswendig.

»Gernold«, hörte er die Stimme seiner Mutter.

»Hallo, Mutter«, sagte er.

»Wer ist denn da?«

»Hier ist Robert, hallo.«

»Robert, du?«

»Ja, klar, wie geht es denn bei euch?«

»Günther!«, hörte er sie schreien und sah den beige marmoriert gekachelten Flur, die Tür aus gelbem Milchglas zum Wohnzimmer, in dem sein Vater saß und Kreuzworträtsel löste. »Günther, da ist einer am Telefon, der sagt, er wäre Robert.«

Dann hörte er, wie der Hörer abgelegt wurde.

»Nein, das kann doch gar nicht sein, warum sollte der denn einfach so anrufen?«, redete sie vor sich hin.

»Gernold«, hörte er endlich seinen Vater.

»Hallo, Vater«, sagte er. »Wie geht's denn?«

»Bei uns ist alles gut. Ich gebe dir mal deine Mutter. Hier, dein Sohn möchte mit dir sprechen.«

»Robert?«

»Frohe Weihnachten, Mutter.«

»Frohe Weihnachten, Robert. Schade, dass du es gestern nicht geschafft hast. Es war sehr schön. Dein Vater hat die Schallplatte für mich aufgelegt. Wir haben gut gegessen. Jetzt warten wir auf dich.«

»Ja, Mutter«, sagte er. »Ich versuche, es zu schaffen. Vielleicht komme ich dieses Jahr gar nicht weg aus der Stadt. Du weißt ja, die Arbeit. Aber könntest du mir vorher einen Gefallen tun?«

»Du schaffst das schon. Es schneit jetzt ja nicht mehr, und die Straßen sind gestreut.«

»Könntest du mir dir Nummer von Herrn Klein geben? Du weißt doch, der Lehrer.«

»Der Herr Klein?«

»Ich wollte ihm frohe Weihnachten wünschen.«

»Das ist aber nett, mein Junge. Warte, ich schaue mal auf der alten Liste.«

»Auf der alten Liste?«

»Na, deine Klassenliste natürlich.«

»Die hast du noch?«

»Aber sicher, Robert. Die hängt doch am Kühlschrank. Wo sollte ich denn sonst die Nummer von Herrn Klein finden?«

»Natürlich«, murmelte er und starrte die wasserfleckige Wand über dem Tischchen an, während er hörte, wie seine Mutter in die Küche schlurfte.

Herr Klein war sein stellvertretender Klassenlehrer gewesen, in der Mittelstufe, vor gut zwanzig Jahren. Die Liste hing am Kühlschrank.

»Erst einmal die Vorwahl. Du brauchst doch die Vorwahl, oder?«

»Ich kenne eure Vorwahl, Mutter. Ich habe euch doch gerade angerufen.«

Aber sie hatte längst losgelegt.

»Hast du das alles?«, fragte sie schließlich.

»Ja, Mutter.«

»Dann grüße schön auch von deinen Eltern. Wir sehen uns dann später zum Mittag. Du schaffst es doch zum Mittag, oder?«

»Ich gebe mein Bestes, aber es ist viel zu tun und viel Verkehr.«

»Wir warten mit dem Essen.«

Er drückte die Gabel des altertümlichen Telefons, da es ganz plötzlich wieder einfach zu viel war. Er konnte nicht mehr. Alles war noch viel schlimmer, als er gedacht hatte. Aber noch war da eine Hoffnung. Er atmete tief durch, zündete sich eine Zigarette an und wählte die Nummer seines Lehrers. Es war unglaublich und doch seine einzige Hoffnung.

»Wer stört denn?«, bellte die Stimme eines alten Mannes.

»Frohe Weihnachten, Herr Klein! Hier spricht Robert, Robert Gernold, wenn Sie sich erinnern. Ein Schüler von Ihnen.«

»Der Haschischsüchtige?«

Das hatte er jetzt nicht erwartet, dass man sich so schnell so genau an ihn erinnerte.

»Sie wissen noch, wer ich bin?«

»Ich bezweifle, dass das eine Ehre ist.«

»Entschuldigung?«

»Gute Schüler hinterlassen keine Spuren.«

»Keine Spuren.«

»Sie müssen nicht wiederholen, was ich sage, um Zeit zu gewinnen. Denken Sie selbständig. Was verschafft mir also die Störung? Sind Sie im Gefängnis? Ein freundliches Gutachten kriegen Sie von mir sicher nicht.«

»Wie geht es Ihnen?«, versuchte Robert das Gespräch unter Kontrolle zu bringen.

»Was geht Sie das an, wie es mir geht? Suchen Sie Arbeit? Dann gehen Sie zum Amt oder zur Armee. Die nehmen jeden.«

»Unterrichten Sie denn noch?«

Jetzt hustete ein krächzendes Lachen durch sein Ohr direkt ins schmerzende Hirn.

»Bei allem Niedergang des Abendlandes, so weit ist es noch nicht, dass Beamte nicht mehr pünktlich pensioniert werden. Aber kommen Sie zur Sache, und sagen Sie nicht, dass Sie für einen Roman recherchieren. Davon gibt es genug.«

»Eigentlich wollte ich Sie nach der Nummer Ihrer Tochter fragen.«

»Die Nummer meiner Tochter?«

»Ja, Gabi, genau. Wir sind uns zufällig begegnet, und jetzt habe ich die Nummer verloren.«

»Ich kann mir nicht vorstellen, dass meine Tochter unbedingt von Ihnen kontaktiert werden möchte, auch wenn es durchaus Parallelen in der Entwicklung gab, das heißt in der Fehlentwicklung.«

»Hören Sie, Herr Klein, das ist über zwanzig Jahre her. Ich bin mittlerweile Eigentümer einer erfolgreichen Werbeagentur.«

»Sehen Sie, ich wusste, dass Sie auf die schiefe Bahn geraten würden. Wissen Sie, Robert, machen Sie, was Sie wollen, aber als Lehrer weiß man schon sehr früh, wozu Menschen taugen, und, ohne Ihnen zu nahe treten zu wollen, Sie gehörten nicht gerade zum Weizen. Orientierungslos. Narzisstisch. Phlegmatisch. Charakterschwach. Wer sonst käme auch auf die Idee, Weihnachten einen alten Mann zu stören, wegen einer Telefonnummer? Aber wenn es Sie tröstet, sollten Sie wissen, meine Tochter verkehrt ohnehin lieber mit Frauen, wenn Sie verstehen, was ich meine. Sie hat ihre Zelte auf Lesbos aufgeschlagen. So, und jetzt genug geplaudert. Grüßen Sie mir Ihre Eltern und richten Sie mein Beileid aus.«

»Ihr Beileid?«

»Ich weiß, was es bedeutet, von einem Kind enttäuscht zu werden. Und jetzt auf Nimmerwiederhören und kaufen Sie sich ein neues Telefon. Es rauscht, als hingen Sie am Ende eines transatlantischen Verbindungskabels.«

Dann hörte Robert das heimatliche Besetztzeichen in der Leitung, das Signal, das ihm versicherte, dass all das weit weg war und er hier in Sicherheit, wenn man so wollte. Herr Klein hatte einfach aufgelegt. Er hatte ihn beschimpft, beleidigt und aus der Leitung geworfen. So sicher er hier auch sein mochte, die Niederlage war umfassend auf allen möglichen Linien, und seine Eltern würden Weihnachten wieder ohne ihn auskommen.

19.

ROBERT SASS AUF DER Veranda seiner Pension. Nach einer todesgleichen Nacht war er endlich wieder einmal mit halbwegs klarem Kopf aufgewacht, hatte ohne großes Grübeln den Weg zum Wasser gefunden und am frühen Morgen ein paar Bahnen hinter der Brandung gezogen. Was geschehen war, war geschehen. Er hatte sich hinreißen lassen, war erst den Hormonen, dann den Gefühlen erlegen. Die Organe waren untreue Gesellen. Besser, man verließ sich auf seinen Kopf. Ja, er hatte sich blamiert, doch das sollte ihm jetzt nicht den ganzen Urlaub verderben. Und tatsächlich meinte das Leben es gut mit ihm. Kaum hatte er das bescheidene Frühstück beendet, als der Junge auftauchte, mit wehenden Rastazöpfen auf einem Moped mit Anhänger, darauf zwei Surfbretter. Robert hatte ihre Verabredung ganz vergessen, so dass die Freude noch größer war, als er begriff, dass Michael ihn abholte.

Die Fahrt ging über die staubige Landstraße vorbei an einfachsten Hütten, vor denen Kinder spielten und Alte saßen und ihnen gelegentlich sogar zuwinkten. Immer höher ging es in die Berge, die sich rechter Hand ins Meer stürzten. Auch bei Vollgas fuhren sie nur Schritttempo, so steil war hier gebaut, so unpassend schwer die Ladung des Mopeds. Das hatte ihnen die Möglichkeit gegeben, sich Zigaretten anzuzünden und über das Knattern hinweg schreiend zu klären, wer genau diese Vroni und die anderen waren und was man von ihnen halten sollte. Während das Meer vorübergehend aus ihrem Blickfeld verschwand, merkte Robert schnell, dass der Junge froh war, einen Mann gefunden zu haben, mit dem er reden konnte, und zwar nicht über Sinnfindung und Heimatmelodien.

Schließlich bogen sie ab und fuhren in engen Serpentinen bergab. Erst als sie ganz unten angekommen waren, tauchte das Meer wieder auf, diese kleine Bucht, diese glänzende Idylle, wie sie sonst nur die Werbung versprach. Eine Wirklichkeit, die er bis dahin für eine Erfindung gehalten hatte. Eine Welt, die man sich nicht schöner vorstellen konnte, in der wenig später der Junge, nicht weniger perfekt als die Kulisse, nackt vor ihm stand. So gut sah er selbst nicht mehr aus. Er musste an sich arbeiten. Erst als Michael ihn spöttisch angrinste, merkte Robert, dass er den golden in der Sonne glänzenden Körper anstarrte.

Kurz darauf stürzte sich Michael in seinem Thermoanzug in die Wellen. Er würde testen, wie es lief, wie sie heute kamen, wie man sie am besten nahm. Robert sollte warten, erst einmal dem Körper etwas Sonne gönnen, die er ja so nicht hatte in seiner Heimat. Nach einer gedankenlosen Weile sah er, wie Michael seine erste Welle erwischte, hochgehoben wurde auf sicher vier Meter, gerade richtig an dem Punkt, wo Wasser zu Gischt wurde. Er nahm Fahrt auf, lenkte sein Brett wie einen Teil seiner selbst, sauste fast parallel zur Welle vor dem Horizont, immer weiter in eleganten Schwüngen, bis er schließlich an Geschwindigkeit verlor, das Brett im flachen Wasser versank. Daneben würde Robert keine gute Figur machen, aber darum ging es auch nicht. Der Junge winkte und schrie gegen das Rauschen der Brandung an, dass das Meer nicht besser sein konnte. Also zog auch Robert sich aus und den Anzug über, nahm das Brett und warf sich aufs Wasser.

Nebeneinander kraulten sie nach draußen. Vor seinen Augen Wellenberge und Horizont, immer abwechselnd. Es war fast zehn Jahre her, dass Robert zum ersten und bis jetzt auch letzten Mal gesurft war. Als Angestellter in einer der großen Agenturen war er mit der ganzen Belegschaft im Sommer auf eine Insel geflogen. Eine Woche Exzess, *Hedonismus in Rein- und Rausform*, wie der Chef zu sagen gepflegt hatte, ein einziges Rumgesaufe und Rumgehure, unterbrochen nur von wenigen Ausflügen in die Brandung. Doch nicht einer hatte es auch nur annähernd zu etwas gebracht, sie alle hatten sich in Posen versucht, es aber nicht einmal geschafft, auf dem Brett zu stehen, geschweige denn die Wellen zu reiten. Keiner außer ihm. Er hatte sich ausgeklinkt, tagelang im Wasser verbracht, auf die billigen Genüsse verzichtet, um es zu schaffen. Und am Ende der Woche, am letzten Tag, im Sonnenuntergang, gelang es. Er stand mitten in der Brandung auf dem Brett, alleine, glücklich, wenn auch nur für den Moment. Denn danach kam die Abrechnung. Plötzlich war er ein Niemand, nicht mehr gern gesehen bei den Kollegen, nein. Denn das verzieh man nicht, dass jemand mehr sein wollte. Würde er es heute wieder auf die Wellen schaffen? Er war sich nicht sicher. Da hörte er den Jungen rufen, sah ihn Zeichen machen, dass sie weit genug gekommen waren.

»Und läuft es gut?«, fragte Michael.

»Phantastisch.«

»Der Rest ist fast noch leichter. Du musst nur hochkommen. Die Welle hier fährt sich fast von selbst. Und wenn nicht, haben wir jede Menge Zeit. Gibt ja keine Zuschauer.«

»Du sagst es«, versuchte Robert zu lächeln und schaffte es sogar, so aufrichtig war der Junge, so klar und freundlich.

»Genieß ruhig die Aussicht noch ein bisschen.«

Dann schwiegen sie, während sie sich mit ihren Brettern hoben und senkten, das Meer bis zum Horizont leer und glänzend, ruhig trotz oder wegen seiner unendlichen Kraft.

»Nimm die erste ruhig im Liegen, wenn du willst«, sagte der Junge nach einer Weile. »Zum Kennenlernen.«

»Okay, mach ich.«

»Na dann, gute Fahrt.«

Robert wandte sich in Richtung Küste, sah vor sich die traumhafte Bucht, dahinter das dunkle Grün der Berge. Er fragte sich, wann der richtige Moment wohl käme, als er den Jungen auch schon rufen hörte, dass er jetzt paddeln solle, was er könne. Und das tat er, spürte die Kraft unter sich wachsen, die Energie in seinen Körper übergehen, immer schneller. Um ihn herum war nur noch Zischen und Rauschen, und dann stand er plötzlich auf dem Brett. Er stand! Er raste über das Wasser! Er sah die Küste auf sich zukommen, genoss das Kribbeln in allen Gliedern, das Glück einer Freiheit, die ihm keine Wahl ließ, den Stolz, so weit oben zu stehen, die ganze Kraft der Welle in sich. Das war er, Robert Gernold, selbstgemachter Mann im besten Alter, Wellenreiter! Viel zu schnell musste er sich eingestehen, dass er die Kontrolle verlor, ganz einfach nicht mehr weiterwusste, nicht weiterkam, mitten in der tosenden Welle strauchelte. Er stürzte, schlug auf, wurde gleich unter Wasser gezogen, gedrückt, hin und her gewor-fen. Panisch strampelnd begriff er noch, dass er im Liegen hatte fahren sollen, dass er übertrieben hatte, nicht mehr so jung war, sich das zu erlauben, einfach so, beim ersten Mal. Da sah er Gabi vor sich, in einem seiner Hemden an seinem Küchentisch, lächelnd, glücklich, glänzend blau die Augen, verschmitzt das knabenhafte Lächeln, unerreichbar in der Morgensonne, die vom Aluminium der Arbeitsfläche reflektiert wurde, Muster an die Decke zeichnete. Auf den Dächern der Häuser lag Schnee. Erst da ließ sie ihn wieder los, die Welle, und Robert prustete im flachen Wasser angekommen, glücklich, dass es diese Sachen gab, die man nie ganz verlernte, zumindest nicht so schnell. Der Junge jubelte begeistert.

Nach einem guten Dutzend erfolgreicher Fahrten blieb Robert am Strand, um sich aufzuwärmen, zu rauchen, das Meer zu betrachten, das ihn so weit getragen hatte. Wie konnte das sein, dass er dieses Glück schon vor so vielen Jahren gefunden und gleich wieder vergessen hatte? Zeit genug hätte er gehabt. Nicht nur mit Marietta war er immer wieder irgendwohin geflogen, auf irgendeine Insel mit feinem weißem Sand, in irgendeine Stadt mit feinem buntem Kulturprogramm. Kein Wunder, dass er sich gelangweilt hatte, immer wieder froh war, zurück in die Agentur zu dürfen. Die Idee, dass Ferien ein besseres Leben sein konnten, hatte er für eine Werbelüge gehalten. Ein banaler Trick, der sich die latente Unzufriedenheit der Menschen zunutze machte. Wie Vieh wurden sie in Flieger gepfercht, mit billigem Futter abgespeist und ins Irgendwo befördert, wo alles nicht ganz so gut wie erwartet war, nur dass sie das nicht sehen konnten und wollten, weil sie selbst gebucht hatten. Würde man ihnen den Besuch im Schrebergarten ähnlich gut verkaufen, wären sie genauso glücklich. Glücklicher. Das hier aber, dieses unverhoffte Erlebnis, war etwas ganz anderes, das genaue Gegenteil seines ersten großen Urlaubs.

Mit sechzehn waren sie losgetrampt, nachdem Golos Vater seine Mutter beruhigt hatte und sie glauben machte, dass Robert und Golo eine Tante in den Bergen besuchten. Tatsächlich wollten sie den Süden sehen, die Länder, die Menschen, das Meer. Und sie kamen auch gleich ein gutes Stück in die richtige Richtung, blieben dann aber auf einer Raststätte hängen, als der Fahrer des Kühltransporters ihm, Robert, anbot, für die Nacht mit nach hinten in die Koje zu klettern. Erst einige Biere und viele

Worte später war Robert bereit gewesen, überhaupt weiterzureisen. Mit Hilfe eines einheimischen Ehepaars hatten sie es ans Meer geschafft, das sich ihnen mit schaumigem Algenbart präsentierte. Nur der erste Anblick aus der Ferne war die Reise wert gewesen. Aber sie hatten sich zusammengerissen. Schließlich wollten sie die Welt entdecken, zogen also immer weiter, von Campingplatz zu Campingplatz, von Stadt zu Stadt, von Land zu Land, hockten Abend für Abend in Bars und starrten fasziniert die Mädchen und Frauen aus der ganzen Welt an, die sich da versammelten, um richtig Spaß zu haben. Und auch ihnen selbst, den beiden Landeiern auf Entdeckungsreise, war die Welt herzlich gleichgültig, besuchten sie Ruinen und Museen nur, weil man das machte. Eigentlich waren sie zwei junge Männer auf ihrer ersten großen Jagd. Nur interessierte das die Frauen nicht. Dafür spendierten ähnlich erfolglose Männer ihnen Drinks, um ihnen das Spiel zu erklären. Da hatte Robert begriffen, dass man niemals auf Menschen hören durfte, die einem Ratschläge gaben. Denn wer wusste, wo der Hase langlief, würde ihn auch selber fangen. Für vier Wochen Herumreisen war das immerhin eine Erkenntnis.

Zurück zu Hause, hatten sie natürlich niemandem erzählt, dass ihre Reise in der entscheidenden Hinsicht erfolglos gewesen war, dass sie den ganzen Kontinent umsonst umrundet hatten. Offiziell waren sie aufs allerfeinste entjungfert worden. So hatte Robert gelernt, dass man auch solchen Berichten nicht unbedingt Glauben schenken durfte, dass die meisten Menschen einem aber glaubten, wenn man nur gut genug erzählte und dick genug auftrug. Jeder warb für sich selbst, genauso ehrlich und aufrichtig, wie er es sich erlauben konnte. So war das damals gewesen. Heute reiste er einfach irgendwohin, ans Ende der Welt, ohne große Erwartungen, und fand diese Bucht und ihre Welle, diese plötzliche zufriedene Klarheit, die für sich selbst stand, die er gar nicht in Worte hätte fassen können. Er warf die Zigarette weg und sprang zurück ins Meer.

Einmal noch diese Welle. Wenn ihm das gelänge, würde alles gut. Während Michael in der Sonne trocknete, genoss Robert es, ohne jede Angst hinter der Brandung auf dem Brett liegend zu warten. Unter sich unsichtbar die Unterwasserwelt, vor der er sich als Kind immer gefürchtet hatte. Kein Gewässer war ihm geheuer gewesen, dessen Grund er nicht sehen konnte. Unvergessen der Besuch bei einer seiner Tanten, der Ausflug an einen See, das Grausen bei der Berührung von schlingenden Unterwasserpflanzen, die Schmach angesichts der lachenden Erwachsenen, als er schreiend ans Ufer gehetzt kam. Nur seine Mutter war still geblieben, hatte ihn in den Arm genommen und beschützt, ihn wie so oft daran gehindert, selber stark zu sein. Auch da hatte Golo ihm eines Tages geholfen, ihm gezeigt, dass die Angst nur Willensschwäche war, ja, ausgerechnet Golo.

Robert sah die Welle gerade noch rechtzeitig. Seine Welle. Wie von selbst wandte er ihr den Rücken zu und grub Arme und Beine ins Wasser, drängte nach vorne, fühlte sich in die Höhe gehoben, schmeckte das salzige Wasser, hörte das Gurgeln und Rauschen der langsam aufschäumenden Gischt, verlor jedes Zeitgefühl und stand plötzlich wieder gerade, aufrecht, unbeirrt auf seinem Brett und raste schräg zum Strand, kurvte elegant, geschmeidig, die letzten Meter geradeaus genau aufs Ufer zu. Langsam und lustvoll versank er im seichten Gewässer.

»Respekt«, sagte der Junge, und Robert grinste glücklich.

»Hier müsste man leben«, sagte er und setzte sich neben ihn.

»Schon vergeben«, sagte der.

»Vergeben?«

»Die Bucht gehört einem Kumpel. Die Hütte ist da oben.«

Der Junge zeigte irgendwo ins Grün des steil ansteigenden Hanges.

»Wenn du willst, schauen wir mal vorbei.«

»Warum nicht?«

»Ist aber ein Freak.«

»Wäre nicht der erste, dem ich hier begegne.«

»Du musst ihn einfach reden lassen. Meistens hat er recht.«

Also blieben sie nur so lange in der Sonne sitzen, bis sie getrocknet waren, packten dann ihre Sachen zusammen, schwangen sich aufs Moped und knatterten die Serpentinen hoch bis zu einer Abzweigung. Der Weg schlängelte sich noch steiler als die Straße durchs immer dichtere Gestrüpp. Schon bald drang kaum noch Licht zu ihnen durch, als wären sie unterwegs ins Herz der Finsternis. Immer wieder musste Robert den Kopf einziehen, um nicht von den herabhängenden Ästen getroffen zu werden. Am Ende aber erwartete sie gleißendes Licht.

Der Freak, der sie unter dem aus Blättern gebauten Vordach seiner Holzhütte erwartete, hatte seinen Namen verdient. Er war nackt, vom Kopf bis zu den Füßen tätowiert und nahm den Jungen in den Arm wie einen guten Bekannten. Robert betrachtete er skeptisch.

»Hey, Paul«, grüßte der Junge. »Das ist Robert. Ein Freund.«

»Ich hoffe, keiner von den Sinnsuchenden.«

»Wenn du gesehen hättest, wie er die Welle genommen hat.«

Der Freak musterte ihn noch einmal, schien dann aber zu einer Entscheidung zu kommen und drückte auch Robert an seine zähe Brust.

»Willkommen im Paradies, Bruder. Ihr müsst Hunger haben.«

Er ließ Robert wieder frei und die beiden alleine unter dem Vordach, um kurz darauf zurückzukommen aus dem Dunkel der Hütte. In den Händen ein Tablett mit Wasserkaraffe und Obst. So jemand besaß also den schönsten Fleck Erde, den Robert bislang gesehen hatte. Vielleicht machte er doch etwas falsch im Leben. Was genau dieser Paul richtig gemacht hatte, war aber nicht herauszufinden, abgesehen davon, dass er seinen eigenen Worten nach nicht rauchte, nicht trank und auch auf Fleisch und Strom verzichtete.

»Darin liegt ja schon der Kern der Sache«, sagte er, ihnen auf einer geflochtenen Matte gegenübersitzend. »Man redet von Verzicht, wo Überfluss ist. Wer käme denn überhaupt auf die Idee, Fleisch zu essen und Schnaps zu saufen, wenn es Fleisch und Schnaps gar nicht gäbe? Je länger die Menschheit existiert, desto mehr Zeug wird einfach angehäuft, auf das man dann verzichten muss, dabei muss man es einfach positiv sehen.«

»Sag ich auch immer«, sagte Robert.

»Das kann ich mir denken, aber du musst hier nicht auf Konversation machen. Die Sache ist nämlich die: Wenn du positiv sagst, dann meinst du die Abwesenheit von negativ, das geht gar nicht anders. Weil bei euch alles Positive die Abwesenheit des Negativen ist. Das ist religiös vorgebildet. Religion schafft nicht Abhilfe, sondern sie schafft den Mangel. Sie erzeugt das Bedürfnis, das nur sie selbst befriedigen kann. Glaube ist also immer die Abwesenheit von Nicht-Glauben, nur was ist Nicht-Glauben überhaupt? Und Haben ist die Abwesenheit von Nicht-Haben, nur was ist dieses Nicht-Haben? Mit all den Glücksversprechen haben es ein paar Propheten geschafft, die Leute aus ihrer Heimat zu vertreiben, um ihnen dann im Exil wieder Fahrkarten nach Hause verkaufen zu können. Nur ist das Haus längst abgebrannt. Die einzige Möglichkeit ist, sich eine neue Hütte zu bauen. Wollt ihr noch Obst?«

»Danke«, sagte Robert, der selbst verwundert war darüber, wie gespannt er dem Tätowierten zuhörte.

»Weißt du, Bruder, ich war lange unterwegs an den Wallfahrtsorten unserer Zeit. In Bussen werden die Pilger rangekarrt, um die Orakel des Südens anzubeten. Die einen laufen wie bekloppt um einen großen schwarzen Stein, die anderen kriechen vor einer Statue im Dreck, wieder andere lassen sich in klimatisierten Tempeln an irgendwelchen Ölmatschereien auf Leinwand vorbeiquetschen und wieder andere wälzen sich schwitzend im Sand. Immer auf der Suche nach dem Verlorenen, immer mit der Hoffnung, einen Mangel zu beheben, der sich so gar nicht beheben lässt. So wie du, der hier mit seinem Abenteurerhemd und Dreitagebart glücklich grinst, um dann wieder zurück an den Schreibtisch zu hetzen, dem Mammon hinterherzujagen, um dich zu befreien, dir eine größere Wohnung, eine schönere Frau zu leisten. Sei nicht beleidigt, Bruder. Du bist nicht allein. Du musst einfach Geduld haben. Das hier ist nur der Anfang.«

»Geht schon in Ordnung«, sagte Robert. »Aber was unterscheidet dich von den anderen?«

»Was mich unterscheidet?«

»Ja.«

»Nichts«, sagte Paul und sah ihm starr in die Augen. »Nichts unterscheidet mich, weil ich nichts mit ihnen gemeinsam habe. Ich habe das System verlassen, und wenn du so weit bist, wenn du die Welle wirklich gefühlt hast, dann kannst auch du den Ausgang finden, Bruder. So wie Michael, der auch noch etwas Zeit braucht.«

»Mir geht's bestens, Paul.«

»Mit deinen versoffenen Eltern in ihrer Sexkommune. Das kann ich mir vorstellen.«

»Was hab ich denn damit zu tun?«

»Mehr, als du denkst, mein Freund. Mehr, als du denkst. Du musst ganz vorne anfangen, um zu dir zu finden. Schau dir meine

Haut an, sieh, was ich alles hinter mir gelassen habe, wie viel ich war, ehe ich nichts wurde! Deine Eltern werden bei allem Hippiegetue stolz sein, wenn aus dir etwas wird, und genau das wird dich töten, dass du immer auf der Jagd sein wirst nach diesem Etwas, das dich vom Nichts trennt.«

»Ich finde, du übertreibst mal wieder«, sagte der Junge grinsend, und auch im Gesicht des Predigers zeigte sich ein Lächeln.

»Du sagst es, mein Freund. Wir sollten einen bauen.«

»Du kiffst?«, fragte Robert ehrlich verwirrt.

»Wer frei von Schuld ist, der baue den ersten Joint«, grinste der Tätowierte zurück und griff eine Handvoll Gras aus einem gigantischen Jutesack.

Erst als die Tüte dann ihre ersten Runden drehte, hatte Robert sich einigermaßen erholt von diesem verwirrenden Stimmungswechsel.

»Ich hätte dir fast geglaubt«, sagte er schließlich.

»Klar«, sagte Paul. »Wir wollen alle glauben, an eine Sache, nicht an viele Sachen. Dabei ist genau das der Witz, dass man an alles glauben kann. Da gibt es kein Reinheitsgebot. Ich kann das, weil ich alles hinter mir gelassen habe. Eben war ich Vegetarier, und gleich fresse ich ein rohes Steak. So einfach ist das, verstehst du? Eben war ich Jungfrau, und gleich nehme ich mir eine Jungfrau. Glaubst du mir immer noch? Hast du Lust? Willst du sehen, was es heißt, ein freier Mensch zu sein? Wollen wir in die Stadt, Brüder? Es richtig krachen lassen, um morgen wieder zu Mönchen zu werden?«

Da er anscheinend wirklich auf eine Antwort wartete, sah Robert fragend in Richtung des Jungen, der ihm jetzt so souverän zuzwinkerte, dass er sich unbeholfen wie ein Kind fühlte. All das war verwirrend.

»Von mir aus«, sagte Robert und dachte mit Heimweh an seine Welle.

20.

ALLES SCHAUKELTE. ALLES. AUCH in ihm schaukelte alles. Er selbst war es, der schaukelte. Er war das Meer. Er, Robert Gernold, war der Ozean, war eins geworden mit seiner Welle und hatte sich weiter ausgedehnt, sich verbunden mit dem Ganzen, dem Großen, dem Absoluten, hatte endlich die ihm entsprechende Form gefunden. So konnte er einfach sein. Er war überall, war Wasser, konnte mühelos in jede Lücke, in jede Form sich gießen, sein, wie es gerade passte, weil er selbst Wasser war und schaukelte, nicht festgelegt, sondern lebendig. Eis war fest, und Eis war tot. Wasser war warm, war Leben. Er war das Leben. Endlich.

»Passt auf«, hörte er es aus der Ferne gurgeln.

»Was habt ihr denn mit dem angestellt?«

»Hat Paul wieder zugeschlagen?«

»Ist doch egal. Hier lang. Ins Zimmer des Ostens.«

Robert freute sich, dass er auch in flüssiger Form noch hören konnte, und lauschte glücklich schaukelnd dem Gespräch, das durch ihn hindurchschwamm wie Fische durchs Meer. Er war die Heimat der Stimmen.

»Du bist unmöglich, My Lai«, hörte er eine Frauenstimme sagen.

»Kann ich doch nicht ahnen, dass der so abgeht.«

»Du hast doch Heiligabend gesehen, was in dem steckt. Wo ist er denn jetzt unterwegs?«

»Der Meer-Film.«

»Nur Kiff oder noch mehr?«

»Er hat gesoffen wie ein Blöder. Unglaublich. Vielleicht hat Paul auch ein paar Pilze in den Tee getan.«

»Paul ist echt ein Arschloch. Dafür reist doch keiner ans Ende der Welt.«

»Paul meint, doch.«

»Paul ist ein Zyniker. Ich bin sicher, dass er im Krieg war. Ein Fremdenlegionär. Das sind die Schlimmsten.«

»Ist ja auch egal. Komm, pack mal an.«

Das Schaukeln wurde stärker. Ein Sturm kam auf und brachte ihn in Wallung, formte ihn zu Wellen von tödlicher Gewalt, die sich schon weit draußen brachen, zerschlugen, was sich ihnen in den Weg stellte. Der Sturm legte sich wieder und auch die Stimmen verstummten. Das Meer lag im Dunkeln. Ruhig und voller Kraft. Schwarz.

Robert fiel ins Wasser, glitt immer tiefer ins Meer, das er selbst war. Er fühlte, wie er in sich selbst ertrank, auch wenn er ahnte, dass es ein Traum war, dass er auf dem Weg war zurück zu sich selbst. Er erahnte sich, war aber erschreckend unerreichbar. Dieser Schrecken war es, der ihm ein Gefühl von Nachhausekommen gab, das er nur langsam ergründete. Immer wieder merkte er, wie er wegdriftete, nur mit Mühe zurückkehrte, sich langsam erinnerte an seine Kindheit, die Wochen, die er fiebrig im Bett gelegen und nichts mehr begriffen hatte, da die grundsätzlichen Dinge nicht mehr stimmten. Der Raum war unendlich und beengte ihn. Die Zeit war beliebig. Die Menschen, die um ihn herum auftauchten, rührten nichts in ihm. Damals, als schwerkranker Grundschüler in seinem Kinderbett, war er nicht das Meer gewesen, sondern das All. Wo auch immer er diese Vorstellung herhatte, sie war wirklich, sie hatte ihn jahrelang verfolgt, bis er sie ganz verloren hatte. Und jetzt fand er sie wieder in Form des Meeres und schaffte es nach und nach, auch sich selbst wieder zusammenzusetzen, sich anzufassen, zu begreifen, dass er ganz einfach er war und sich diesmal so schlimm wie nie zuvor blamiert hatte.

»O mein Gott, nein«, krächzte er mit ausgedörrter Kehle. »Bitte!«

Aber er wusste längst, dass alles Bitten sinnlos war. So weit hätte er nicht gehen dürfen. Nicht einmal am hintersten Ende der Welt. Niemals. Und das alles wider Willen, da er sich doch gerade am Ziel gewähnt hatte, im Meer, auf seiner Welle, diesem Paul geglaubt hatte, dass man loslassen musste, um zu sich selbst zu finden. Und dann das. Er entdeckte ein Glas Wasser auf einem ihm unbekannten Nachttisch, trank einen Schluck und fühlte, dass er wieder einschlafen würde.

»Nein, tu es nicht!«, hörte er sich dann selbst schreien, weil er sich gesehen hatte, im Schlaf.

Schweißüberströmt lag er immer noch in diesem fremden Bett, griff wieder nach dem Wasserglas. Er hatte sich gesehen, auf der Bühne. Sie hatten, immer weiter kiffend, noch den Sonnenuntergang abgewartet in dieser schönsten Bucht der Welt. Und dieser Paul hatte weitergeschwätzt, ja, gar nicht mehr so klug geredet, darüber, wie er es geschafft hatte, über den Dingen und außerhalb der Menschen zu stehen. Doch natürlich konnte Robert nicht mehr zurück in die Pension. Er fühlte sich verpflichtet und war letzten Endes vielleicht doch gespannt auf das, was sie ihm zeigen wollten. Die letzten Strahlen der glühend ins Meer tauchenden Sonne hatten sie schweigend betrachtet und waren gleich darauf aufgebrochen, Paul plötzlich ganz gepflegt in weißem Leinenanzug. So waren sie zurückgefahren, den steilen Weg hoch auf die kleine Straße, durch die Berge und in Richtung Dorf und vorbei an der Pension, in der er so gerne geblieben wäre, wo er doch einfach hätte bleiben sollen, stark genug, sich durchzusetzen. Stattdessen waren sie die Uferstraße entlanggefahren, vorbei an den Parkplätzen und der Strandbar, bis die vereinzelten Neonlichter der Nachtbars auftauchten und Robert gemeint hatte, sich zusammenreißen zu müssen, um auch hier mitzunehmen, was man ihm bot.

Wenige Minuten später standen sie in einer der Bars inmitten von übergewichtigen Landsmännern in pastellfarbenen Hemden, an deren Seite die einheimischen Frauen wie seltsam dunkle Elfen wirkten. Paul war schon nach dem ersten Drink mit einer der Einheimischen verschwunden, und Robert staunte wirklich, wie souverän der Junge in diesem Rahmen zu zwinkern verstand. Seine Erfahrungen mit käuflicher Liebe beschränkten sich auch nach fünfunddreißig Jahren auf eine Übernachtung während ihrer großen Reise um den Kontinent. Sie waren zu spät angekommen in irgendeiner Stadt und hatten ein Zimmer in der erstbesten Pension genommen. Am Morgen wollten sie ohnehin gleich weiter. Den nächsten Tag erlebten sie dann aber zerschlagen wie selten, weil das Nachbarzimmer hinter einer dünnen Pappwand stundenweise genutzt wurde. Das war ihr akustischer Crashkurs in Sachen Liebe. Erst hatten sie es mit Humor genommen, dann die Polizei rufen wollen, schließlich hatten sie einfach geraucht, weniger frustriert als deprimiert. Schockiert. Und jetzt dieser Junge, der getan hatte, als sei es das Normalste der Welt, dass man aus dieser Bar einfach mal kurz verschwand, der schon wieder gesagt hatte, dass das hier fast allen so ging, am Anfang.

Robert aber hatte nichts davon wissen wollen und einfach getrunken, später leicht amüsiert den Männern zugesehen und zugehört, die auf die Bühne kletterten, um neben den nackten Tänzerinnen zu Begleitmusik vom Band zu singen. Paul war zurückgekommen, der Junge daraufhin verschwunden, sie hatten weiter geraucht und getrunken, immer weiter darüber geredet, wie man loslassen konnte, um ein freier Mensch zu werden. Wie kam er dazu, so einem Menschen überhaupt zuzuhören, fragte Robert sich jetzt, mit trockener Kehle und schmerzender Lunge in diesem abgedunkelten Raum. Als der Junge zurückgekommen war, hatten sie die nächste Runde geraucht und getrunken, immer weiter, bis Robert sich überhaupt nicht mehr unwohl fühlte, sich bestens darüber amüsieren konnte, wie ein alter Sack auf der Bühne mit zwei Mädchen zugange war und dazu einen Schlager sang. Der Laden grölte. Es war ein Rausch.

Und dann, dann hörte er auch in der Stille des Zimmers wie aus weiter Ferne sein Lied, riss die Augen auf, um sich irgendwie abzulenken, die Erinnerung nicht zuzulassen.

Nur hier kann ich glücklich sein …

Hastig stand er auf, um die Jalousien hochzureißen. Wie hatte er sich das antun können? Warum spazierte er nicht mit Gabi durch seine verschneite Stadt? Durch das Fenster sah er grüne Hügel, weit in Richtung Horizont das Meer, und er hörte sich singen. Nackt auf dieser Bühne. Und plötzlich zitterten nicht nur seine Hände. Als hätte sich eine Schleuse geöffnet, ergoss sich ein Schaudern aus seinem tonnenschweren Kopf in den ganzen Körper, schlackerten die Arme, verloren die Knie jeden Halt, so dass er sich einem ungekannten Schüttelfrost ausgeliefert an der Fensterbank festhalten musste, vor seinen Augen die lieblichste Landschaft. Er war am Ende, und das, nachdem er doch gerade noch seine Welle des Glücks gefunden hatte. Er musste sich setzen, die wenigen Schritte zum Bett hin schaffen. Er ließ die Jalousie wieder vor das Fenster gleiten, ging im Dunkeln in die Knie, krabbelte auf den eiskalten Fliesen durch den Raum, verlor aber auch so zu schnell den Halt, die letzte Kraft, ergab sich endlich ganz der Schwäche. Gelähmt lag er da, zum allerersten Mal in seinem Leben bereit, den Tod zu akzeptieren, für immer im Nichts zu verschwinden. Mehr, das war ihm klar, mehr hatte er nicht verdient.

»Atmen!«, hörte er ganz nah eine Frauenstimme. »Tief einatmen. Alles wird gut.«

»Was hat er denn?«, fragte ein Mann, etwas weiter entfernt.

»Mal wieder ein Opfer des Einsiedlers.«

»Paul?«

»Wer sonst?«, seufzte die Frau, und Robert spürte eine kühlende Hand auf seiner Stirn und meinte zu verbrennen.

»Ich bring mal einen Aufguss«, hörte er den Mann sagen.

»Robert?«, fragte die Frau, während der Mann sich offenbar entfernte. »Hörst du mich? Komm zu mir. Du bist in Sicherheit. Atme tief und langsam ein, ja, genau so, und noch einmal, tief einatmen, und jetzt loslassen, ja, seufzen ist gut. Komm, noch einmal, tief einatmen, und jetzt versuch einen Ton, ja, so ist gut.«

Mit jedem Atemzug wurde er ruhiger, und auch die Temperatur normalisierte sich, schwankte nicht mehr hin und her zwischen heiß und kalt, während die Hand weiter über seine Stirn strich. Dann näherten sich wieder Schritte.

»Er ist vollkommen verschlackt«, sagte sie. »Es ist immer dasselbe. Erst Burn-out, dann Sonnenbrand. Sie kommen, um sich zu entspannen, und drehen stattdessen total durch. Typisch Sensibler auf Abwegen, der den Süden unterschätzt. Erfolgreicher Städter, der vom Land kommt und dem Tempo fern der Weiden nicht gewachsen ist. Ohne Ausgleich brennen die durch, meistens irgendwelche Frauengeschichten. Wir müssen ihn neu fokussieren, weg von Sex und Liebe, das bekommt ihm nicht.«

»Neben dir wirkt Freud wie ein Student der Küchenpsychologie.«

»Hörst du mich, Robert? Hier, wir haben dir einen Aufguss gemacht. Komm, trink einen Schluck, das wird dir guttun.«

Noch traute er sich nicht, die Augen zu öffnen, hatte er das Gefühl, so lange anonym zu sein, wie er nicht sah, in wessen Hände er geraten war, auch wenn es wohltuende Hände waren. Also öffnete er erst einmal die Lippen, fühlte die warme Tasse, dann auch die bittere Flüssigkeit und schluckte.

»So ist gut. Und jetzt wieder atmen, tief einatmen, tief in den Bauch. Alles löst sich langsam, Robert, alles löst sich.«

»Alles löst sich«, seufzte er.

»Ja, siehst du. Alles löst sich. Tief einatmen.«

»Schaffst du das alleine?«, fragte der Mann.

»Ich spüre schon wieder ganz viel Harmonie«, sagte die Frau. »Bring mir gleich noch die spontanen Öle, bitte. Hörst du, Robert? Da ist viel Harmonie in dir. Du musst dir keine Sorgen machen. Wir kriegen dich schon wieder hin.«

»Ja, alles löst sich«, seufzte Robert, versuchte, den Schrecken zu vergessen und sich ganz auf die Hände zu konzentrieren, die jetzt seine Brust massierten, seitlich an seinen steifen Hals fassten und sanft den Kopf anhoben.

»Willst du die Augen geschlossen lassen, Robert? Ja? Das ist in Ordnung. Du musst dich nur kurz auf die Seite rollen lassen, ja, so ist gut, und jetzt wieder zurück auf die Matte. Fühlst du das? Angenehmer als die kalten Fliesen, oder? Und immer tief einatmen, und alles löst sich, alles löst sich. Und jetzt noch einen Schluck trinken.«

So ging es immer weiter, und er fühlte eine ganz eigenartige Zufriedenheit in sich, obwohl er sich noch immer erinnerte an das, was geschehen war. Als sei das alles unerheblich. Er wollte die Augen nie wieder öffnen, für immer von diesen Händen berührt werden, diese Stimme hören, die ihm bekannt vorkam, vertraut, auch wenn er nicht wusste, woher, es auch nicht wissen wollte. Weil alles gut war.

Eine ölige Wärme glitt auf seine nackte Haut, und wieder seufzte er, spürte die Hände über seine Muskeln gleiten. Noch nie hatte sein Körper sich so wohl gefühlt, noch nie war er so nackt gewesen und zugleich so unschuldig. Ja, er war unschuldig, er hatte es vielleicht doch verdient zu leben. Er musste sich nur lossagen, von allem.

So wie die grenzenlose Verwirrung seines Fiebertraums meinte er auch diese Geborgenheit zu kennen. Er erinnerte sich an das Gefühl, ohne dazugehörige Bilder oder Worte zu finden, als wären sein Körper und mit ihm alles Gefühlte entkoppelt von seinen Gedanken. Er gab sich hin, ohne Sinn und ohne Zweck.

»Mit dem Öl könnte man eine Straße teeren«, hörte er die Frauenstimme sagen.

»Eine Straße?«

»Das ist die Schlacke, die dich nach unten gezogen hat«, erklärte sie ruhig. »Das Öl zieht sie durch deine Poren aus dir heraus.«

»Und?«

»Und was?«

»Bin ich sehr schmutzig?«

»Du hast nicht wirklich auf dich geachtet, Robert, aber du hast rechtzeitig zu uns gefunden. Viele kommen erst, wenn es zu spät ist.«

»Da hab ich wohl Glück gehabt.«

»Du kannst dich bei Vroni bedanken.«

»Bei Vroni.«

»Die hat dich gefunden, hinter der Bühne, und immer weiter tief einatmen, ganz tief einatmen, und auch das wird sich lösen. Spürst du, wie es sich löst? Du musst jetzt nur noch an dich selbst denken. Nur du selbst bist von Bedeutung. Nur du selbst.«

»Ja«, sagte er und spürte mit Schrecken, wie er sich wieder verspannte, sah sich auf der Bühne, dann Gabi in seiner Küche, versuchte verzweifelt, dagegen anzuatmen.

»Ganz ruhig, Robert, ganz ruhig.«

Und dann öffnete er die Augen, sah das Flackern der Kerzen und neben sich in weißem Tuch die Frau, die er schon Weihnachten am Strand getroffen hatte, die Mutter des Jungen, wenn er sich richtig erinnerte.

»Soraya?«

»Fast«, lächelte sie. »Ich bin Grit, erinnerst du dich? Die mit dem Weihnachtsbaum, aber jetzt atme weiter und mach dir keine Sorgen. Du bist bei uns im Zentrum. Hier unten gelten andere Gesetze. Daran ändert auch ein Weihnachtsbaum nichts.«

»Ich dachte, es wäre gut für den Frieden, ihn zu opfern.«

»Mach dir keine Sorgen, Robert. Hier wurden schon ganz andere Dinge verbrannt.«

»Trotzdem«, murmelte er schon wieder schläfrig. »War keine so gute Idee.«

»Entspann dich und frag nicht, was du falsch gemacht hast. Der Weg in die Zukunft führt nur durch die Gegenwart, sagt der Meister. Genieße das Hier und Jetzt, verabschiede dich von deinen Taten und sei nur das, was du bist. Sei wie ein Stein, der in der Sonne liegt. Auch er kennt keine Geschichte. Er ist bei sich selbst zu Hause. Und immer tief einatmen. Tief einatmen.«

Also atmete er tief und versuchte, ein Stein zu sein, und

hoffte, dass sie auch weiterhin nur seine inneren Organe entschlacken würde. In dieser Hinsicht hatte er genug erlebt. Die letzten Tage des Jahres wollte er wirklich entspannen. Das hatte er sich verdient.

21.

DIE STADT WAR WIEDER frei von Schnee. Schon bei seiner Rückkehr vor zwei Wochen hatte Robert vom Flugzeug aus gesehen, dass auch in den Außenbezirken nichts mehr an die vorweihnachtliche Unschuld erinnerte. Das alles war vorbei. Anstelle des Schnees war eine eisige Kälte getreten, die nicht den Anschein erweckte, als wollte sie nachlassen. Ihm gefiel das.

Seit er zurück war, lief Robert täglich am Fluss entlang, brachte sich gut verpackt in Form für das neue Jahr, das ein großes werden sollte. Er wollte wieder wachsen, wollte mehr, das hatte er für sich beschlossen, alleine am Strand, nachdem sie ihn tagelang mit Ölen begossen und mit Aufgüssen durchspült hatten. Er war nur deshalb auf komische Gedanken gekommen, weil er sich zufriedengegeben hatte mit dem Erreichten. So unglaublich das auch war, der ganze esoterische Humbug, dieses Schamanentum seiner eigenwilligen Landsleute am Ende der Welt hatte gewirkt, sie hatten ihn wieder zu sich gebracht. Die lauwarmen Öle hatten seine Maschine geschmiert, und ausgerechnet das niemals endende Gelaber von wegen tödlichem Leistungsdruck und falschen Zielen hatte ihm gezeigt, was er wirklich wollte. Er hatte akzeptiert, dass er einer von den Machern war, ein Mensch, der hin und wieder eine Auszeit brauchte, sich ein paar Tage verwöhnen lassen musste, um dann wieder voll durchzustarten. Die Höhe der Abbuchungen von seinem Konto ließ keinen Zweifel daran, dass auch seine Retter im Süden davon ausgingen, dass er ihre Ratschläge nicht allzu ernst nahm, sondern weiterhin gut genug verdiente, um schließlich wieder bei ihnen zu landen. Das Ganze war ein Spiel, bei dem es nur Gewinner gab, vorausgesetzt, man hinterfragte es nicht.

Bernd Bachmann hatte von alldem nichts verstanden, so mickrig und stillos lag die Rechnung des Computerfachmanns auf Roberts Schreibtisch, daneben eine Karte mit besten Grüßen und Wünschen für die Zukunft. Er würde ihm das Doppelte überweisen lassen, weil er ihm letztlich dankbar sein musste. Auch Bernd Bachmann hatte seinen Teil dazu beigetragen, dass er jetzt genau wusste, was er wollte. Endlich würde er sein falsches Selbst, den unsicheren Robert Gernold, der fast von seinen Gefühlen in den Abgrund getrieben worden war, endgültig hinter sich lassen.

Insgesamt hatte ihn diese unnütze Liebesgeschichte gut einen Monat gekostet, vier Wochen, in denen die Geschäfte trotz allem so weitergelaufen waren, wie man das zum Jahresende erwarten konnte. Vier Wochen, in denen er erfolgreich sein Jubiläum gefeiert hatte, an deren Ende ihm ein weiterer Schritt nach vorne gelungen war. Auch Kaffee und Zigaretten gehörten jetzt endgültig der Vergangenheit an. Die Erinnerungen weckten keinerlei Verlangen in ihm. Wie ein Stein würde er sich von nun an selbst genügen, was ihn nicht davon abhalten sollte, erfolgreich zu sein. Ganz im Gegenteil. Er hatte begriffen, dass er nicht gemacht war für Gefühle, Erinnerungen und all die anderen unkalkulierbaren Risiken, die ihn davon abhielten, glücklich zu sein. Möglich, dass er so gewisse Dinge verpasste, dass sein Leben verlor, was man gemeinhin als Tiefe oder Sinn bezeichnete. Entscheidend war, dass er sich selbst in Sicherheit brachte. Er hatte schließlich nur das eine Leben.

Robert stieg die Treppe hinunter, grüßte freundlich distanziert die Angestellten und fand schließlich in die Küche, wo er sich selbst seinen Aufguss zubereitete. Das Jutesäckchen mit den zerstoßenen Blättern trug er bei sich. Er bewahrte es in seinem Schreibtisch auf, um den kostbaren Inhalt vor allzu neugierigen Fingern zu schützen. Als das Rauschen des Wassers im Kocher zu fröhlichem Blubbern wurde, schloss er die Tür zum Arbeitsraum. Drei Löffel des Pulvers füllte er in die gläserne Kanne, hob diese, wie zum Ende seiner Kur hin erlernt, an seine Stirn und von da aus in die vier Himmelsrichtungen. So klärte sich der Geist, so löste sich alles. Die Prozedur wiederholte er, nachdem er das Wasser über das Pulver gegossen hatte, nur dass er jetzt seine Ziele fokussierte, sich von seinem Aufguss Erfolg wünschte, so wie er im Zentrum für Reinigung hatte beten sollen. Das Prinzip war dasselbe, hatte er gelernt. Es ging lediglich darum, den Geist richtig einzustellen, um optimale Ergebnisse zu erzielen. Die Wirkung, soviel wusste er schon jetzt, war beeindruckend. Wie ein Adler sah er sich selbst und seine Agentur von oben, erkannte, wer effektiv arbeitete, wen und was er unbedingt halten musste und wer und was überflüssig, wenn nicht sogar störend war.

Gleich nach seiner Rückkehr hatte er Susana als Fehlgriff enttarnt. Nach nur einer Woche war die Sekretärin freigestellt, weitere drei Tage hatte er gebraucht, um eine passende Nachfolgerin zu finden. Susana war ihm zu nah gekommen. Wo er jetzt hinwollte, waren solche zwischenmenschlichen Verwerfungen innerhalb des Unternehmens nur schädlich. Die Zeiten des kuscheligen Miteinanders waren vorbei. Auch Tina hatte gehen müssen. Nur wer sich trennen konnte, kam weiter im Leben. Nur was starb, konnte wiedergeboren werden. Wer zu stark am ersten Entwurf hing, zu verliebt in Intuition und Zufall war, würde immer am Boden bleiben. In wenigen Stunden würde sich zeigen, ob sein neuer Ansatz auch im Einsatz funktionierte.

Der Eierfabrikant erwartete sie am Nachmittag zur ersten Präsentation ihrer Markenstrategie. Zusätzlich zu Heike, die mit ihm die ersten Entwürfe entwickelt hatte, ließ Robert zwei der jüngeren und hübscheren Designerinnen in kurzem Rock antreten. Viel zu oft vergaß man, dass solche Mitarbeiterinnen mit zur Dienstleistung gehörten, präsentierte man sich doch in Unternehmen, in denen mit Ausnahme der Chefsekretärin und der Putzfrau oft gar keine weiblichen Wesen arbeiteten. Bestens ausgerüstet machten sie sich also auf den Weg durch die Stadt und raus auf die grüne Wiese.

Sie waren genau die drei Minuten früher als bestellt am Empfang, die Kunden von Kreativen erwarteten. Die Zeiten, in denen man in der Branche mit Künstlergehabe Eindruck machen konnte, waren lange vorbei. Heute zählte die Leistung. Das Gebäude der Geschäftsführung war kühl und nichtssagend, ohne jede Eleganz. Deutlich kam zum Ausdruck, dass man nur ans Geld dachte. Ein Fehler, wenn man langfristig Erfolg haben wollte. Ein paar Pflanzen, moderne Kunst, Designersessel, Fotos der Geschäftsführer auf Wohltätigkeitsveranstaltungen oder mit geschätzten Prominenten. All das kostete fast nichts, schaffte aber Vertrauen. Doch selbst ohne diese Veränderungen war nicht zu übersehen, dass man hier mit Eiern viel Geld verdiente.

Kurz darauf erschien irgendein unbedeutender Unterscherge des Leiters der Unternehmenskommunikation im Foyer. So meinten sie vorab noch einmal die Machtverhältnisse der folgenden Begegnung klarstellen zu müssen. Eine falsche Geste der Stärke, die zeigte, wie unsicher man hier wirklich war. Tief in sich. Letztlich waren das aber nur Rituale, die es hinzunehmen galt, wenn man in ihrem Urwald mittrommeln wollte. Man musste sie nur durchschauen.

Robert merkte schon im Aufzug, dass seine Mädchen Eindruck machten. Der von schwerer Akne gezeichnete Assistent schaute fast ein wenig überfordert aus seinem schlechtsitzenden Anzug von der Stange. Ja, wenn man wusste, was man selbst wollte, war es ein Leichtes, die Bedürfnisse der anderen zu durchschauen. Deshalb überraschte es ihn auch nicht, dass sie, im Konferenzraum angekommen, noch einmal warten mussten auf den dynamischen Auftritt des Entscheiders, der doch auch wieder nur ein tiefhängendes Glied in einer langen Entscheidungskette war. Umso mehr musste er diese Auftritte genießen, bei denen er es war, der bestimmte, wo es langging. Die gute Laune des Leiters der Unternehmenskommunikation war also ehrlich, auch wenn es natürlich Unsinn war, dass man ihn aufgehalten hatte. Mit seinem Nadelstreifenanzug, schlichter Krawatte und Markenbrille zu Soldatenfrisur war er genauso, wie Robert ihn sich vorgestellt hatte. Ein Junggeselle, der Magazine las und meinte, verstanden zu haben. So täuschten sich die Menschen glücklich.

Nach den üblichen Floskeln und technischen Problemen beim Anschluss des Laptops konnten sie dann endlich loslegen. Konnte er endlich loslegen. Robert ließ Heike die Präsentation starten:

Ein Ei ist ein Ei ist ein Ei.

So leuchtete es blassgrau von der Leinwand, unter dem schlicht gesetzten Satz ein Korb weißer Eier.

Das Bild wechselte. Es folgte eine Videosequenz: Chruschtschow, der vor den Vereinten Nationen seinen Schuh auf den Tisch schlug.

»Njet!«, schrie der Herr in Schwarzweiß in eine riesige Sprechblase. »Njet! Njet! Njet!«

Robert wartete noch einen Moment, um die Verwirrung zu genießen. Natürlich war das nicht die beste Idee aller Zeiten, aber vorerst ging es nur darum, überhaupt für Aufmerksamkeit zu sorgen. Schließlich gab er das Zeichen fortzufahren.

It's a Landei!

Der Schriftzug erstrahlte in glänzend bunten Lettern über einigen mittels Zweireiher, Irokesenschnitt, Spritzbesteck, Pistole, Sonnenbrille, Zigarre, Lederjacke, Pelzstola, Perlenkette und weiterer Requisiten als großstädtisches Personal verkleideten Eiern. Es war eine reine Freude zu sehen, wie seine Zuschauer nach einem Ausdruck suchten, hinter dem sie ihre Verwirrung verbergen konnten. Für diese Momente liebte er seinen Beruf. Wenn man ihn, der alles verstand, für schwachsinnig hielt, bis er sich erklärte.

Begeistert skizzierte er den staunenden Zuhörern, wie sie vorgehen würden, um den bislang gesichtslosen Eiern den emotionalen Mehrwert zu verpassen, der den Konsumenten intuitiv zugreifen lassen würde. Er zeigte ihnen Entwürfe der bunten Logos und Broschüren, mit denen sie bald weithin bekannt wären. Den zu erwartenden Erfolg belegte er mit Statistiken, Diagrammen, Kurven, bunten Bildern und Entwürfen, die das Gefühl vermittelten, dass man es schon jetzt weit geschafft hatte. Der Rest war sozusagen nur noch eine Frage der Abstimmung. Robert war charmant bestimmend und schüttete seine Zuhörer regelrecht zu mit Informationen, echten und falschen, setzte alles daran, auf einer emotionalen Ebene zu überzeugen. Er ließ seine Zuhörer tief einatmen, auch wenn er das so nicht explizit formulierte.

»Sie können das sein, was Sie sein wollen«, erklärte Robert. »Dieses Gefühl müssen Sie auch Ihren Kunden geben.«

Zu diesen Worten wechselte die Präsentation zum letzten Bild. Ein Ei in Frack, das sich auf der Bühne der großen Oper verbeugte.

»Lassen Sie's krachen!«, schloss Robert augenzwinkernd.

Entscheider und Assistent schwiegen erst einmal, räusperten sich, nippten an ihren Wassergläsern und gaben vor, in ihren Notizen zu lesen. Dann blickte der Vorgesetzte lächelnd auf.

»Erst einmal vielen Dank, meine Damen und Herren. Da haben Sie sich ja richtig reingehängt. Deshalb möchte ich auch nicht lange drum herumreden: Ihr Ansatz gefällt mir, auch wenn es ganz so natürlich nicht geht«, lächelte er. »Sie sind mutig, aber Sie können sich denken, dass derart wichtige Entscheidungen in einem Unternehmen wie unserem niemand alleine treffen kann. Ich werde das besprechen.«

»Tun Sie das«, sagte Robert noch immer euphorisch. »Wir können jederzeit loslegen.«

Am Ende würden sie den Auftrag bekommen. Die Eiermacher würden zusagen aus reiner Angst davor, etwas zu verpassen. Auch wenn er mit seinen Leuten etwas komplett anderes, eine farb- und mutlose Standardlösung mit viel Stroh und glücklichen weißen Hühnern umsetzen würde, entscheidend war das Gefühl. Dafür hatten sie bewiesen, dass sie originell und mutig waren. Deshalb hatten sie dem Kunden gezeigt, dass er bei ihnen würde mitreden können, von Mensch zu Mensch, wenn er wollte, täglich am Telefon mit einer der jungen Designerinnen. Man musste nur wissen, was die Menschen wollten.

Zurück in der Agentur, schnitt Robert sich sein Obst. Einen Apfel, eine Orange, zwei Kiwis und eine kleine, schon leicht bräunliche Banane, deren Duft er ganz bewusst wahrzunehmen versuchte. Er ließ sich Zeit, so wie sie es ihm geraten hatten. Er konzentrierte sich, versuchte eins zu werden mit seiner Tätigkeit. *Der Weg nach oben führt durch die Pforten der Konzentration*, hatte der Meister gesagt, das eine Mal, das er ihn selbst gesehen hatte im Hof des Zentrums. Noch immer war es kaum zu fassen, wie viel Glück er gehabt hatte, dass er den Fängen des Tätowierten entkommen war und genau den richtigen Ort gefunden hatte, nur weil diese Vroni ihn erkannt und gemocht hatte. Mehr Glück konnte er nicht erwarten.

Schließlich bereitete Robert den dritten Aufguss des Tages nach gewohntem Ritual zu, um sich dann in sein Büro und hinter geschlossene Jalousien zur Meditation zurückzuziehen. Natürlich war das alles Schnickschnack, aber es half ihm, sich zu konzentrieren. Auf seine Arbeit und darauf, nicht an Gabi zu denken. Klarheit. Präzision. Wille. *Durch die Gegenwart in die Zukunft.* Das war das Rezept des Jahres. Das unterschied ihn von den anderen. Dafür hatte er im Süden bezahlt.

Anfangs hatte Robert noch gezweifelt, weniger an seiner Bestimmung als an seiner Kraft, ihr zu folgen. Er war so unsicher gewesen, dass er besonders Golo nicht hatte treffen wollen. Bis heute. Jetzt aber war er so weit, dass jeder Spott an ihm abperlen würde. Er war imprägniert mit guten Schwingungen. Die ersten Erfolge hatten ihn überzeugt. Natürlich war er sich selbst kurzzeitig nicht ganz geheuer gewesen, als er die Macht gekostet hatte, Susana und Tina einfach rauszuwerfen. Und doch genoss er genau das bis heute und spürte noch jetzt bei der kurzen Erinnerung an seine sehr souveränen Auftritte wohlig eine leichte Erektion. Auch von Golo, das war ihm immer klarer geworden, sollte er Abstand nehmen. Ihm war bewusst, wie unsicher das

Fundament war, auf dem seine neue Stärke fußte. Störende Elemente mussten entfernt werden. Nur deshalb würde er Golo treffen.

Nach einem langen, voll konzentrierten Nachmittag produktiver Projektierungen saß Robert am Abend in der Grotte, weil es keinen anderen Ort geben konnte für ihr letztes Treffen, auch wenn derartige Anflüge von Nostalgie nicht gut waren. Er war alleine am Tresen, wie damals, vor ein paar Wochen, nur dass er jetzt eine Cola trank.

»Und?«, fragte Willi nach einigen Minuten des Schweigens.

»Und was?«

»Und was«, hustete Willi mit einem verächtlich schmalen Grinsen, während er den letzten Rest Cola aus einer Literflasche ins Glas goss und aus einer frischen Flasche auffüllte. »Und was! Als wüsste er nicht, worüber wir geredet haben. Als hätte ich hier täglich solche Spezialisten sitzen. Und was!«

»Ist ja gut«, sagte Robert. »Kann ja nicht ahnen, dass dir das so wichtig war.«

»Du warst auch nicht uninteressiert. Also?«

»Nein.«

»Nein?«

»Nein. Kein Weib von der Scholle. Tut mir leid.«

»Hast du's versucht?«

»Ja.«

»Muss schlimm gewesen sein.«

»Wieso?«

»Na, wenn du schon Cola trinkst, kann das nichts Gutes heißen.«

»Ganz im Gegenteil. Mir geht's blendend, seit ich nicht mehr trinke. So gut wie nie zuvor.«

»Na dann«, sagte Willi kopfschüttelnd.

»Na dann was?«

»Na dann, na dann. Man hat halt so seine Erfahrungen gemacht.«

Ehe Willi ihm weitere irreführende Ratschläge erteilen konnte, tauchte Robert schnell ab in seine sonnige Innerlichkeit, die er schweigend genoss, bis endlich Golo in der Tür stand. Gepflegt und mit gestutzten Haaren. Ein aufstrebender Akademiker in grauem Anzug, weißem Hemd und Goldrandbrille. Fast hätte Robert ihn nicht erkannt, doch wer sonst hätte gerade jetzt in der Grotte auftauchen sollen? Es konnte keinen Zweifel geben. Das war Golo. Brüderlich klopften sie sich die Schultern, gehemmt, vorsichtig, ein wenig fremd bei aller Nähe.

»Damit das gleich vorab gesagt ist«, sagte Golo, kaum hatte er sein erstes Bier auf dem Deckel stehen. »Nasja missbilligt, dass ich dich treffe.«

»Nasja missbilligt?«

»Ja. Sie hat mir verziehen. Wir sind glücklich. Aber, wie ich bereits sagte, du hast dich unmöglich gemacht. Du hättest unsere Liebe fast im Keim zertreten. Du bist unzufrieden und versuchst, die anderen mit in die Tiefe zu reißen.«

»Was ist los?«

»Nimm das jetzt bitte nicht persönlich. Glaub mir einfach. Nasja ist angehende Psychologin.«

»Psychologin?«

»Ich glaube, du hast mich sehr gut verstanden, Robert. Ein bisschen Psychologie würde dir auch nicht zum Schaden gereichen, wenn ich mir die Bemerkung erlauben darf. Aber jetzt könnten wir uns doch einfach betrinken, oder?«

»Sag mal, geht's dir noch gut? Weißt du noch, wer ich bin?«

»Ach Robert, du bist doch nicht der einzige Mensch auf Erden, der sich verändert. Also, einen Kombikleister?«

»Auf keinen Fall. Ich trinke nicht mehr.«

»Es gibt wirklich keinen Grund, jetzt beleidigt zu sein.«

»Wieso sollte ich denn beleidigt sein?«

»Eventuell, weil ich dir ehrlich meine Meinung gesagt habe und du dich jetzt weigerst, mit mir zu trinken?«

»Das hab ich auch vorhin schon nicht, als ich noch gar nichts wusste. Frag doch Willi! Ich trinke nicht mehr.«

»Dann musst du etwas geahnt haben.«

»Golo, hör auf. Das hat nichts mit dir zu tun. Ich trinke schon seit Wochen nichts mehr. Ich rauche auch nicht mehr. Ich brauche noch nicht einmal mehr Frauen. Ich bin kerngesund, und jetzt erzähl schon, was dir zugestoßen ist.«

»O Gott, o Gott«, hörte er Willi hinter dem Tresen murmeln.

»Du kannst dir deine verhusteten Kommentare sparen!«

»Was ist denn mit dir los?«, fragte jetzt Golo, als sei nicht er derjenige, der hier seine Schau abzog, plötzlich mit kurzen Haaren und Freundin unterwegs war und ihm sagte, dass er der Unglückliche und überhaupt alles anders sei.

»Was soll denn los sein?«

»Was pöbelst du hier Willi an und wo warst du überhaupt Weihnachten und Silvester? Deine Eltern haben fast täglich bei mir angerufen. Die waren davon überzeugt, dass du auf der Autobahn das Zeitliche gesegnet hast.«

»Ach komm, Golo, jetzt mach mal nicht den Familientherapeuten, nur weil du eine Psychotante bumst.«

»Jetzt ist aber mal gut«, schaltete sich Willi ein. »An meinem Tresen werden weder Freundschaften beendet noch Frauen beschimpft.«

»Er will doch nichts mehr mit mir zu tun haben!«

»Weil du die Dreistigkeit hattest, sie wirklich auf das unverschämteste zu behandeln.«

»Golo! Das ist doch Wochen her, und ich war komplett durch den Wind! Ich war in Kur, wenn du's wissen willst. Ich bin entgiftet, total klar, voll fokussiert. Und dann kommst du und erzählst mir was von Ende der Freundschaft. Das kann ja wohl nicht sein!«

»Ich will mich ja nicht weiter einmischen«, sagte Willi. »Aber vielleicht nehmt ihr mal ein bisschen Luft raus. Sind doch nur Weibergeschichten.«

»Genau das ist eben nicht der Fall. Wir lieben uns«, sagte Golo ernst.

»Sag ich doch«, murmelte Willi. »Weibergeschichten. Und jetzt mal zwei Bier mit Kurzschluss und fünf Minuten Sendepause. Wenn Männer reden, endet das selten gut.«

Ehe Robert widersprechen konnte, standen sie vor ihm auf dem Tresen, die beiden Gläser, eins groß, eins klein, und er konnte nicht widerstehen. Er musste sich in Acht nehmen vor seinen Gefühlen, vor der ganzen Nostalgie, die sich schon wieder in ihm breitmachen wollte. Es war ja nur das eine Mal, und er konnte jetzt nicht nein sagen. Es gab also doch Grenzen. Vielleicht würde er mit ein bisschen Alkohol im Blut besser verstehen, warum er so schockiert war von Golos Gequatsche, von der Distanziertheit seines Freundes, den er selbst nicht mehr hatte sehen wollen. Letztlich lief alles bestens. Ein paar Bier, ein paar Kurze, und er wäre ein freier Mann.

»Prost!«, sagte er also und hob beide Gläser auf einmal und mit einer Hand, wie früher.

»Nicht reden«, sagte Willi. »Trinken.«

Und dann, ja dann, dann tranken sie.

Später am Abend, nachdem sie stundenlang die alten Lieder aus der Jukebox hatten laufen lassen, ohne weitere Worte zu verlieren, begann Willi das erste Mal überhaupt, von sich selbst zu reden. Er nannte die Krankheit, die ihn husten ließ, beim Namen und verkündete, dass er demnächst Schluss machen würde mit der Grotte.

»Nach zwanzig Jahren hat man genug von den Problemen der anderen, so lustig die auch sein mögen«, sagte er. »Aber ich bin mir sicher, dass ihr beide auch ohne mich zurechtkommt. Nehmt euch einfach nicht so ernst, Jungs.«

Sie sahen sich an, und Robert begriff, dass es hier um etwas Größeres ging, etwas, das seine ganze Selbstfindung wie Kinderkram erscheinen ließ. Willi ging es wirklich um sein Leben. Er wollte noch einmal richtig raus ans Licht.

22.

MIT DEM SCHATTEN DES Katers, dieses allerletzten Katers seines Lebens, mit dem pelzigen Gefühl auf der Zunge, dem Kratzen im Hals, der ganzen schwarzen Schlacke in seinen Adern, verschwand auch der letzte Funken Wehmut aus Roberts Seele. Er hatte seine Vergangenheit ausgelöscht. Er war geheilt.

Gut zwei Stunden joggte er jetzt täglich, unempfindlich der ungebrochenen Kälte gegenüber, die mittlerweile selbst die Schifffahrt zum Erliegen gebracht hatte. Wer jetzt noch lief, war wirklich gut in Form oder verzweifelt wie die vereinzelten Alten, die ihm in Thermokleidung und mit Gehstöcken im Weg standen. Menschen, die erst dann anfingen, auf sich zu achten, wenn es zu spät war, von Ärzten an die frische Luft getrieben. Schwache Menschen, die mit sich machen ließen, anstatt ihr Leben selbst zu bestimmen. Schrottmenschen.

Robert wusste, dass seine verächtliche Arroganz übertrieben war und nicht zu dem Menschen passte, der er gewesen war. Doch es war einfach zu gut, stark und überlegen zu sein. Warum sollte man die Dinge nicht beim Namen nennen? Er selbst fühlte sich so jung wie seit Jahren nicht mehr, als sei dieser Schritt hin zur Reife lange überfällig gewesen. Die ganzen letzten Jahre war er tief in sich immer noch der unsichere kleine Robbie gewesen, der den anderen etwas vormachte, wenn auch erfolgreich. Aus diesem überalterten Teenager war ein jung gebliebener Erwachsener geworden, der sich vielleicht noch ein paar Wochen selbst etwas vormachen musste. Am Ende hätte er es dann aber geschafft. Dafür hatte sich der ganze Ärger bis hin zum gestrigen Alkoholexzess mit Golo wirklich gelohnt.

Natürlich hatte es Robert überrascht, dass Golo ihm zuvorgekommen war und seinerseits einen neuen Weg einschlug, meinte, glücklich verliebt zu sein, und jetzt sogar seinen Roman vollenden wollte. Doch schon nach wenigen Bieren hatte Robert begriffen, dass er ihm das einfach gönnen konnte. Für ihn war es unerheblich, was Golo machte, solange sie von nun an getrennte Wege gingen. Golo war das letzte Glied der Kette gewesen, die ihn an die Vergangenheit fesselte. Am Ende hatten sie sich noch einmal in den Arm genommen, sich die Schultern geklopft, ihren kindischen Gefühlen, geschwächt durch den ganzen Alkohol, ein letztes Mal freien Lauf gelassen. Das hatte rausgemusst. Das war jetzt erledigt.

Robert ließ den Fluss rechts liegen, bog ab durch ein kleines Wäldchen und am See vorbei, auf dem ein einzelner Schlittschuhläufer seine Runden drehte. Ganz in Schwarz glitt er über das Eis, nahm Schwung und schraubte sich zur doppelten Drehung in die Höhe, um dann übergangslos weiterzugleiten, rückwärts auf einem Bein gehockt die Diagonale zu beschreiben, direkt auf Robert zu. Kurz vor Erreichen des Ufers wandte er sich wieder um, entrückt, konzentriert und doch mit einem Lächeln um die Lippen. Auf den Ohren trug er Kopfhörer.

Robert nahm den Weg hoch auf den Berg, achtete darauf, optimal in die Steigung zu gehen, ohne zu übersäuern. Gleichmäßig atmend kam er oben an und überblickte die Stadt, die gestochen scharf zu seinen Füßen lag. Alles war klar, bis ins kleinste Detail. Er griff hinten ins Trikot nach der Trinkflasche, nahm einen Schluck, dann noch einen und verstaute die Flasche wieder so, dass sie nicht einfror. Sein Puls war perfekt. Er verspürte keinerlei Müdigkeit oder Erschöpfung. Beim Dehnen stellte er zufrieden fest, dass jeder Muskel, jede Sehne sich genauso anfühlte, wie er es erwartete. Er hatte nur wenige Tage benötigt, um sein gewohntes Niveau zu erreichen. Wenn alles weiter so gut lief, würde er sein Ziel für den Marathon nach unten korrigieren können. Und Robert wusste, dass alles weiter so gut laufen würde.

Langsam streckte er sich aus der Rumpfbeuge, ging auf die Zehenspitzen und reckte die Arme in den Himmel. Die ersten Sonnenstrahlen fielen auf die Stadt. Das schwache und doch warme Licht ließ Roberts Schatten über das gesamte Plateau bis zur Kuppe des Berges fallen und traf unten in der Stadt nur auf die obersten Etagen der Hochhäuser. Da saßen die Männer, mit denen er Geschäfte machte. Weiter hinten erreichte die Sonne den Fluss, ließ das Wasser zwischen den Eisschollen glitzern, am anderen Ufer erglühte bis zum Horizont das Land. Jeder Baum, jedes Haus gestochen scharf. Kurz suchte sein Blick innerhalb der Stadt das Glitzern des Kanals, auf dem er mit Gabi gelaufen war, doch war auch der natürlich zugefroren, lag schwarz und still zwischen den Häusern. Das neue Einkaufszentrum erstrahlte goldgelb. Die Agentur war nicht zu sehen. Piepend signalisierte ihm seine Uhr, dass er weitermusste.

Auf dem See fuhren sie jetzt zu zweit, der schwarze Mann mit einer Frau ganz in Weiß. Sie glitten nebeneinanderher, Hand in Hand, drehten sich, gingen in Position, gespannt. Er warf sie von sich und in die Höhe, um sie gleich wieder aufzufangen, technisch einwandfrei, selbst das Kratzen der Kufen auf Eis klang harmonisch. Sicherlich tanzten sie zu Musik, hatten es irgendwie hinbekommen, dass ein Stück synchron lief auf ihren Kopfhörern, ihnen den gleichen Takt zur gleichen Zeit gab. Auch die

Frau hatte dieses konzentrierte Lächeln um die Lippen, als sie nach dem nächsten Sprung glücklich gelandet an Robert vorbeifuhr.

Wieder piepte seine Uhr. Ohne sich dessen bewusst zu sein, war er stehen geblieben. Der Sensor erkannte sofort, dass er aus dem Rhythmus war und nicht optimal trainierte. Er musste weiter. Am gegenüberliegenden Ufer des Sees saß eine Gruppe Krähen, wie Publikum bei einem Wettkampf. Schnell wandte er sich wieder nach vorn und lief zurück in Richtung Zentrum.

Wenige Minuten nach neun saß Robert an seinem Schreibtisch. Vor ihm stand sein erster Aufguss, ein erster Teller Obst, dazu ein kleines Müsli. Je länger er lief, desto mehr Energie brachte er mit zur Arbeit, desto sicherer war er, dass es weiter aufwärtsging. Er sah die Projekte durch, die er schon so früh im Jahr hatte auf den Weg bringen können. Nichts sonderlich Interessantes, aber auch davon lebte er, von den vielen kleinen Aufträgen, von all den unbedeutenden Firmen, die ein bisschen besser aussehen wollten, als sie wirklich waren. Letztlich waren sie alle Opfer des großen Push-up-Effekts, von dem er so gut lebte. Wenn eine anfing, mussten die anderen nachziehen. Ob Frau, Firma oder Marke, das Wesen der Dinge blieb davon unberührt, aber das interessierte niemanden, solange alles gut lief.

Wirklich Lust hatte Robert nur auf diesen Eierfabrikanten. Das war mal eine Herausforderung, bei der er zeigen würde, was er wirklich konnte. Hier konnte er aus dem Nichts etwas ganz und gar Neues schaffen, kraft seiner Phantasie. Er wusste, dass die Entscheidungswege in solchen Firmen lang waren. Von Etage zu Etage wurde viel Theater gespielt, bis am Ende an der Spitze aus einer Laune heraus entschieden wurde. Und da wollte er hin, an die leuchtende Spitze, direkt mit denen sprechen, die es ihrerseits geschafft hatten. Den Pöbel unter sich lassen. Erst einmal musste er sich aber konzentrieren, an nichts denken, um zu fokussieren, um es mental zu schaffen, an nichts anderes zu denken.

Gleich nachdem er die letzte Tasse seines Aufgusses getrunken hatte, machte Robert seinen ersten Rundgang. Seit seiner Rückkehr aus dem Süden ging er zweimal täglich durch den Arbeitsraum, von Schreibtisch zu Schreibtisch, blieb hinter jedem seiner Angestellten stehen und ließ sich zeigen, woran gearbeitet wurde. Er durfte nichts mehr dem Zufall überlassen, wenn er weiter erfolgreich sein wollte. Einem Großteil seiner Leute fehlte schlicht die Kreativität, auch wenn sie das meist anders sahen. Robert half, wo er konnte. Befindlichkeiten zählten nicht. Es ging um den Erfolg.

»Lässt du mich mal kurz?«, sagte er zu Martha, einer relativ neuen Gestalterin.

Sie rückte widerwillig zur Seite, so dass er sich an ihren Schreibtisch knien konnte. Der Kunde war ein Tierfutterhersteller, für den Robert eine mediterrane Linie entwickelt hatte. Leicht gewürzt erinnerten die Gerichte Herrchen und Frauchen vom Duft her an den letzten Italienurlaub. Das Verpackungsdesign verströmte südländisches Flair. Der Erfolg gab seinem Konzept recht. Der Kunde war zufrieden und wollte jetzt auch ein Vogelfutter neu platzieren. Martha hatte einfach zwei Sittiche auf eine Stange gesetzt, im Hintergrund eine toskanische Hügellandschaft.

»Fällt dir da nichts auf?«, fragte er.

»Keine Ahnung«, sagte sie schläfrig.

»Guck dir doch mal die Vögel an! Das musst du doch sehen! Hast du den Eindruck, dass die glücklich sind? Fühlen die sich richtig prächtig in der Toskana, in den Flitterwochen mit bester einheimischer Küche? Machen die dich richtig an?«

»Ich weiß nicht, aber es geht doch nur um Vogelfutter.«

»Nur Vogelfutter? Verdammt, Martha, davon wird dein Futter finanziert! Ganz egal, was es ist, es muss die Leute anmachen, ihnen Glück versprechen! Und glücklich sind die wann?«

»Keine Ahnung.«

»Jetzt komm schon! Wann ist ein Vogelbesitzer glücklich?«

»Wenn sein Vogel glücklich ist«, seufzte Lili vom Nachbartisch.

»Danke für die intellektuelle Unterstützung«, sagte Robert. »Und sehen diese Vögel glücklich aus?«

»Keine Ahnung, sind halt Vögel.«

»Tiere sind von der Physiognomie her monoemotional«, meldete sich jetzt Sam, sein Texter, der die nötige Prosa lieferte, seit Robert selbst nicht mehr dazu kam.

»Mono was?«

»Vögel können über ihre Mimik keine Gefühle zeigen.«

»Woher willst du das denn wissen?«

»Biologie Grundstudium, Einführung in die Ornithologie. Hab ich mal studiert.«

»Haben Vögel überhaupt Gefühle?«

»Vielleicht wärst du da mal besser geblieben, bei deinen Wissenschaftlern. Hier geht es nämlich nicht um die Welt, wie sie ist, sondern um die Welt, wie sie sein könnte, falls du es noch nicht bemerkt hast.«

»Eben«, sagte Sam. »Und vom Aufbau ihrer Muskeln her können sie nicht mehr als einen Ausdruck, selbst wenn sie wollten. So könnte die Welt also noch nicht einmal sein.«

»Vielleicht versuchst du es doch noch mal in der Uni.«

»Robert, ich muss das heute rausschicken«, unterbrach ihn Martha. »Was genau gefällt dir denn nicht?«

»Martha, hier geht's nicht darum, was mir gefällt. Entscheidend ist, was funktioniert, und das ist doch wohl klar. Die müssen lächeln, glücklich gucken, strahlende Augen. Die werden nicht ins Lager abtransportiert, die erwartet ein Luxusmahl.«

»Die Vögel sollen lächeln?«

»Ja, aber sicher! Hoch die Mundwinkel! Das Leben ist schön!«

»Na, wenn du meinst.«

Das war das übliche Ende seiner Unterredungen, dieses *Na, wenn du meinst*, als hätte er nicht recht, als hätte er das nicht alles aufgebaut! Für sie war er der durchgeknallte Boss, der sie daran hinderte, große Kunst zu machen. Letztlich war das aber egal, solange sie taten, was er ihnen sagte.

Der nächste Problemfall war Malte mit einer Damenbinde für Teenager. Da die Menstruation immer früher einsetzte, hatte der Kunde ihnen erklärt, musste man auch von der Erscheinung her jüngere Zielgruppen ansprechen. Malte, ein dreißigjähriger Schwuler mit Hang zu glitzernden Oberteilen, hatte vorgeschlagen, Synergien zur aktuellen Vampirmode zu generieren, Blut also auf spielerische Art und Weise positiv zu besetzen. *Trocken biss in die Morgenstunde* hatte er blutrot auf nächtlichen Hintergrund gesetzt. Robert war nicht sicher, ob das der richtige Ansatz war, hatte aber noch keine andere Lösung parat. Er starrte auf den Bildschirm und suchte nach irgendeiner Idee, als er erleichtert die neue Sekretärin rufen hörte. Er wurde am Telefon verlangt.

»Wir reden später drüber«, sagte er und eilte im Gymnastikschritt durch den Arbeitsraum, die Treppe hoch, in sein Büro.

Robert hoffte auf den Eierfabrikanten.

»Gernold«, meldete er sich.

»Bist du das, Robert?«, hörte er die Stimme eines älteren Mannes, die er kannte, ohne sie zu erkennen.

»Ja, wer spricht denn da?«

»Dein Vater. Mutter ist im Krankenhaus.«

»Vater?«

»Du hättest Weihnachten kommen sollen.«

»Im Krankenhaus? Was hat sie denn?«

»Das Herz. Sie würde dich gerne sehen.«

»Vater, du weißt doch, was los ist.«

»Robert, du bist ihr einziges Kind.«

»Ist es so ernst? Kann ich sie nicht anrufen?«

»Beeil dich. Sie ist deine Mutter.«

»Gut«, sagte Robert und fühlte, wie sich sein Magen zusammenzog, sein Kehlkopf verspannte, das Blut in seinen Ohren rauschte. »Gut. Ich komme.«

Zwei Stunden nach dem Telefonat saß Robert noch immer an seinem Schreibtisch und versuchte, sich zu konzentrieren. Er musste ans Nichts denken, um die Lösung zu finden. Er konnte jetzt unmöglich einmal quer durchs ganze Land fahren, nur um seine Mutter im Krankenhaus zu besuchen. Genauso wenig konnte er einfach in der Stadt bleiben, als wäre nichts geschehen. Immer wieder störten Bilder seine Konzentration, sah er seine Mutter mit ihm im Eiscafé, das mittelgroße Spaghettieis zwischen ihnen wie eine letzte Verbindung, der süße Kleister, der verhinderte, dass sie endgültig auseinanderbrachen. Sie bedeutete ihm nichts, aber die Bilder waren da, der Geruch der Sonnencreme, als sie zu zweit im Freibad auf der großen Decke gesessen hatten. Nie hatte sie ihn springen lassen. Auch nicht vom Einmeterbrett. Die anderen hatten sich amüsiert. Sie wurde immer ängstlicher, versuchte, ihn an sich zu fesseln. Erstickte ihn. Erst Golo hatte ihn gerettet. Der Sohn des Doktors, da konnte sie nichts sagen, dass er den besuchte, mit ihm seine Hausaufgaben machte, am Ende sogar mit zum Tennis ging. Sie ließ ihn gehen, oftmals unter Tränen.

Auch der zweite Aufguss brachte Robert nicht weiter, zumal die Angestellten sich jetzt wunderten, weil er plötzlich uninteressiert schweigend an ihnen vorbei in die Küche und zurück gegangen war. Natürlich hatte die neue Sekretärin geplaudert, erzählt, dass sein Vater angerufen hatte. Womöglich wussten alle, dass seine Mutter auf ihn wartete. Aber was wussten sie denn wirklich? Was konnten sie wissen? Sie hatten ja keine Ahnung, was es bedeutete, mit so einer Mutter aufzuwachsen! Verzweifelt stellte Robert fest, dass seine ganze Selbstsicherheit in sich zusammenfiel. Egal, was er tat, wie sehr er sich bemühte, sich im Ritual zu verlieren, mit der Kanne den Himmelsrichtungen zu huldigen, die ganze Meditation half nicht mehr. Das Momentum hatte ihn verlassen. Er würde fahren müssen. Allein deshalb, weil er hier sonst nicht weiterkäme, immer Gefangener dieser Bilder, dieser Schuldgefühle bliebe. Es gab keine andere Lösung. Er brach das Ritual ab und ließ Heike zu sich kommen.

»Ich muss für ein, zwei Tage weg«, sagte er. »Kriegst du das hin, wenn die Eiermacher sich melden?«

»Na ja, irgendwie müssten wir schon noch mal drüber reden. Also, was genau du dir vorstellst.«

Sie stand vor seinem Schreibtisch, eine mit Jute bespannte Kladde in der Hand, die dicke schwarze Brille wie einen Balken über den Augen, als wollte sie wenn möglich anonym bleiben bei der Arbeit.

»Worüber sollen wir denn reden, Heike? Haben wir das nicht alles geklärt?«

»Ja, sicher, aber.«

»Was soll das denn heißen, ja und aber. Haben wir die Sache geklärt oder nicht?«

»Ja, haben wir.«

»Na also.«

»Aber, also das Konzept, das ist doch vollkommen unklar.«

»Also nicht ja, sondern nein.«

»Wie bitte?«

»Sag doch nicht ja, wenn du mich nicht verstanden hast. Wenn du ›aber‹ sagst, dann haben wir das offenbar noch nicht geklärt, oder doch? Worüber müssen wir also reden?«

»Nichts«, stammelte sie. »Ist schon in Ordnung.«

»Super«, sagte er. »Ich glaub an dich.«

Natürlich glaubte er nicht an sie. Ganz im Gegenteil, er hielt sie für vollkommen unfähig, sein Konzept auch nur im Ansatz zu begreifen, geschweige denn umzusetzen. Sie glaubte wirklich an das, was sie tat, an die Qualität ihrer Arbeit, den Sinn der ganzen schönen Kommunikation. Sie hielt den Schein für wesentlich. Sie hatte nichts verstanden. Da dachte er plötzlich an Gabi, die ihn verstanden hatte, die ihn auch jetzt verstehen würde. Mit ihr hatte er über die Arbeit lachen können, ohne sich dabei schlecht zu fühlen. Vor ihr hatte er nichts spielen müssen. Aber sie hatte zurückgewollt in ihre Hütte im Wald, weg von ihm und den Männern überhaupt. Aber das konnte er sich nicht vorstellen. Das wollte er sich nicht vorstellen. Robert verdrängte den Gedanken, versuchte, Heike aufmunternd zuzulächeln, und verabschiedete sie endlich. Eilig packte er seine Sachen und machte sich auf den Weg. Die mitleidigen Blicke der Angestellten trieben ihn aus seiner Agentur. Ja, sie hielten ihn für schwach, aber daran konnte er jetzt nichts ändern. Noch war er nicht ganz so frei, wie er gedacht hatte.

23.

SEIN WAGEN WAR EIN durchaus unpassendes Gefährt für diese Odyssee durchs winterliche Land. Aber er war schon unterwegs, als sie im Radio ankündigten, dass es wieder schneien würde. Das hatte gerade noch gefehlt, zumal das Kaff wesentlich höher lag als die Stadt. Winter hatten da eine ganz andere Bedeutung. Und er saß in seinem Cabrio mit Sommerreifen. Immerhin hielt ihn die Sitzheizung einigermaßen warm, weil er am Steuer seinen Wintermantel trug. Noch schneite es auch nicht. Er versuchte, im Jetzt zu leben. Um den Schnee würde er sich kümmern, wenn es schneite. Er musste diesen Heimatbesuch schnell und sauber hinter sich bringen. Spätestens übermorgen wäre er zurück an seinem Schreibtisch.

Mehr als eine Stunde hatte er gebraucht, um der Umklammerung des Stadtverkehrs zu entkommen. Jetzt lagen links und rechts der Autobahn die ersten Felder. Es lief flüssig, und er konnte den Wagen einfach fahren lassen. Die Infrastruktur entlang der Autobahn, die Ortschaften in Sichtweite und der Belag der Straße erinnerten nur noch entfernt an die Straße, die sie früher mit ihrem alten Wagen entlanggerumpelt waren, die wenigen Male, die Golo und er zu Besuch nach Hause mussten. Rastplätze und Raststätten waren in Ausflugsziele der gehobenen Kategorie verwandelt worden, die Orte fraßen sich mit ihren zweistöckigen Neubausiedlungen immer weiter ins Land, kaum Fahrgeräusche hörte man, so perfekt war der Asphalt. Nicht nur in der Stadt ging es aufwärts. Das ganze Land schien auf dem Weg in bessere Zeiten. Ja, heute würden auch seine Eltern ihrem Kind ein anderes Leben bieten können, müssten Frauen wie seine Mutter nicht die Erniedrigung ertragen, bei anderen auf den Knien zu putzen, bei Nachbarn, mit denen man heute ganz einfach befreundet wäre, während zugewandertes Personal für die Sauberkeit sorgte.

Golo und er hatten einiges erwartet oder erhofft, als sie aufgebrochen waren, der wirtschaftliche Aufschwung war aber nie Teil ihrer Träume. Ganz im Gegenteil. Sie waren davon überzeugt gewesen, dass alles den Bach runterging, und das gefiel ihnen, das Kaputte, das Ausweglose, das Morbide. Sie gehörten ja nicht dazu. Sie genossen die verfallende Kulisse. Auf ihrer allerersten Fahrt in die Stadt hatten die schmutzigen Industriegebiete und unvollendeten Bauruinen entlang der Autobahn ihnen bewiesen, dass diese Gesellschaft am Ende war. Daraus resultierte ihre Freiheit. Und heute strahlten da neue Firmenzeichen, glitzerten Glaspaläste, zeigten sich die Industrieruinen liebevoll saniert in neuem Glanz.

Robert hatte nie offen mit seinen Eltern gebrochen. Sie hatten ganz einfach nie zueinander gepasst. Das hatte er begriffen, als Golo ihm zeigte, wie das Leben auch aussehen konnte. Ein Leben ohne die große Krake Angst, die ihn umklammert hielt, jahrelang, ihn zum Gespött der anderen machte, bis Golo kam. Der hatte mit ihm getrunken, damit er sie vergaß, die zu Hause hockte und wartete. Deshalb musste er weg und in die Stadt, weil sie ihm doch zu nahe war. Und selbst da, in der Ferne, hatte die Angst noch Jahre nachgewirkt, bis er sich ganz befreien konnte, die Trägheit von sich stieß, sein Leben in die Hand nahm.

Langsam schwang sich die Ebene auf zu Hügeln, auf denen vereinzelt Schneeflecken lagen. Hier war die Autobahn der einzige Hinweis darauf, dass die Zeit nicht stehengeblieben war. Alte Holzzäune begrenzten die kleinen Felder, auf denen vereinzelt Pferde standen. Im Hintergrund lag ein alter Hof, die Scheune ganz aus Holz, aus dem Kamin stieg Rauch in Richtung Himmel. Robert bremste, weil er den Lastwagen noch nicht überholen wollte. Auf einem Gatter sah er einen Jungen sitzen, vielleicht einen jungen Mann, der ein schwarzes Pferd betrachtete. Mehr war nicht zu erkennen, zumal es plötzlich dunkel wurde, obwohl der Himmel noch ganz blau war. Links von sich sah er die großen Räder eines überholenden Lastwagens. Er durfte nicht zu langsam fahren. Er musste aufpassen. Er fuhr nicht zu seiner Mutter, um zu sterben.

Golo hatte ihm erklärt, dass er seine Mutter erziehen musste, wenn er mit ihr leben wollte. Nur war es dafür längst zu spät gewesen. Robert hatte begriffen, dass sie nie glücklich würde, weil ihr Unglück mit ihm nichts zu tun hatte. Deswegen musste er sich selber retten, sich in Sicherheit bringen, ehe sie ihn mit sich riss. Seine Zähne schmerzten. Sein Kiefer drückte bis unter die Schädeldecke. Er war naiv gewesen. So leicht entkam man seiner Mutter nicht, aber das würde niemand verstehen. Nicht einmal Gabi, wenn es sie noch gäbe. Wenige Kilometer wohnte sie von seinen Eltern entfernt, aber daran durfte er erst recht nicht denken.

Um sich abzulenken, scherte Robert endlich wieder aus und trat das Gaspedal bis zum Anschlag. Solange es nicht schneite, sollte er so weit kommen wie möglich. Außerdem war er beschäftigt, wenn er raste. Die Lastwagen auf der rechten Spur schienen kaum voranzukommen, so schnell flog er an ihnen vorbei. Wenn überhaupt, drohte nur noch Gefahr von den viel zu langsam fahrenden Autos auf seiner Seite, der linken, der Überholspur, die er aufblendend und blinkend verscheuchte. Das hatte er viel zu lange schon nicht mehr gemacht. Dagegen war selbst seine Meditation keine wirkliche Ablenkung, gegen dieses Gefühl der Straße, die dicht unter ihm dahinschoss, die perfekte Einstellung von Gaspedal und Lenkrad, das Gefühl, der Schnellste von allen zu sein. So ging es ihm gut, aber irgendwann würde er ankommen.

Nach fast drei Stunden bei höchster Geschwindigkeit zwang das stetig wachsende Mittelgebirge die Autobahn immer wieder in eine Kurve. Links und rechts der Fahrbahn lag mittlerweile eine geschlossene Schneedecke. Hier hatte sich der Schnee also gehalten, und die Wolken am Himmel ließen wenig Zweifel daran, dass es dabei nicht bleiben würde. So war Robert hin- und hergerissen zwischen der Hoffnung, es noch rechtzeitig ins Kaff zu schaffen, und der Angst vor dem, was ihn erwarten würde. Nur war das doch Unsinn, weil er irgendwann ankommen musste. Als die ersten Flocken fielen, fluchte er laut, stellte dann aber fest, dass er schon fast am Ziel war. Er fuhr ab von der Autobahn und weiter auf der Landstraße, auf der Ortsumgehung um die Kreisstadt herum und dann noch die paar Kilometer, die sie damals getrennt hatten von all den Vorposten des wirklichen Lebens, Kino, Kneipe und Kulturzentrum.

Als er die Ortseinfahrt schließlich passierte, war die Straße schneebedeckt. Kein Mensch war zu sehen. Am Gasthof an der Ecke hing noch die Weihnachtsbeleuchtung. Es dämmerte. Vorsichtig bog Robert ab, um langsam die letzte Steigung zu nehmen, hoch zum Haus seiner Eltern. Hier und da sah er Licht hinter zugezogenen Gardinen. Die Autos standen in Unterständen, die es früher nicht gegeben hatte. Auch daran konnte man ablesen, wie gut es dem Land ging.

Die Häuser waren die alten geblieben. Aus der Mode gekommen, aber gut gepflegt. Alles war ordentlich, und als er schließlich an den Bordstein fuhr, um zu parken, merkte er, dass die komplette Straße erneuert worden war. Ein rot gepflasterter Radweg schimmerte durch den Schnee. Ein Radweg ins Nichts. Die Straße endete wenige Meter weiter in einem Feldweg.

Robert sah das Haus seiner Eltern. Flach duckte es sich weg, als wollten sie sich verstecken vor der Welt. Kein Licht brannte. Niemand öffnete, nachdem er den Hof überquert und geklingelt hatte. Alles war trostlos. Er war am Ziel. Ans Haus gelehnt stand das rote Rennrad, das sie ihm zum sechzehnten Geburtstag geschenkt hatten.

»Robert?«, hörte er eine gebrochene Frauenstimme.

Er sah zur Seite und erblickte durch das immer dichtere Schneegestöber erst das Licht im Fenster des Nachbarhauses, dann auch den Kopf der alten Frau.

»Hallo, Frau Holler.«

»Guten Abend, Robert. Du bist groß geworden«, sagte sie. »Ein richtiger Mann.«

»Wie geht es Ihnen denn?«

»Ich weiß noch, wie du mit dem Fahrrad hingefallen bist.«

»Ja, ich auch.«

»Da warst du noch nicht eingeschult. Einfach losgefahren bist du, mitten im Winter auf dem Schnee, weil du dich so gefreut hast. Weihnachten war das.«

Dann schwiegen sie beide, die sie seit so vielen Jahren kein Wort miteinander gewechselt hatten. Sie kannten sich aus einem anderen Leben, in dem sie hin und wieder auf ihn aufgepasst hatte, wenn seine Mutter ihn nicht hatte mitnehmen können zu einem ihrer vielen Arztbesuche.

»Wissen Sie, wo mein Vater ist?«, fragte er schließlich.

»Ein schönes Auto hast du.«

»Ja, danke. Haben Sie denn noch den Schlüssel?«

»Den Schlüssel?«

»Für die Haustür.«

»Das waren andere Zeiten, Robert.«

Wieder verstummte sie, und er wartete, ob sie ihn vielleicht zu sich hineinbitten würde, wusste aber zugleich nicht, ob er das überhaupt wollte. Er war erleichtert, als sie schwieg und langsam verschwand hinter dem immer dichteren Schneegestöber.

»Na dann«, sagte er. »Dann geh ich mal ins Gasthaus.«

Er ließ den Wagen stehen, damit sein Vater wusste, dass er wirklich gekommen war. Wer sonst sollte mit dem Kennzeichen der Stadt hier parken? Außerdem musste er trinken.

Am Abhang ärgerte er sich darüber, dass er am Mittag so überhastet aufgebrochen war und noch immer seine glattbesohlten Schuhe trug. So rutschte er den Hang vorsichtig hinunter in Richtung Gasthaus. Selbst jetzt, in dieser verschneiten Dämmerung, erkannte Robert die Mauern, die aus Waschbeton gegossenen Boxen für die Mülltonnen, jedes einzelne der Häuser, die doch alle gleich aussahen. Neue Autos und einen Radweg, mehr brauchten sie nicht zum Glück.

Beim Gasthaus angekommen, trat er sich den Schnee von den Schuhen und drückte die dunkle Holztür. Eine warme Wolke Bier- und Zigarettendunst gepaart mit dem abgestandenen Geruch von Kraut und Braten umfing ihn. Ein Mann saß hinter dem gusseisernen Garderobenständer und las Zeitung. Ansonsten war der Gastraum leer. Aus der Küche hörte er leise einen Radiosprecher. Er nickte in Richtung des Gastes, der ihn ignorierte, und setzte sich direkt an die mit dunklem Holz verkleidete Heizung unter einem der Fenster. In hellbraun glänzender Keramik standen dunkelgrün die Zimmerpflanzen auf der Fensterbank.

Er wartete schon viel zu lange, als endlich eine junge Frau hinter dem Tresen erschien, im klassischen Kellnerinnenkostüm in Schwarz mit weißer Schürze, wie es früher auch die Tochter der Wirtin getragen hatte. Mit ausländischem Akzent fragte sie ihn, was er wünsche, und Robert bestellte Braten und Bier. Er hatte seit dem Frühstück nichts gegessen.

Durch eines der mit Zinn verlöteten gelben Glasquadrate des Fensters versuchte er zu erkennen, ob es weiterhin schneite. Doch nur der Schein der Straßenlaterne an der Ecke schaffte es durch die Scheibe. Letztlich konnte ihm das Wetter egal sein, solange man morgen die Straßen räumte. Was für ein Alptraum, hier eingeschneit festzusitzen! Das erste Bier trank Robert in zwei Zügen. Mit dem nächsten kam der Braten, dessen Geschmack ihn an nichts erinnerte.

Als er fertig war, nickte ihm der Mann vom Nebentisch zu, als hätte er nur darauf gewartet, dass Robert den letzten Bissen schluckte.

»Dreckswetter, wie!«

Robert versuchte, freundlich und reserviert zu lächeln, ohne auf die Eröffnung einzugehen. Er schätzte den Mann auf knapp fünfzig. In viel zu weitem, grob gestricktem Wollpullover und billiger Kaufhausjeans starrte er ihn durch seine dicken Brillengläser an. Die Haare lagen grau und fettig in halblangen Strähnen.

»In der Stadt wären die Straßen längst geräumt«, fuhr der Mann fort. »Die stecken hier alle unter einer Decke, muss er wissen.«

»Sicher.«

»Dacht ich mir, dass er versteht, er als Außenstehender. Sie stecken das ganze Geld in den Sicherheitsdienst.«

Zu Hause, in der Stadt, wäre jetzt der Zeitpunkt gekommen,

einfach weiterzugehen. Hier aber gab es kein Entkommen vor dem starren Blick des offenbar Verwirrten, der aufstand, an seinen Tisch kam und sich ihm gegenübersetzte.

»Hier wird neuerdings viel abgehört«, flüsterte er. »Er ist doch von außerhalb, oder?«

»Er?«

»Ja, er, mit seinem schicken Wagen. Ich habe ihn kommen sehen.«

»Ich bin zu Besuch.«

»Das merkt man direkt, dass er keiner vom Land ist. Es geht mich nichts an, was er hier macht, aber er muss sich in Acht nehmen. Sie versuchen, jeden hier festzuhalten. Ihnen gehen die Menschen aus. Die Sklaven für die Felder. Spargel, Salat, Kohl. Zu viele gehen in die Stadt. Zu wenige Fremdarbeiter kommen nach. Er muss wissen, dass auch ich weg war. Sie haben mich zurückgeholt und mit Medikamenten so eingestellt, dass ich bleiben muss. In der Stadt, muss er wissen, war ich Künstler und in der Gastronomie tätig. Eine Kneipe mit Bühne. Andere Künstler, Gleichgesinnte, Intellektuelle, Freigeister, sogar Schwule und Studenten. Menschen, die wie ich geflohen sind, den Großgrundbesitzern entkommen. Wir waren Kommunisten. In der Stadt sind alle Kommunisten. Deswegen hassen sie die Stadt. Hier herrscht die Religion.«

Plötzlich riss der Mann seinen Kopf nach hinten, saß kerzengerade und lächelte ihn mit starrem Blick an.

»Ja, mein Herr, gerne zeige ich Ihnen morgen unsere Burg, wenn Sie mögen!«, schrie er durch den Raum, den jetzt die Kellnerin wieder betrat.

»Peter, bitte, stör die Gäste nicht«, sagte sie nachsichtig und blickte Robert um Entschuldigung bittend an.

»Er hat mich nach den Sehenswürdigkeiten gefragt.«

»Und deswegen musst du gleich wieder rumschreien?«

Sie nahm Roberts Teller, sah fragend auf das leere Bierglas und verschwand, nachdem er genickt hatte, wieder in der Küche.

»Vor ihr muss er sich besonders in Acht nehmen«, flüsterte der Irre. »Eine Überläuferin. Sie kommt ursprünglich von außerhalb, wie man hört. Sie hat einen Menschen ermordet. Vor zwei Jahren. Als sie noch Zimmer vermietet hat. Einen Städter. Ein Reisender. Der wurde dann gegessen. Es war schrecklich. Dann haben sie ihr verboten, Zimmer zu vermieten. Der gute Ruf zählt hier sehr viel, muss er wissen.«

»Ja«, sagte Robert, der diesem paranoiden Geschwätz so schnell wie möglich entkommen wollte. »Das kann ich mir denken.«

»Sind Sie zu Besuch?«, fragte ihn da die Kellnerin von hinter dem Tresen.

»Bei meinen Eltern. Sie müssen jeden Moment nach Hause kommen.«

»Wenn Sie wollen, können Sie telefonieren. Mobilfunk hat hier keinen guten Empfang.«

»Danke, aber das wird nicht nötig sein. Sie sind nur kurz in der Stadt.«

»Zur Not habe ich auch ein Zimmer für Gäste.«

»Das ist gut«, lächelte er ihr zu, die ihm jetzt sein drittes großes Bier servierte.

Diesmal ging sie aber nicht zurück in die Küche, sondern blieb hinter dem Tresen stehen und spülte Gläser.

»Sie hat Verdacht geschöpft«, hörte er den Irren hinter vorgehaltener Hand flüstern. »Ich ziehe mich lieber zurück. Er darf auf keinen Fall das Zimmer nehmen. Auf keinen Fall! Er kann im Notfall zu mir kommen, wenn er nicht beschattet wird. Das einstöckige Haus am Kirchplatz.«

»Danke«, sagte Robert, der endlich begriff, mit wem er da redete.

Spontan legte er dem Mann eine Hand auf den Unterarm, damit er noch kurz sitzen blieb, er ihn betrachten konnte, um ganz sicherzugehen. Aber natürlich konnte es gar keinen Zweifel geben. Niemand sonst würde in der alten Hütte der Kantorei wohnen wollen. Niemand sonst würde solche Geschichten erzählen. Nur war Peter Martenburg doch höchstens drei Klassen über ihm gewesen, und dieser verwahrloste Mann konnte unmöglich in seinem Alter sein.

Peter war eine der wenigen originellen Gestalten gewesen an ihrer Schule, mit seiner immer fröhlichen Art, seinen riesigen Holzskulpturen im Wald. Noch vor dem Abitur hatte er es nicht mehr ausgehalten und war in die Stadt gegangen, ausgerechnet er, der Sohn des Pfarrers. Keine zwei Jahre später war er zurückgekommen. Als anderer Mensch. Gebrochen. Erloschen. Alle hatten von Drogen geredet, aber jetzt verstand Robert, dass Peter durchgedreht war, weil er zurückgemusst hatte.

»Danke«, sagte er leise. »Und keine Sorge. Mich kriegen sie nicht.«

»Er muss aufpassen. Das habe ich damals auch gedacht. Aber sie haben mich gekriegt. Er darf nicht vergessen, sie haben das Medikament.«

Mit ausdrucksloser Miene erhob sich der Mann, der einmal Peter Martenburg gewesen war, und verließ das Gasthaus. Durch die offene Tür fegte ein eisiger Windstoß. Draußen schneite es noch immer.

24.

SCHON VOM HANG AUS sah Robert, dass sein Vater zurück war. Seine Eltern hatten sich noch nicht einmal ein neues Auto geleistet, und selbst bei Dunkelheit und Schneetreiben war nicht zu übersehen, wie kleinmütig gut gepflegt der Wagen war, der gleich hinter Roberts Cabrio stand. Alles an ihrem Auto atmete Geiz und Beschränktheit. Dabei könnten sie sich längst Besseres leisten. Als Robert den Hut des Vaters und den kleinen Regenschirm auf der Heckablage liegen sah, musste er plötzlich grinsen. Zum allerersten Mal in seinem Leben fand er seine Eltern komisch.

Der Vater begrüßte ihn in seiner gestrickten Hausjacke, als sei Robert nie weg gewesen, als käme er gerade aus der Schule. Gleich nachdem er geöffnet hatte, schlurfte er zurück ins Zimmer. Dann aber hielt er inne, drehte sich noch einmal um und musterte ihn, als sei er nicht sicher, ob da wirklich sein Sohn gekommen war.

»Hunger?«, fragte er.

»Ich war gerade unten im Gasthof. Wie geht es Mutter?«

»Mutter geht's gut. Durst?«

»Bier ist im Keller, oder?«

»Ja, Bier ist im Keller.«

Dann ließ ihn sein Vater alleine im Flur stehen. Aus dem Zimmer hörte Robert den Fernseher. Er hängte seinen Mantel an die Garderobe, ließ die Schuhe auf dem Kachelboden stehen und nahm die Treppe rechts hinunter in den Keller. Auch hier war nichts verändert worden, seit er in die Stadt gezogen war. Mit vier Flaschen machte er sich auf den Rückweg.

Sein Vater saß im Sessel, auf dem Schoß das Tablett mit Brot und Aufschnitt und Gemüse aus dem Glas. Im Fernsehen liefen Nachrichten. Der Schneesturm hatte weite Teile des Landes lahmgelegt.

»Nichts gegen damals«, sagte sein Vater. »Und wir hatten nur unsere Füße.«

»Ja«, sagte Robert. »Und ich habe noch Sommerreifen drauf. Und Mutter?«

»Deine Mutter ist stärker, als man meint.«

»Entschuldige?«, fragte Robert, dem bei aller lähmenden Stagnation um ihn herum sehr klar war, dass sein Vater da etwas gesagt hatte, was früher undenkbar gewesen wäre.

»Du hast sie immer zu ernst genommen. Du warst zu schwach. Deswegen musstest du auch weglaufen. Und immer saufen.«

»Willst du denn kein Bier mehr?«, stammelte Robert verwirrt.

»Wir gehen früh schlafen. Besuchszeit ist morgen zwischen neun und elf. Wir müssen um halb neun hier los.«

»Ja, klar, halb neun.«

Die Dame von der Wettervorhersage kündigte für die folgenden Tage weiteren Schnee an. Am besten blieb man einfach zu Hause, riet sie den Zuschauern, machte es sich gemütlich im Warmen. Roberts Vater erhob sich langsam, jede Bewegung schien einstudiert, und ging, das Tablett in den Händen, in die Küche.

»Wachst du alleine auf?«, fragte er, kurz im Türrahmen verharrend.

»Sicher.«

»Gut.«

»Habt ihr vielleicht eine Zahnbürste und ein Handtuch?«

»Ich lege es dir auf dein Bett.«

»Gute Nacht, Vater«, sagte Robert.

Robert wusste, dass die unerwartete Verachtung seines Vaters ihn getroffen hatte, aber er wollte nicht darüber nachdenken. Es gab Dinge, die sich nicht klären ließen. Trotzdem war er wütend. Was fiel diesem Mann ein, der in seinem Leben nichts zustande gebracht hatte? Wer gab ihm das Recht, so mit ihm zu reden? Was hatte er hier verloren?

Er holte sich das nächste Bier und verfolgte im Fernsehen, wie das Land immer tiefer in Schnee versank. Mehrere Autobahnen waren gesperrt. Anstelle der romantischen Winterlandschaften zeigten sie brechende Bäume, einstürzende Dächer. Die Idylle verkehrte sich in einen Alptraum, weil vielerorts der Schnee vom letzten Jahr noch nicht geschmolzen war. Ja, es war der Schnee vom letzten Jahr, der einen erdrückte und daran hinderte, einfach zu leben.

Schließlich raffte Robert sich auf, um den altertümlichen Fernseher in seiner braunen Holzverkleidung auszuschalten, das Licht zu löschen und sich auf den Weg zu machen, hoch in sein altes Zimmer. Von der Treppe aus sah er durch die offene Tür, dass die Nachttischlampe bereits brannte. Die Bettdecke war zurückgeschlagen. Auf dem Kopfkissen lag ein Handtuch, darauf eine Zahnbürste, daneben der Pyjama, den er schon damals nicht gemocht hatte. Neben der Lampe aus weiß lackiertem Metall stand sogar ein Glas Wasser. Wieder war er verwirrt. Was wollte sein Vater? Wieso beschimpfte er ihn, um sich anschließend solche Mühe zu geben?

Robert legte Hose und Hemd über die Lehne seines alten Schreibtischstuhls, zog dann auch Unterhose und Socken aus und fühlte den Teppich unter den Füßen. Der Boden seiner Kindheit, der kitzelte, wenn man langsam über ihn strich, und brannte, wenn man es übertrieb. Der Pyjama passte noch, auch wenn das Oberteil ein wenig spannte. Er war nicht größer als zum Zeitpunkt seiner Flucht, nur muskulöser.

Im Bad wusch er sich das Gesicht und fand nach kurzem Suchen im Schrank eine Feuchtigkeitscreme seiner Mutter, die er sich um die Augen und auf den Wangen einmassierte. Die Fahrt hatte ihn angestrengt, aber er war nicht unzufrieden mit seinem Anblick. Zahnseide fand er keine und beließ es beim Zähneputzen. Dann drehte er den altersgelben Lichtschalter, hielt kurz inne, da er seinen Vater husten hörte. Er zögerte, ob er ihm noch einmal eine gute Nacht wünschen sollte. Plötzlich verspürte er den Drang, zu ihm zu gehen, sich zu ihm zu setzen und zu reden. Er war erschöpft von der Fahrt und hatte zu viel getrunken.

Schweigend ging er zurück in sein Zimmer, in sein Bett, das quietschend nachgab unter seinem Gewicht. Die Bettwäsche roch nach Erinnerungen, die er verdrängen wollte, weshalb er sich gleich nach dem Schalter der Nachttischlampe streckte, um schnell einzuschlafen. Da sah er das Poster neben der Tür. Das hatte er wirklich vergessen. Der strahlend blaue Himmel über der gigantischen Welle und zwischen Himmel und Meer der Surfer in seinem schwarzen Anzug, alleine, verloren, todesmutig, weil man das Land nicht sehen konnte, den Strand, auf dem der Fotograf gestanden hatte. Robert erinnerte sich an seine Phantastereien von damals, als er sich vorgestellt hatte, der Surfer sei ein Schiffbrüchiger, alleine unterwegs auf offenem Meer mit nichts als seinem Brett. Mehr war nicht hängengeblieben von dieser antiken Geschichte, die Golo ihm in ihrer Hütte vorgelesen hatte, von diesem Mann, der aus irgendeinem Grund nicht zurück nach

Hause und zu seiner Frau fand, die sich mit anderen vergnügte. Robert hatte nie viel mit den alten Geschichten anfangen können.

»Du kommst zu spät«, hörte er sich wenig später selber sagen.

Er wusste, dass er eingeschlafen war und träumte. Und doch fühlte er das zweiblättrige Paddel in seinen Händen, das kalte Wasser an den Waden. Also zog er die Beine hoch aufs Brett und drehte bei, weil er weitermusste. Bald tauchte die nächste Insel vor ihm auf. Sandstrand, Palmen, nackte Mädchen, und kaum war er im türkisfarben schimmernden flachen Wasser angekommen, als er wieder jemanden auftauchen sah zwischen den Palmen. Wieder war es ein Mann seiner Größe und seines Alters, der ihm zum Verwechseln ähnelte.

»Du kommst zu spät«, rief der ihm zu.

Und wieder drehte Robert bei, paddelte weiter zur nächsten Insel, auch wenn er schon jetzt begriff. Er hatte keine Chance im Wettlauf gegen sich selbst.

Als Robert erschöpft aufwachte, sah er wieder das Poster. Was für ein unsinniger Traum. Sinnlos wie seine Heimkehr. Er war eingeschlafen, ehe er das Licht hatte löschen können. Er fühlte sich so wenig ausgeruht, dass er sich noch mitten in der Nacht wähnte, als er das Rauschen der Dusche hörte. Er sah auf seine Uhr und wollte es nicht glauben, so müde und zerschlagen war er. Gleich müsste er aufstehen. Sein Vater würde ihn wecken kommen. Er musste zu seiner Mutter.

Er lag tatsächlich in seinem Kinderbett und wartete darauf, dass sein Vater ihn wecken kam, dreimal an die Tür klopfte, um dann die Antwort abzuwarten. Wie hatte ihn das genervt, damals, dass sein Vater immer aufstehen wollte. Er, der doch nichts zu tun hatte, nur ab und zu aufs Amt ging. Nie hatte Robert begriffen, warum sein Vater diese Komödie spielte. Jetzt wartete er vergeblich auf das Klopfen an der Tür. Sein Vater hatte ihn vergessen.

Nachdem er es endlich auch ohne väterliche Unterstützung ins Badezimmer und in seine Kleider vom Vortag geschafft hatte, ging Robert die Treppe hinunter, unsicher, als sei er zu Besuch bei Fremden. Er hörte das Telefon klingeln. Er roch Kaffee und frisches Brot, vermisste die üblichen Schlager aus dem scheppernden Küchenradio, das an der Unterseite des Hängeschranks angebracht war. Aus dem Zimmer erklang ein klassisches Konzert. Leise schlich Robert über die Fliesen zur Tür. Sein Vater saß mit geschlossenen Augen am gedeckten Tisch. Er sah erschöpft aus. Kaum wahrnehmbar wiegte er den Kopf zur Musik.

»Guten Morgen«, sagte Robert.

»Setz dich doch bitte«, sagte sein Vater, ohne die Augen zu öffnen. »Ich bringe dir gleich dein Frühstück. Eine Frau aus deiner Firma hat angerufen. Ich soll ausrichten, dass sie den Auftrag mit den Eiern bekommen hat. Du sollst dir ruhig Zeit lassen.«

Robert setzte sich auf seinen Platz. Sie riefen ihn frühmorgens bei seinen Eltern an? Sie hatten den Auftrag bekommen? Er griff nach der Zeitung und las vom Schneechaos, vom Zusammenbruch der Mobilfunknetze, vom Winter, der ihn nicht nach Hause zu seinen Kunden lassen würde. Dann stand sein Vater auf und brachte ihm Kaffee und Brötchen.

»Es ist alles halb so schlimm«, sagte er. »Solange die Zeitung kommt, sind die Straßen frei.«

»Ja, sicher.«

»In zwanzig Minuten ist Abfahrt.«

Der Vater setzte sich gar nicht erst wieder hin, sondern ließ ihn alleine mit üppiger Wurst- und Käseplatte, einem opulenten Frühstück, wie es früher unmöglich gewesen wäre.

Zwanzig Minuten später saß er auf dem Beifahrersitz des alten Wagens, der trotz Kälte noch problemlos ansprang. Der Berg war schon gestreut. Das hatte es früher nicht gegeben. Auch daran sah man, dass es immer weiter aufwärtsging.

»Hältst du bei einem Blumenladen?«, fragte Robert nach einem langen Schweigen.

»Besser nicht«, sagte der Vater. »Das regt sie nur auf.«

»Weiß sie, dass ich komme?«

»Sie rechnet jeden Tag mit dir. Seit Jahren.«

»Seit Jahren?«

»Sie vergisst sehr schnell, dass du nicht mehr kommst.«

Sie brauchten kaum eine Viertelstunde für die Fahrt in die Kreisstadt, für diese kurze Strecke, die so viel bedeutet hatte, als Golo und er die ersten Male zumindest bis hierher entkommen waren. Auch das Krankenhaus sah noch genauso aus wie damals, als Golo sich mit reinem Alkohol vergiftet hatte und Robert die ganze Nacht an seinem Bett geblieben war. Nur war alles geschrumpft. Wirkte kleiner. Viel kleiner. Die Mutter fanden sie im zweiten von vier Stockwerken in einem Vierbettzimmer.

»Guten Morgen, Robert«, begrüßte ihn die Frau, die hinten rechts mit aufgerichtetem Oberkörper in ihrem Bett lag, die Haare schütter, fast durchsichtig um das verwelkte Gesicht. Die Augen stumpf.

»Hallo, Mutter«, flüsterte er.

»Wo ist denn deine Frau?«

»Sie muss arbeiten«, hörte er seinen Vater sagen.

»Ja, Mutter. Es geht ihr gut.«

»Schön«, sagte die Mutter. »Setz dich doch.«

Er setzte sich auf den Stuhl, den sie ihm wies, ließ sie nach seiner Hand greifen, fühlte die trocken faltige Haut, die ihn an nichts erinnerte. Er erkannte die Frau nicht. Diese Greisin konnte unmöglich seine Mutter sein. Er war zu lange fortgeblieben.

»Und in der Universität kommst du voran?«

»Ja, Mutter.«

»Das ist schön. Hast du es auch warm in deiner Studentenbude?«

»Ja, die Heizung funktioniert einwandfrei.«

»Nach dem Studium wirst du sicher eine Anstellung finden. Wenn nicht gleich bei uns, dann sicher in der Kreisstadt.«

»Ganz bestimmt. Sobald ich fertig bin, komme ich zurück.«

»Das ist schön. Dann helfe ich euch bei der Einrichtung und mit den Kindern. Man kann viel sparen, wenn man sich darauf versteht.«

Fragend sah Robert in Richtung seines Vaters, der ihm mit ausdrucksloser Miene zunickte.

»Gut«, seufzte die Mutter schließlich. »Ich will dir nicht deine Zeit stehlen.«

»Natürlich«, sagte er. »Ich bleibe aber gerne noch.«

»Ich weiß doch, dass du zu tun hast«, sagte sie.

Ihre Augen fielen zu, sie atmete tief, und Robert fühlte die Hand seines Vaters auf seiner Schulter.

»Komm jetzt«, hörte er ihn sagen. »Sie muss viel schlafen.«

Robert folgte ihm, sah sich noch ein letztes Mal um. Dann gingen sie aus dem Zimmer und nebeneinanderher den Flur entlang zurück zum Aufzug, fuhren schweigend ins Erdgeschoss und liefen durch den Schnee zum Wagen.

Zurück zu Hause, im Haus seiner Kindheit, bat der Vater ihn um Hilfe. Schränke mussten verrückt, Betten getragen werden, Arbeiten, für die er allein zu schwach war, bei denen früher noch die Mutter angepackt hatte. Und so, aus den spärlich gesäten Bemerkungen des Vaters, erfuhr Robert, dass diese letzte Krise nur der Höhepunkt einer langen Geschichte war. Seiner Mutter ging es seit Jahren immer schlechter. Sie wurde ruhiger, weniger besorgt, weniger lebendig. Seit Monaten hatte sie nur noch im Bett gelegen, der Vater den Haushalt übernommen, deswegen auch das üppige Frühstück.

»Man muss sich hin und wieder auch etwas gönnen«, sagte der Vater.

»Ja«, sagte Robert.

Er sah seinen Vater an und fragte sich, ob er als Sohn nicht langsam alt genug war, um über seinen Schatten zu springen. War es nicht an ihm, die Rolle des Erwachsenen zu übernehmen und ein normales Gespräch mit seinem Vater zu führen, anstatt bei jeder sich bietenden Gelegenheit aus dem Fenster zu schauen und nachzusehen, ob und wenn ja wie stark es schneite? Von außen betrachtet war sein Verhalten unwürdig, dieses Lauern auf die passende Gelegenheit, um wieder zu verschwinden, so wie damals. Zumindest die Krankheit der Mutter sollte doch Anlass genug sein, endlich Größe zu zeigen, sich schützend vor die eigenen Eltern zu stellen, um ihnen den schweren Gang durchs Alter zu erleichtern. Das wäre doch wahre Stärke, sich die Zeit zu nehmen, ihnen zuzuhören, zu verstehen, was sie erlebt hatten. Wie armselig klein es doch war, einfach wegzulaufen. Robert spürte, wie seine Augen feucht wurden, als er den Entschluss fasste, ein besserer Mensch zu werden.

»Sag mal, Vater«, setzte er an, nachdem sie einen Blumenkübel in den Keller gehievt hatten. »Kann ich dich heute Abend zum Essen einladen?«

»Zum Essen?«

»Ja, zum Griechen. Grillteller für zwei, wie früher.«

»Das ist wirklich nicht nötig«, sagte sein Vater und sah ihm offen in die Augen. »Außerdem habe ich mittwochs keine Zeit.«

»Keine Zeit?«

»Mittwochs ist Skat.«

»Kann das nicht einmal ausfallen?«

»Warum sollte ich das ausfallen lassen? Zurzeit fehlt sowieso der vierte Mann.«

»Na dann, vielleicht nächstes Mal.«

»Ja«, sagte der Vater. »Die Kühltruhe hier muss noch in die Garage. Dann kannst du wieder fahren.«

Schweigend schleppten sie die Kühltruhe, und Robert zitterte vor Wut und Enttäuschung. Er hätte seinen Vater anschreien können und wusste doch, dass es nichts bringen würde. Wieder hatte er sich von seinen Gefühlen mitreißen lassen. Wieder hatte er verloren. Er musste sich beherrschen.

Als er wenig später auf die Landstraße fuhr, merkte er, dass auch die üppig verteilten Salzmassen nicht mehr lange gegen den Schnee ankommen würden. Die Wettervorhersage hatte also recht gehabt, nur hätte er unmöglich bei seinem Vater bleiben können. Zu eindeutig hatte der ihn zum Gehen aufgefordert. Er hatte alles versucht, in der Agentur alles stehen und liegen lassen, um durchs ganze Land zu rasen, und dann wollten sie ihn gar nicht sehen, war die Mutter gar nicht so schwer krank, hatten sie ihr Spiel mit ihm getrieben, damit er sich schlecht fühlte. Vielleicht sollte er doch umkehren. Noch würde er es zurück zum Gasthof schaffen, wo er auf den Schneepflug warten konnte. Wenn da nicht der Drang gewesen wäre, die Erniedrigung vergessen zu machen, einfach zu verschwinden. Weil sein Vater lieber zum Skat ging, als mit seinem eigenen Sohn am Abend zu essen, würde Robert nie wieder umkehren.

Immer weiter entfernte er sich vom Kaff, immer sicherer wurde er trotz des Schnees. Irgendwo in diesem Märchenwald lebte Gabi mit wem auch immer. Er war froh, dass er sie nicht angerufen hatte. Er hätte keine weitere Erniedrigung ertragen können. Bald wäre all das endgültig Vergangenheit, dann käme die rettende Autobahn. Seine Laune wurde langsam besser. Kurz meinte er sogar die Sonne durch die Wolken scheinen zu sehen.

An einem lächerlich kleinen Gefälle verlor Robert die Kontrolle über seinen Wagen, drehte sich um sich selbst, immer wieder, als tanzte er, als sei das selbstverständlich. Robert begriff, dass diese Geschichte von Anfang an so hatte enden sollen. Und da ängstigte ihn selbst der steile Abhang nicht mehr, den er auf sich zukommen sah, der durchs Schneegestöber immer näher kam, die Talsohle in weiter Ferne. Er wollte die Augen schließen, sich verabschieden, freute sich darauf, endlich frei sein. Danach also hatte er sich gesehnt.

Der Wagen erzitterte unter einem Stoß. Robert spürte, wie er über den Bordstein sprang, der Fahrzeugboden knirschend über Stein kratzte. Da war der Tanz zu Ende.

25.

EINE ZIGARETTE. ER KONNTE an nichts anderes denken als an eine Zigarette. Er sah seine Hände das Handschuhfach durchwühlen, den Wagenboden abtasten. Er lebte! Er hatte seine eigene Hinrichtung überlebt und fand doch keine Zigarette. Sein Kopf schmerzte. Er fuhr sich über Stirn und Haar, fand aber kein Blut an seinen Händen.

Verwirrt stieg er aus, ging um den Wagen herum. Mitten im Nichts führte ein Radweg mit Bordstein an der Straße entlang. Der hatte ihn vor dem Abgrund gerettet. Auch hier ein rot gepflasterter Radweg. Mitten im Nichts. Angesichts dieser Wirklichkeit fragte er sich, ob es nicht doch besser gewesen wäre, ganz woanders aufzuwachen.

Robert überlegte nicht lange und ging einfach los. Bei dem Schneefall würde er Stunden brauchen, um in seinen Lederschuhen zurück ins Kaff zu rutschen. Und selbst da würde er seine Probleme damit haben, Rettung zu finden, jemanden zu motivieren, ausgerechnet ihm zu helfen, dem Flüchtling, dem Verräter, dem treulosen Sohn. Sein Telefon funktionierte natürlich nicht. Wenn er den Bachlauf finden würde, könnte er den Weg zumindest abkürzen, vorbei an ihrem alten Unterstand. Ob er auf der Straße oder durch den Wald ging, machte keinen Unterschied. Seine Schuhe waren ohnehin durchweicht. Er drehte sich noch einmal um, sah den Warnblinker rhythmisch aufleuchten, weit weg durch den Schneesturm. Unwirklich.

Er fand den Bach, ohne lange suchen zu müssen, erkannte den Weg, der sich am Ufer entlang in den Wald zog. Wenn er kräftig ausschritt, wäre er in einer Stunde am Ziel. Sein Vater würde ihn noch einmal aufnehmen müssen. Zügig stapfte er durch den knöcheltiefen Schnee, dessen Knirschen das einzige Geräusch war, das die traumhafte Ruhe störte. Ein paar Kilometer weg vom Kaff war man in vollkommener Einsamkeit. Kurz zweifelte er daran, wirklich da zu sein, wo er zu sein glaubte.

Das kleine Tal lag im dämmrigen Licht, durch das, wo immer die Bäume es zuließen, die Flocken fielen. Weiter weg konnte man von der Stadt nicht sein. Doch Robert wusste, wo er war. Er kannte die Formen der Hänge, sah den Weg genauso verlaufen, wie er es erwartete. Auf halber Höhe des Hanges, auf einem kleinen Plateau standen die Reste ihres Unterstands, der sich tatsächlich gehalten hatte, über all die Jahre. Vielleicht war er auch übernommen worden, von anderen Jungen, die in den Wald flohen, um von der Welt zu träumen. Der Aufstieg zu ihrer alten Stelle würde ihn Kraft und Zeit kosten. Dennoch ging er ab vom Weg und erklomm den Berg in kleinen Serpentinen. Je näher er dem Unterstand kam, desto unsinniger kam ihm dieser Umweg vor. Mitten im Wald bei Minusgraden und in unpassender Kleidung stocherte er schon wieder in seiner Vergangenheit! Er kletterte trotzdem weiter. Oben angekommen, wusste er nicht, ob er enttäuscht oder erleichtert darüber war, dass der Blick aus der Ferne getäuscht hatte. Zu seinen Füßen lagen verfaulte Bretter, dazwischen einige der in Korb eingeflochtenen Weinkaraffen, unter einem Brett die vergammelten Reste eines Buches, lose zusammenhängende Seiten.

Kindisch bist du, Fremder, oder von weit hergekommen, wenn du nach diesem Lande fragst! Ist es doch nicht gar so namenlos und wissen doch von ihm gar viele …

Ein grünlicher Schimmelpilz überdeckte die folgenden Zeilen, und Robert versuchte sich zu erinnern, aus welchem Buch die Seiten stammten, ob Golo ihm das vorgelesen hatte.

… rau ist es und für Pferde nicht befahrbar, doch auch nicht gar zu armselig – wiewohl nun auch nicht weit geschaffen –, denn in ihm wächst Korn, unendliches, und in ihm Wein, und immer gibt es Regen und schwellenden Tau, und gut ist es zur Ziegen- und Rinderweide, und da ist Gehölz von aller Art, und auf ihm sind Tränken bei der Hand über das ganze Jahr. Darum ist, Fremder! von Ithaka der Name …

Die Textstelle endete in einem bräunlich schwarz eingetrockneten Fleck. Weizen, Wein und Korn. Der seltsam altertümlich geschriebene Heimatroman erinnerte ihn wieder an das alte Lied. Doch auch am Ende der Seiten fand Robert keinen Hinweis auf den Titel. Golo hatte so viele Bücher angeschleppt, dass er sich natürlich nicht an jedes erinnern konnte, schon gar nicht unter diesen Umständen. Robert faltete die wenigen lesbaren Seiten, steckte sie mit vor Kälte schon fast tauben Fingern in die Innentasche seines Mantels und machte sich an den Abstieg.

Die Zweige der Tannen strichen ihm über die Schultern, und trotz der feuchten Kälte, die ihn mehr und mehr durchdrang, blieb Robert zuversichtlich, dachte positiv. Bald würde er ankommen, von Mann zu Mann mit seinem Vater reden, die ganzen Missverständnisse ein für alle Mal aus der Welt schaffen. Irgendeinen Sinn musste sie doch gehabt haben, diese Winterreise durchs ganze Land! Diese ganze Heimatgeschichte! Die Idee gefiel ihm. Er würde reinen Tisch machen, würde verlangen, dass der Vater den Skatabend verpasste, um mit ihm zu reden. Das war er ihm schuldig. Ein für alle Mal musste Schluss sein mit ihren Vorwürfen, mit seinem Gefühl, ein schlechter Sohn zu sein. Sie sollten ihn in Ruhe lassen! Zwei Tage war er schon unterwegs, weg aus seiner Stadt, aus seiner Agentur. Hoffentlich würde zumindest der Wagen das alles unbeschadet überstehen.

Noch eine halbe Stunde später fragte er sich, ob er vom rechten Weg abgekommen war, so unverändert dicht und undurchdringlich blieben die Tannen vor ihm, so wenig Aussicht bestand auf ein baldiges Ende seines sinnlosen Irrgangs durch diesen ungemütlichen Märchenwald. Da aber roch er Feuer. Das erste Haus am Rande des Dorfes konnte nicht fern sein. Und tatsächlich endeten nur wenige Schritte weiter plötzlich die Bäume, um zumindest eine Schneise von einigen Metern frei zu lassen. Ein Weg, auf dem er trotz des weiter starken Schneetreibens Autospuren erkannte. Er sah sich um und entdeckte kaum hundert Meter links von sich ein kleines Hexenhaus, so unwirklich, dass er fürchtete, gleich doch noch am Steuer aufzuwachen, der Wagen tief im Straßengraben. Er träumte, unsicher, ob es ein Alptraum war oder nicht. Konnte es denn sein, dass er jetzt ausgerechnet bei Gabi landete, aus Zufall, wegen eines Unfalls, was ihm doch niemand glauben würde? So viele kleine Häuser im Wald konnte es nicht geben, ein paar Kilometer außerhalb des Dorfes an der Landstraße.

Nicht einen ernsthaften Gedanken hatte Robert daran verschwendet, sie wiederzusehen. Die Schmach des Anrufs bei ihrem Vater hatte alle Zweifel beseitigt, als er begriffen hatte, dass er für sie noch klarer nur ein Ausrutscher gewesen war als sie für ihn. Vielleicht täuschte er sich aber doch, drehte durch in seiner kindischen Angst vor einem Wiedersehen. Gabi hatte bestimmt keinen Geländewagen, wie er vor dem Haus stand. Hier wohnte der Förster, ein Mann des Waldes, der ihm helfen würde. Und wirklich sah Robert, kaum hatte er das Gartentor erreicht, den kurzhaarigen Kopf eines Mannes durch das Fenster. Erleichtert schritt er zum Hauseingang, griff nach der eisernen Tatze und ließ sie gegen die Tür knallen. Gleich darauf hörte er Schritte näher kommen, sah Licht durch den größer werdenden Spalt der sich quietschend öffnenden Tür fallen und spürte schon die Wärme. Vor ihm stand der Mann, den er durchs Fenster gesehen hatte. Ein Mann mit Frauenkörper, enormen Brüsten unter einem tarnfarbenen Hemd. Und wieder hörte er die Worte seines Lehrers, dass Gabis Zelte längst auf Lesbos standen, und Robert wollte wegrennen, so weit es ging in den verschneiten Wald hinein.

»Ist was passiert?«, fragte die Frau in der Tür mit rauer Stimme.

»Ein Unfall. Mein Wagen, auf der Landstraße«, stammelte er.

»Kommen Sie erst mal rein. Sie sind ja komplett durchgefroren.«

»Danke«, sagte er.

»Sie können sicher einen Tee gebrauchen, wie?«, fragte sie ihn, als die Tür ins Schloss gefallen war. »Werfen Sie mal die Schuhe und den Mantel ab und setzen Sie sich. Um Ihren Wagen kümmern wir uns später.«

Er tat einfach, was sie von ihm verlangte, nutzte jede Gelegenheit, die sich ihm bot, um Ausschau zu halten nach Spuren von Gabi. Und tatsächlich war da viel Exotisches. Masken aus Gold, die ihn von den Wänden her spöttisch angrinsten.

»Wir haben Besuch!«, rief die Frau ins Treppenhaus. »Bringst du eine Decke mit?«

Fast stöhnte er auf, so schmerzhaft riss es in seinem Bauch, als er die Stimme von oben her antworten hörte, dass sie noch einen Moment brauche. Sie war es, und wie sollte er das jetzt erklären? Lieber wäre er mit dem Wagen in den Abgrund gestürzt. Er hätte alles gegeben, um ihr nicht wiederzubegegnen. Diese Erniedrigung nicht ertragen zu müssen. Diesen Schmerz.

»Haben Sie den Wagen gesichert?«, hörte er die Frau vom Herd her fragen.

»Nur die Warnblinker.«

»Weit von hier?«

»Kurz hinter dem Bachlauf.«

»Mitten auf der Straße?«

»Mehr oder weniger, ja.«

»Dann bringen wir es doch besser gleich hinter uns. Den Tee kriegen Sie dann später. Nicht dass noch was passiert.«

»In Ordnung«, sagte er. »Wie Sie meinen.«

Sie reichte ihm ein Paar Winterstiefel und eine Fellmütze, zog sich selbst schnell Schuhe und Mantel über.

»Geht's Ihnen gut?«, fragte sie. »Wollen Sie doch lieber hier warten?«

»Ja, nein«, stammelte er. »Es geht schon.«

Sie fanden das Cabrio keine fünf Minuten später, noch immer blinkend halb über der Böschung, halb auf dem Radweg. Sie schleppte ihn zurück auf die Straße und zog den Sommerreifen Schneeketten über. Dann sollte er ihr einfach folgen, zurück zur Hütte im Wald. Als der Geländewagen vor ihm von der Landstraße abbog, widerstand Robert der Versuchung, einfach weiter geradeaus zu fahren und die Rücklichter des Geländewagens im Schneetreiben verschwinden zu lassen. Er redete sich ein, dass er diese Stiefel nicht einfach mitnehmen, er seine guten Schuhe da nicht einfach liegen lassen konnte.

Und dann waren sie zurück und Gabi öffnete die Tür. Da war sie wirklich und sah ihn ungläubig an, während er am ganzen Körper zu zittern begann und sich plötzlich wie irre lachen hörte. Er kicherte und grunzte, ohne dagegen anzukommen. Er drehte durch. Sie legten ihm eine Decke um die Schultern, setzten ihn an den Tisch, gaben ihm Tee zu trinken, bis er sich beruhigte und schon wieder wegwollte. Davon wollten sie aber nichts hören. Er sollte bleiben. Er musste. Was sollte er da sagen? Wie einfach wieder abfahren? Nur weil jetzt alles etwas anders war.

Da saß er also, Robert Gernold, selbstgemachter Mann im besten Alter, Agenturchef in der Stadt und Wellenreiter, mitten im Wald an einem alten Holztisch mit zwei Lesben, eine davon die Frau, in der er vor wenigen Wochen kurzzeitig die große Liebe gefunden hatte. Sie tranken Wein und rauchten ihren Tabak aus dem buntbestickten Beutel, und Robert konnte es nicht fassen, dass sie so einfach daherredeten, vom Schnee, von seinen Eltern und von ihrem Vater.

»Du glaubst nicht, was du meinem Alten für eine Freude gemacht hast«, sagte sie.

»Das klang aber anders«, sagte er, dem plötzlich gar nichts peinlich war, nur weil sie vor ihm saß.

»Er braucht das. Er hat keinen mehr, den er anpöbeln kann. Das ist sein Problem, seit er in Rente ist.«

»Überrascht war ich aber schon, das zu hören.«

»Was zu hören?«

»Das mit den Zelten.«

»Mit den Zelten?«

»Na, dass du deine Zelte auf Lesbos aufgeschlagen hast.«

»Dass ich was?«, fragte sie.

»Ja«, sagte Robert und versuchte zu grinsen. »Genau das. Ist ja nichts Schlimmes. Kam nur überraschend.«

Sie sahen ihn an wie einen Schwachsinnigen, verwirrt und mitleidig zugleich. Dabei war das doch kein Problem für ihn. Er wusste, dass Gabi ihn mochte, war so froh, sie zu sehen, da musste man sich eben arrangieren. Vielleicht war das genau die Lösung. Nicht umsonst lebte er in der Stadt, wo alles möglich war.

»Ist ja nichts Schlimmes, meint er«, sagte Gabi zu ihrer Freundin.

»Kommt in den besten Familien vor«, grinste die.

»Ja«, sagte er. »Vielleicht haben wir uns ja deshalb so gut verstanden.«

Und Gabi leuchtete ihn einfach wieder mit ihren blauen Augen an, als sei er ein dummes Kind, dem sie alles verzeihen würde.

26.

IN DER NACHT HÖRTE Robert die Mäuse auf den Dielen des Dachbodens tapsen. Mal schnell, dann wieder langsam, dann verstummten sie, hielten inne. Zumindest vorübergehend waren sie angekommen, wo sie hingewollt hatten. Und er lag einfach da, wach im Stockfinsteren. Noch nie hatte er eine so vollkommene Dunkelheit erlebt.

Er roch altes Holz. Langsam verflüchtigte sich sein Rausch. An dessen Stelle trat eine Zufriedenheit, wie er sie nie gekannt hatte. Ewig könnte er, ja wirklich für immer, einfach in diesem Dunkel liegen bleiben. Da war es, das Nichts. Abgesehen von den Mäusen auf den Dielen und ihrem Atem. Gabis Atem.

Sie hatten ihn zappeln lassen, das ganze Essen lang hatten sie seinen Auftritt in vollen Zügen genossen, seine großzügig großstädtische Toleranz, die am Ende, als sie ihm endlich alles erklärten, so lächerlich war, dass er nicht anders konnte, als über sich selbst zu lachen, über den Macher, der seinem alten Lehrer das geglaubt hatte. Und dann tranken sie weiter, immer weiter, und er konnte kaum aufhören zu lachen, weil es jetzt nichts mehr zu verbergen gab. Ja, er erzählte ihnen von seinen Atemübungen im Süden, seiner neu gewonnenen steinernen Distanz zu den Dingen, sogar von seiner Mutter und ihrem Spaghettieis, über das er sich in seinem Alter noch Gedanken machte. Und er hatte sich entschuldigt für sein falsches Spiel, vor Gabi kniend Abbitte geleistet für seine Feigheit, weil er erst da verstanden hatte, was sein eigentlicher Fehler gewesen war. Entscheidend war nicht, dass er sich auf seinen Heimattrip begeben hatte, sondern dass er unfähig gewesen war, dazu zu stehen. Er müsse schon damit leben können, ein eher komischer Typ zu sein, hatte Gabi gesagt. Dann dürfe er auch ruhig weiter von sich und seinen sagenhaften Erkenntnissen berichten.

Als Robert ihnen später von Willi und der Grotte erzählte, der Kneipe, die bald keinen Pächter mehr haben würde, da Willi ja nicht mehr konnte und wollte, waren sie darauf gekommen, noch einmal neu anzufangen in der Stadt, das Restaurant zu übernehmen, eine ganz neue Heimat zu gründen. Er würde seine Agentur verkaufen und sich zusammen mit Gabi dem echten Leben widmen. Um das zu besiegeln, hatte er zur allerletzten Flasche Wein sogar die Gitarre von der Wand genommen, sich mit seinem Stuhl auf den Tisch gesetzt und zum ersten Mal seit so vielen Jahren zu seinen zwei Standard-Punk-Schrammel-Akkorden gesungen, ganz ohne nachzudenken.

Nur mit dir
kann ich glücklich sein
Nur mit dir
will ich glücklich sein
Nur mit diiiiiiiiiiiiiiiiiir … zwei, drei, vier!

»Hörst du, wie es taut?«, hörte er Gabis Stimme neben sich, ganz zart und wach.

»Das sind die Mäuse«, sagte er.

»Die Mäuse?«

»Ja, sie spielen Verstecken.«

»Wirklich?«

»Aber sicher. Jetzt, pass auf, jetzt zählt sie bis zwanzig, dann geht sie langsam los, die Suchmaus.«

Da spürte er, wie sie näher an ihn heranrückte, genoss die Wärme ihres kleinen Körpers.

»Wie war es eigentlich wirklich im Süden?«, fragte sie.

»Nicht schlecht. Weniger Schnee jedenfalls.«

»Komm schon, Charlie«, sagte sie und er fühlte ihre raue, warme Hand. »Irgendwas muss da mit dir passiert sein.«

Robert überlegte nur kurz. Dann erzählte er ihr, was er ganz oben auf der Welle stehend gedacht und jetzt endlich auch gefühlt hatte. Dass der beste Wellenreiter keine Chance hat, wenn das Meer nicht mitspielt.

»Und das Meer«, sagte er, »das bist sozusagen du.«

»Na, das ist doch schon mal ein Anfang.«

»Findest du?«

Florian Beckerhoff
Frau Ella

Roman. 320 Seiten. Softcover
ISBN 978-3-471-35023-2

Frau Ella, rüstige 87, soll am Auge operiert werden. Völlig unnötig, findet sie. In der Klinik begegnet ihr der junge Sascha, der sie aus den Klauen der Ärzte befreit und erst einmal bei sich einquartiert. Nur für ein paar Tage, glaubt Sascha. Doch da kennt er Frau Ella schlecht.

»Mit sensiblem Humor erzählt Florian Beckerhoff die Geschichte einer ungewöhnlichen Begegnung. Ein Buch, das dem Leser zu Herzen geht.«
Für Sie